KB124095

침이
고인다

김애란은 1980년 인천에서 태어나 서산에서 자랐으며, 한국예술종합학교 연극원 극작과를 졸업했다. 2002년 제1회 대산대학문학상에 「노크하지 않는 집」이 당선되어 문단에 나왔으며, 2005년 대산창작기금과 같은 해 제38회 한국일보문학상, 2008년 제9회 이효석문학상, 2008년 제9회 신동엽문학상, 2009년 제27회 김유정문학상, 2011년 제2회 젊은작가상, 2013년 제18회 한무숙문학상, 제37회 이상문학상을 받았다. 소설집으로 『달려라, 아비』 『비행운』, 장편소설로 『두근두근 내 인생』이 있다.

김애란 소설집

침이 고인다

초판 1쇄 발행 2007년 9월 28일
초판 33쇄 발행 2024년 4월 16일

지은이 김애란
펴낸이 이광호
펴낸곳 ㈜**문학과지성사**
등록번호 제1993-000098호
주소 04034 서울 마포구 잔다리로7길 18 (서교동 377-20)
전화 02)338-7224
팩스 02)323-4180(편집) 02)338-7221(영업)
전자우편 moonji@moonji.com
홈페이지 www.moonji.com

ⓒ 김애란, 2007. Printed in Seoul, Korea

ISBN 978-89-320-1804-1 03810

지은이는 2007년 한국문화예술위원회가 지원한 창작금을 수혜했습니다.

침이 고인다

김애란 소설집

문학과지성사
2007

차례

도도한 생활

학원에서 처음 배운 것은 도를 짚는 법이었다. 첫번째 음이니까, 첫번째 손가락으로 도. 내가 건반을 누르자, 도는 겨우 도— 하고 울었다. 나는 조금 전의 도를 기억하려 한 번 더 건반을 눌러보았다. 도는 당황한 듯 다시 도— 하고 소리 낸 뒤 제 이름이 지나가는 동선을 바라봤다. 나는 음 하나가 깨끗하게 사라진 자리에 앉아, 새끼손가락을 세운 채 굳어 있었다. 녹색 코팅지가 발린 유리 벽 사이론 오후의 볕이 탁하게 들어왔고. 피아노와, 그것을 처음 만진 나 사이로 정적이 흘렀다. 나는 신중하게 고른 단어를 내뱉듯 작게, 중얼거렸다. 도……

건반에 손을 얹는 법은 단순한 듯 어려웠다. 손에 힘을 풀고 뭔가 부드럽게 감아쥐는 모양을 만들어보라는 것이었는데, 그때 나는 힘을 주지 않고도 뭔가를 움켜쥘 수 있다는 게, 또 세상에 그런 것이 존재한다는 게 믿겨지지 않았다. 나는 두 개의 손가락을 이용해 온종일 '도레 도레'를 연습했다. 낮은 음과 높은음을 함께 눌렀을 때 낮은음이 더 오래간다는 사실은 나중에 알았다.

피아노 건반의 모양은 똑같았다. 그것은 희거나 검었고, 동일한 크기와 질감을 갖고 있었다. 나는 도의 위치를 자주 잊었다. 그것이 레가 아니라 도라는 것을, 미가 아니라 파라는 것을 만져보기 전에 확신할 수 없었다. 내가 찾는 도는 왼쪽 가장자리 건반으로부터 스물네 손가락 떨어진 곳에 있었다. 건반 위에서 길을 잃을 때마다 1부터 24까지의 숫자를 일일이 세어봐야 했다. 그렇게 도를 찾아낸 뒤 할 수 있는 일이란, 고작 도를 다시 치는 일일 수밖에 없었지만. 나는 덩치 크고 내성적인 악기가 처음으로 낸 소리, 완고하고 편안한 그 도—의 울림을 좋아했다. 다행히 도를 찾고 나면 레를 짚기가 수월했다. 레는 도 바로 옆에 있었다. 미는 레 옆이고, 파는 미 다음이니까, 일단 도를 찾는 것이 중요했다.

연습실 문에는 죽은 음악가의 이름이 씌어 있었다. 나는 베토벤실에 앉아 '도레 도레'를 연습했다. 리스트 방에서는 '도레미'를, 헨델 방에서는 '도레미파솔'을 연주했다. 두 손가락만 사용했을 땐 '이만하면 할 만하네' 싶었고, 세 손가락을 움직였을 땐 '시시하다' 자만했고, 다섯 손가락을 써야 했을 땐 '이거 어려워서 못해먹겠다' 소리쳤다. 내가 살던 시골 마을엔 음악 학원이 하나밖에 없었다. 그곳에선 어설프게 바이올린도 가르치고, 플루트도 가르치고, 웅변까지 지도했다. 다행히 바이올린이나 플루트를 신청하는 학생은 거의 없었다. 만일 배우고자 했다면 학원에서 먼저 말렸으리라. 동네에서 바이올린을 켤 줄 아는 아이는 음악 학원 원장의 딸 한 명뿐이었다. 그 애는 학예회에 날개 달린 원피스를 입고 나와, 초등학생이 듣기에도 참을 수 없는 연주를 했다. 그 애의 형편없는 연주를 들으며 나는 처음으로 누군가를 때리고 싶다는 충동에 시달렸다. 음악 학원에서 왜 웅변을 가르쳤는지는 모르겠다. 웅변은 음악이 아닌데. 그래도 수강생은 있는 듯했다. 교내 웅변 대회를 앞둔 학생이나, 소극적인 성격 탓에 부모 손에 끌려온 아이들이었다. 연습실에서 내가 친 음이 정갈하게 사라지는 느낌을 즐기고 있을 때면, 어디선가 찢어질 듯 "나는 공산당이 싫어요!"라는 외침이 들려오곤 했다. 베토벤은 귀가 먹어 그 소리를 못 들었겠지만. 나는 두번째로 누군가를 때리고 싶다는 욕구에 시달렸다. 어쨌든 헨델이 없는 헨델 방이었고, 리스트가 없는 리스트 방이었다. 나는 그들이 누군지도 몰랐다.

연습이 지루할 때면 각 소리의 표정을 그려봤다. 레는 곁눈질하는 느낌이고, 솔은 까치발 선 인상을 줬다. 미는 시치미를 잘 떼고, 파는 솔보다 낮지만 쾌활할 것 같았다. 나는 다섯 음에 적응해갔다. 피아노는 건반 자체가 아닌 자기 내부의 어떤 것을 '때려서' 음을 만든다는 것도 이해했다. 높은음일수록 빨리 사라진다는 것도, 음마다 자기 시간을 따로 갖고 있다는 것도 말이다. 그러니 각 음이 모여 음악이 된다는 건, 여러 개의 시간이 만나 벌어지는 어떤 일일지도 몰랐다.

문제는 '라'에서부터 시작됐다. 라를 만나기 전 나는 근심에 싸여 있었다. 다섯 손가락으로 다섯 음을 연주하는 건 무난하고 상식적인 일이었다. 하지만 다섯 손가락으로 여섯 음 이상을 칠 땐 어떻게 해야 하는지 알 수 없었다. 그것은 오진법밖에 쓸 줄 모르는 문명인이 만난 십이진법 같은 거였다. 나는 라를 알고 싶었다. 하지만 라를 알게 되는 즉시 귀찮은 일이 생길 것 같아 두려웠다. 어려운 건 싫은데. 오음계로 된 노래도 많으니까, 평생 오음계만 연주해도 되지 않을까. 라를 배우던 날, 나는 선생님의 손동작을 숨죽여 바라보고 있었다. 선생님은 내 옆에서 도를 쳤다. 내가 치는 방식대로였다. 선생님은 레를 쳤다. 그것도 같은 방법이었다. 선생님은 예상대로 미를 짚었다. 나는 초조함을 느꼈다. 이윽고 선생님이 파를 치는 순간, 눈앞으로 뭔가 휙 지나가는 것이 보였다. 그녀는 약지로 파를 치지 않고, 파 자리에 재빨리 엄지를 옮겨놓은 뒤, 두번째 손가락으로 솔을 짚은 것이었다. 나머지 손가락들이 자연스럽게 라와 시를 건드렸다. 도레미파솔라시도. 완전한 칠음계였다. 나는 선생님의 손놀림을 보며 감탄한 듯 중얼거렸다. 이제, 음악이 뭔지 알 것 같다고.

만두 집을 했던 엄마가 어떻게 피아노를 가르칠 생각을 했는지 알 수 없다. 욕심이거나 뭔가 강요하려 한 것은 아니었다. 엄마는 배움이 짧았고, 자신의 교육적 선택에 늘 자신감을 갖지 못했다. 다만 그때 엄마는 어떤 '보통'의 기준들을 따라가고 있었으리라. 놀이공원에 가고, 엑스포에 가는 것처럼, 어느 시기에는 어떠어떠한 것을 해야 한다는 풍문들을 말이다. 돌이켜보면 어릴 때 엑스포에 가고 박물관에 간 것이 그렇게 재밌었던 것 같지는 않다. 하지만 나를 엑스포에 보내주고, 놀이공원에 함께 가준 엄마에게 고마운 마음이 든다. 누구나 겪는, 평범한 유년의 프로그램 중 하나였을 뿐이지만, 무지한 눈으로 시대의 풍문들에 고개 끄덕였을, 김밥을 싸고 관광버스에 올랐을 엄마의 피로한 얼굴이 떠오르는 까닭이다. 이따금 내가 회전목마 위에서 비명을 지르는 동안, 한 손으로 얼굴을 가린 채 벤치에 누워 있던 엄마의 모습이 떠오르곤 한다. 신을 벗고 짧은 잠을 청하던 엄마의 얼굴은 도—처럼 낮고 고요했던가 그렇지 않았던가. 엄마를 따라 하느라, 피아노

의자 위에 누워 있던 나를 보고, 선생님은 라—처럼 놀랐던가 그렇지 않았던가. 일과 중 가장 중요한 일이 '엄마 백 원만'인 줄 알았던 때이긴 했지만. 나는 헨델이 없는 헨델의 방에서 음악을 했고, 엄마는 베토벤같이 풀린 파마머리를 한 채 귀머거리처럼 만두를 빚었다. 마침 동네에 음악 학원이 생겼고, 엄마의 만두가 불티나게 팔리던 시절이라 가능했던 일인지도 모른다.

엄마는 내게 피아노를 사줬다. 읍내서부터 먼짓길을 달려온 파란 트럭이 집 앞에 섰을 때, 엄마가 무척 기뻐했던 기억이 난다. 세탁기도 냉장고도 아닌 피아노라니. 어쩐지 우리 삶의 질이 한 뼘쯤 세련돼진 것 같았다. 피아노는 노릇한 원목으로 돼, 학원에 있는 어떤 것보다 좋아 보였다. 원목 위에 양각된 우아한 넝쿨무늬, 은은한 광택의 금속 페달, 건반 위에 깔린 레드 카펫은 또 얼마나 선정적인 빛깔이던지. 그것은 우리 집에 있는 가재들과 때깔부터 달랐다. 다만 좀 멋쩍은 것은 피아노가 가정집 '거실'이 아닌, 만두 가게 안에 놓인다는 사실이었다. 우리 가족은 생계와 주거를 한 건물 안에서 해결하고 있었다. 낮에는 방에 손님을 들이고, 밤에는 식구들이 이불을 펴고 자는 식으로 말이다. 피아노는 나와 언니가 쓰는 작은방에 놓였다. 안방은 주방을, 작은방은 홀을 마주보고 있었다.

나는 오후 내 가게에 붙어 피아노를 연주했다. 울림 폭을 크게 해주는 오른쪽 페달을 밟고, 멋을 부려 「소녀의 기도」나 「아드린느를 위한 발라드」와 같은 곡을 말이다. 찜통에선 수증기가 푹푹 나고, 홀에서는 장사꾼과 농부들이 흙 묻은 장화를 신은 채 우적우적 만두를 씹고 있는 공간에서, 누구라도 만두를 삼키다 말고 울고 가게 만들었을 그런 연주를. 쉽고 아름답지만 촌스러워서 누구라도 가게 앞을 지나다 얼굴을 붉히게 만들었을, 그러나 좀더 정직한 사람이라면 만두 접시를 집어 던지며 '다 때려치우라 그래!' 소리쳤을 그런 연주를 말이다. 한번은 연주가 끝난 뒤 박수 소리가 들려 고개를 돌린 적이 있다. 홀에서 웬 백인 남자가 손뼉을 치며 "원더풀"이라 외치고 있었다. 외국인과 나 사이에 어정쩡한 침묵이 흘렀다. 나는 부끄러웠지만 수줍게 한마디 했다. 땡큐…… 집 안에선 밀가루 입자가 햇빛을 받으며 분분히 날렸고, 건반을 짚은 손가락 아래론 지문이 하얗게 묻어났다.

학원은 2년 정도 다녔다. 그사이 나는 바이엘 두 권을 떼고, 체르니와 하농에 입문했다. 체르니란 말은 이국에서 불어오는 바람 같아서, 돼지비계나 단무지란 말과는 다른 울림을 주었다. 나는 체르니를 배우고 싶기보단 체르니란 말이 갖고 싶었다.

엄마는 장사를 끝낸 뒤 작은방에 누워 피아노를 청했다. 나는 엄마의 발 박자에 맞춰「따오기」나「오빠 생각」을 연주했다. 허공에서 발 박자를 맞추던 엄마의 양말 앞코는 설거지물에 진하게 젖어 있었다. 그 발은 허공을 날아다니는, 엄마의 젖은 마음 한 조각 같았다. 노래는 아빠가 잘했는데 연주를 청한 건 늘 엄마였다. 아빠는 배달 일을 하고 있었다. 아빠는 동네 곳곳에 군만두와 찐만두와 물만두를 배달하며 이런저런 참견과 재미없는 농담을 하고 다녔다. 가게가 한창 바쁠 때 사라지는 일도 적지 않았는데, 그때마다 아빠는 배달 간 곳의 노름판에 끼어 있거나, 구멍가게 앞에서 인형 뽑기를 하고 있었다. 한번은 아빠가 온종일 가게에 나타나지 않아 엄마가 화를 냈던 적이 있다. 배달은 모두 취소됐고, 엄마는 정신없이 찜통과 전화 사이를 오갔다. 아빠는 해 질 무렵, 슬그머니 가게 문을 열었다. 아빠는 홀 안까지 와놓고, 안방 문을 열지 못해 왔다 갔다 했다. 그러고는 무슨 생각에서였는지, 작은방서 놀고 있던 우리를 불러내 노래를 가르쳐주겠다고 했다. 우리는 모처럼 다정하게 구는 아빠가 좋아 작은방서 꼬물꼬물 기어 나왔다. 아빠는 미닫이로 된 가게 문을 반쯤 열고 노래를 부르기 시작했다. 아빠가 한 소절을 부르면 우리가 따라하는 식이었다. 아빠의 낮은 목소리가 저녁의 한적한 소음 위로 울려 퍼졌다. "고향 땅이 여기서 얼마나 되나, 푸른 하늘 저 하늘 여기가 거긴가……" 이상했다. 아빠의 고향은 여긴데, 마치 다른 고향이라도 있는 듯 아빠의 얼굴이 쓸쓸해 보였다. "아카시아 흰 꽃이 바람에 날리면······" 문밖으로 빠끔 나온 세 개의 머리통이 같은 노래를 부르는 동안, 안방에선 아무 기척도 나지 않았다. 엄마는 자신의 불운이 오래전, 노래 잘하는 남자를 좋아하게 된, 바로 그때서부터 시작됐다 생각하고 있는지 몰랐다.

어쨌든 나는 아홉 살이었고, 내겐 연주를 할 시간보다 말썽을 피울 시간이 많았다. 와장창 유리 깨지는 소리가 나거나 언니의 비명이 들릴 때마다, 엄마는 만두피를 빚다 말고 잽싸게 달려와 우리를 두들겨 팬 뒤, 다시 쏜살같이 달려가 만두를 쪘다. 엄마는 늘 바빴다. 애들은 빨리 때려서 빨리 키워야 했고, 만두는 그보다 더 빨리 쪄내야 했다. 엄마의 만두 방망이가 내 몸을 때릴 때마다 사방에선 풀썩풀썩 밀가루 먼지가 피어났다. 나는 음악을 좀 알았지만, 매 앞에선 여전히 입을 벌린 채 으앙— 하고 울었다. 한번은 피아노 악보 받침대가 부러져, 방망이 대신 그걸로 맞은 적도 있다. 나는 좀 컸다고 '으앙' 하고 울지 않고 '훌쩍훌쩍' 울어댔다. 악기가 무섭게 보인 것은 그때가 처음이었다.

학원에는 피아노를 잘 치는 애들이 많았고 못 치는 애들은 그보다 더 많았다. 조율 안 된 중고 피아노는 모두 축농증에 걸려 있었다. 액자 속 베토벤과 모차르트는 초등학생들이 만들어내는 소음 속에서 지루하기 짝이 없는 표정으로 앉아 있었다. 아이들은 산만했고 선생들의 태도는 형식적이었지만, 나는 피아노를 배우는 게 재미있었다. 손가락 관절 아래서 돋아나는 음의 운동도 즐거웠고, 내 속의 어떤 것이 출렁여 그리운 마음이 드는 것도 좋았다. 이상한 것은, 그런데도 '잘' 치고 싶다는 생각이 안 들었다는 거다. 나는 피아노를 적당히 치고 싶었다. 그리고 꼭 그 때문은 아니지만 엄마가 피아노 할부금을 다 부었을 즈음, 음악 학원을 그만두었다. 싫증이 난 것이 아니라 그만하면 족했던 것이다. 만족의 수위가 낮았던 걸 보니 분명 재능도 없었던 것 같다.

만두소를 먹고 자란 내 젖멍울은 어여쁘게 부풀어 올라 온몸에 이상한 메시지를 송신했다. 나는 75A 브래지어를 차고 중학교에 올라갔다. 피아노는 예전만큼 자주 치지 않았다. 나는 더 좋을 것도 나쁠 것도 없는 수준 안에서 고만고만한 악보를 사다 유행가를 연주했다. 드라마 주제곡이나 가요 프로그램에서 1위를 하던 노래들이었다. 피아노를 칠 때면, 페달을 밟고 음을 과장하는 법을 잊지 않았다. 그 왕왕거림 안에는 뭔가 환상적인 느낌이 주는 슬픔, 더 이상 가볼 수 없는 체르니 세계 너머에 대한 미련과 향수가 어려 있었다. 나는 더 이상 사교육을 받지 않은 채 고등학교에 들어갔다. 내가 진로에 대해 물으면, 엄마와 아빠는 서로 빤히 쳐다보다, 뭔가 잘못한 것 같은 표정을 지어 보이곤 했다. 우리는 그저 당시의 '소문'들을 믿어보는 수밖에 없었다. 이과가 취직이 잘 된다더라, 여자 직업으로는 선생님이 좋다더라, 서울 삼류에 가느니 지방 국립이 낫다더라와 같은. 그런 말을 들을 때마다 나는 정말 중요한 정보인 듯 심각한 표정을 짓다가 금세 잊어 버리곤 했다. 불규칙한 내신 등급과 달리, 내 브래지어 후크 는 꾸준히 한 칸씩 늘어갔다. 피아노는 가게 구석에서 먼지를 뒤집어쓴 채 잊혀갔고. 나는 더 이상 피아노를 치지 않았다. 그리고 한참의 시간이 지난 어느 날, 이불을 이고 집을 떠나 온 이후. 주머니에 손을 찔러 넣고 복작이는 사람들 사이를 걷다 그런 생각이 들었다. 이 방에서, 이 거리에서, 이 시장 과 저 공장에서, 이 골목과 저 복도에서, 그늘에서, 창 안에 서, 세상 사람들은 가끔 아무도 모르게 도— 도— 하고 우는 것은 아닐까 하고. 사람들 저마다 자기도 모르게 까닭 없이 낼 수 있는 음 하나 정도는 갖고 태어나는 게 아닐까 하고. 어쩌다 어릴 때 음악 따월 배워 그 울음의 이름을 알게 됐으 니, 조금은 나도 시대의 풍문에 빚지고 있는지 모르겠다.

*

만두소에는 무말랭이가 들어갔다. 엄마는 그걸 물에 불린 뒤 광목으로 싸 '짤순이'에 넣고 돌렸다. 짤순이는 탈수 기능 만 되는 날씬한 금성 세탁기였다. 탈수기 호스는 광에서 주방

하수구까지 길게 이어져 있었다. 엄마는 2, 3일에 한 번씩 광으로 들어가 탈수기를 돌렸다. 엄마가 광에만 들어갔다 하면 탈수기 호스에선 엄청난 양의 물이 쏟아져 나왔다. 그래서 나는 그곳이 울음 방인 줄만 알았다. 철이 든 뒤 그것이 오해였다는 걸 깨달았지만. 몇 년 후 엄마는 정말 그 안에서 무릎에 고개를 묻고 있었다. 내가 서울로 올라가기 전인 고3 겨울방학 때였다. 여느 때와 같이 무말랭이를 짜고 있던 엄마는 전화벨이 울리자 주방으로 나왔다. 엄마는 수화기에 대고 뭐라 해명하고 애원하는 것 같았다. 나는 화장실에 가다 그 모습을 보았다. 한바탕 점심 장사가 끝난 뒤라, 가게에서는 탈수기 진동음만 미세하게 들려오고 있었다. 엄마는 다시 광으로 들어갔다. 엄마는 탈수기 옆에 쪼그리고 앉아 '탈탈탈탈' 울었다. 단풍놀이에 간 아빠는 설악산에 있었고, 언니는 휴학계를 썼고, 나는 저쪽 어둑함과 연결된 호스에서 물이 졸졸 새어 나오는 모습을 보며, 문득 우리 집이 망했다는 걸 깨달을 수 있었다.

그즈음, 나는 서울권 대학에 합격했다. 4년제 대학의 컴퓨터학과였다. 컴퓨터에 관해서라면 고작 자판 치는 것밖에 몰랐지만, 졸업하면 취직이 잘 될지도 모른다는 막연한 기대에서였다. 그즈음 내 친구들은 대부분 그렇게 대학에 갔다. 막연하게 국문과에 가고, 막연하게 사대에 가고, 막연한 열패감이나 우월감을 갖고 졸업을 하고 진학을 했다. '적성'이 아닌

'성적'에 맞춰 원서를 쓰는 일도 잦았지만, 대부분 잘 기획된 삶에 대해 무지했고, 자신이 뭘 하고 싶어 하는지 몰랐다. 나보다 두 살 많은 언니는 서울에 있는 전문대학에서 '치기공'을 배우고 있었다. 주로 치아 보철물의 제작 기술을 배우는 학과였다. 언니는 원서를 쓰기 바로 전날까지도, 자신이 평생 누군가의 이〔齒〕 모형을 만들며 살게 되리라 상상하지 못했다고 했다. 나는 한동안 대학에 붙었다는 말도 못 한 채, 신입생 환영회 때 부를 노래만 연습하고 있었다.

엄마는 차압 딱지가 붙기 전, 값나가는 물건을 팔아버리자고 했다. 아빠와 나는 고개를 끄덕이며 열심히 고가품을 찾아 움직였다. 그러나 10분도 지나지 않아, 우리는 우리 집서 값나가는 물건이 피아노밖에 없다는 걸 깨달았다. 그것도 팔면 80만 원이 안 되는 물건이었다. 엄마는 고민하더니, 다시 피아노를 팔지 말자고 했다. 나는 손사래를 치며 "나 때문이면 괜찮다"고 했다. 피아노를 치지 않은 지 한참 됐고, 진심으로 미련도 없었다. 피아노 위에 올려진 인형들은 말똥말똥한 표정을 짓고 있었다. 모두 아빠가 뽑아온 것이었다. 엄마는 고민하다 피아노는 일단 갖고 있자고 했다.

"어떻게?"

엄마가 천천히 입을 열었다. 네가 서울로 갖고 가주었으면 좋겠다고.

"……"

나는 눈을 둥그렇게 뜨고 말했다.

"거기 반지하야, 엄마."

엄마가 그 사실을 모를 리 없었다. 나는 계속 피아노를 팔자고 설득했다. 사실 그것은 우리에게 아무 쓸모도 없었다. 엄마는 그게 무슨 기념비라도 되는 양, "사정이 좋아질지도 모르니까……" 하고 말끝을 흐렸다. 결국 나는 피아노를 이고 상경해야 했다. 내가 집을 떠나던 날, 아빠는 오토바이 '쇼바'를 잔뜩 올린 채 도로 위를 달리며 울고 있었다. 아빠는 오토바이 속도가 최절정에 다다랐을 때, 앞바퀴를 들며 "애들아 너흰 절대 보증 서지 마!"라고 오열했고, 비닐하우스 옆에서 머리를 조아리며 속도위반 딱지를 뗐다고 했다. 벌금은 고스란히 만두 가게서 일하는 엄마 앞으로 전가됐다.

언니의 표정은 뜨악했다. 외삼촌이 담배를 피우는 사이, 나는 사정을 설명하느라 애를 먹었다. 엄마가 다 얘기한 줄 알았는데, 언니는 아무것도 모르고 있었다. 언니가 답답한 듯 말했다.

"여기, 반지하야."

나는 조그맣게 대꾸했다.

"나도 알아."

우리는 트럭 앞에 모여 피아노를 올려다봤다. 그것은 몰락

한 러시아 귀족처럼 끝까지 체면을 차리며 우아하고 담담하게
서 있었다. 외삼촌의 트럭은 길 한가운데를 막고 있었다. 우리
는 서둘러 목장갑을 꼈다. 외삼촌이 피아노의 한쪽 끝을, 언니
와 내가 반대쪽을 잡았다. 외삼촌이 신호를 보냈다. 나는 깊
은 숨을 쉰 뒤 피아노를 번쩍 들어 올렸다. 1980년대 산(産)
피아노가 잠시 세기말 도시의 하늘 위로 비상했다. 그 모습이
꽤 아름다워 하마터면 탄성을 지를 뻔했다. 우리는 한 걸음씩
이동했다. 다리가 후들거리고 진땀이 났다. 사람들이 우리를
흘깃거렸다. 뒤에서 승용차 한 대가 비켜달라는 듯 경적을 울
려댔다. 곧 건물 2층에 사는 집주인이 체육복 차림으로 내려
왔다. 동글동글한 체구에, 아침 체조를 빼먹지 않을 것같이
생긴 오십대 중반의 사내였다. 그는 집 앞에서 벌어진 풍경이
믿기지 않는다는 듯 아연한 표정으로 서 있었다. 나는 피아노
를 든 채 어색하게 웃으며 목례했다. 언니 역시 눈치껏 사내
에게 인사했다. 좁고 가파른 계단 아래로 피아노가 천천히 머
리를 디밀고 있었다. 세탁기도, 냉장고도 아닌 피아노라니.
우리 삶이 세 뼘쯤 민망해지는 기분이었다. 갑자기 쿵— 하
는 소리가 났다. 외삼촌이 피아노를 놓친 모양이었다. 우당탕
탕— 피아노가 계단을 미끄러져 나갔다. 언니와 나는 다급하
게 피아노 다리를 붙잡았다. 윙— 하는 공명감 사이로, 악기
속 여러 개의 시간이 뭉개지는 소리가 났다. 피아노 넝쿨무늬
가 고장 난 스프링처럼 흔들리고 있는 모습이 보였다. 충격

때문에 몸에서 떨어져 나간 모양이었다. 그제야 나는 내가 오랫동안 양각된 거라 믿어온 문양이 사실은 본드로 붙여져 있던 것이라는 걸 깨달았다. 우리는 외삼촌의 안색을 살폈다. 외삼촌은 괜찮다는 신호를 보낸 뒤 다시 계단을 내려갔다. 나는 외삼촌의 부상이나 피아노의 상태가 걱정되지 않았다. 그보다는 쿵— 소리, 내가 처음 도착한 도시에 울려 퍼지는 그 사실적이고, 커다랗고, 노골적인 소리에 얼굴이 붉어졌다. 집주인은 어이없고 못마땅하다는 표정으로 언니와, 나와, 피아노와, 외삼촌과, 다시 피아노를 번갈아 쳐다봤다.

"학생."

주인 남자가 언니를 불렀다. 언니는 재빨리 계단을 올라갔다. 출구 쪽, 네모난 햇살 아래 뭔가 열심히 설명하고 있는 언니의 모습이 보였다. 언니는 승용차 운전자에게도 양해를 구했다. 우리는 결국 관리비를 더 내고, 피아노를 절대 치지 않겠다는 조건으로 집주인을 돌려보냈다. 집주인은 돌아서며 한마디 했는데, 치지도 않을 피아노를 왜 갖고 있느냐는 거였다.

그날, 저녁으로 만두를 먹었다. 엄마가 아이스박스에 넣어 보내준 거였다. 김이 무럭 나는 만두를 식도로 밀어 넘기며 언니는 새삼 '몸이 진정되는 기분'이라고 말했다. 언니는 만두를 삼킬 때마다 엄마를 삼키는 기분이 든다고 했다. 나는 두 손으로 왕만두를 갈랐다. 당면과 부추, 두부, 돼지고기로 채워진 속살이 폭죽처럼 튀어나오며 뿌연 김을 내뿜었다. 문득, 스무 해를 넘긴 언니와 나의 육체는 엄마가 팔아온 수천 개의 만두로 빚어진 게 아닐까 하는 생각이 들었다.

"그런데 아빠, 왜 그랬대?"

언니가 사이다를 들이켜며 물었다. 나는 대충 아는 대로 설명했다. 아빠의 친구가 고기 뷔페를 차린다고 대출을 받으면서 보증을 부탁했다. 몇 해 전부터 동네 외곽에 크고 작은 공장이 들어섰는데, 아빠 친구는 "그 사람들이 여기서 한두 번만 회식해도 흑자는 문제없다"고 자신했다. 그즈음, 아빠의 선배도 노래방을 개업했다. 사람들이 회식을 하면 고기만 먹고 헤어지겠냐는 거였다. 아빠는 이중으로 보증을 섰다. 그런데 어느 순간 공장들이 하나둘 문을 닫았고, 고기 뷔페가 망하자 노래방도 간판을 내렸다. 말하자면 보증의, 보증의, 보증이 도미노처럼 꼬리를 물고 무너져 만두 가게 앞에서 멈춰 선 것이었다. 소읍 전체가 서로에게 빚을 지고 있는데, 그 빚은 누구도 만져본 적 없는 유령 같은 거였다. 언니가 젓가락을 빨며 물었다.

"그럼 누구 잘못이야?"

나는 모른다고 했다. 다만 그것이 아주 투명한 불행처럼 느껴진다고, 실감이 안 난다고 덧붙였다. 그것은 당장 내가 내일부터 아르바이트를 하고 어마어마한 피로감을 느낀다 해도, 저 너머 도미노의 끝을 상상할 수 없고, 원망할 수 없는 것과 비슷한 느낌이었다.

"언니, 학교는 왜 쉰 거야?"

언니는 거품이 사그라져가는 사이다를 보며 말했다.

"집 사정도 그렇고. 이걸 계속해야 할지 알 수 없어서."

나는 이 상황에 '적성'을 생각하고 있는 언니에게 서운함을 느꼈다. 누군가 빨리 자리를 잡아 짐을 덜어줬으면 하는 바람이었다. 언니는 취업이 잘 된다는 말에 서둘러 원서를 쓴 게 후회된다고 말했다. 자질이나 작업 환경에 대해서는 고민하지 못했다고. 학습실서 가스 폭발 사고가 난 후로 두려움이 들고, 허리 디스크와 기침 때문에 고생을 한다고도 했다. 나는 좀 미안한 마음이 들었다.

"학교 선배가 그러는데, 요즘 계급을 나누는 건 집이나 자동차 이런 게 아니라 피부하고 치아라더라."

나는 "정말?" 하고 반문한 뒤, 그러고 보니 그런 것도 같다고 생각했다.

"그런데 좀 징그럽지 않니? 이빨이 계급을 표시한다는 게."

나는 멍하니, 상품(上品)의 소가 입을 벌리고 있는 우시장을 떠올렸다.

"근데 그 말을 들은 뒤부터 나도 모르게 자꾸 사람들 이를 보게 되는 거야. 전공 탓도 있지만, 연예인들 치아는 모두 하얗고 가지런해서 그게 보통의 기준인 것처럼 착각하게 돼."

나는 '온전히 고른' 치아란 게 사실은 없지 않나 갸웃거렸다. 언니는 남자친구 얘길 꺼냈다. 나이 차가 많이 나, 연애가 끝날 때까지도 엄마는 몰랐던 사람이다. 며칠 전 그가 만취해 집에 찾아왔었다고 한다. 서로 마음이 정리되지 않아 힘들었을 땐데, 언니가 현관문을 열자마자 바닥으로 고꾸라졌다고.

"그래서?"

"신을 벗기고 방으로 옮기려는데 꼼짝도 안 해. 그래서 한참 그 앞에 웅크리고 있었어. 그런데 갑자기 나도 모르게 그 사람 얼굴 위로 손을 뻗더라. 그런 뒤 입술을 벌려, 내가 그 사람 이를 살펴보고 있는 거야."

"이를?"

"응. 내가 그런 짓을 하는 게 싫고 미안하면서도, 그 사람이가 꼭 보고 싶은 거야. 나, 그 사람 2년 넘게 만났는데, 그렇게 자세하게 들여다본 건 처음이었어. 벌어진 입술 사이로 열 개 넘는 조그마한 치아가 보였어. 누르스름하고 고르지 않은, 작고 오래된 이들이."

나는 언니의 얼굴을 쳐다보았다.

"그런데 그렇게 쪼그려 앉아, 30년간 밥 씹어온 그 사람 이를 보는 순간, 이상하게 서글픈 생각이 들더라."

"실망했어?"

"그런 게 아니야."

언니는 말을 고르듯 머뭇거렸다.

"학교에서 치아 틀을 뜨다 보면 사람이 참 짐승 같구나 하는 생각이 들 때가 있는데. 그날은 뭐랄까, 애인이 아니라 나와 가장 가까운 짐승을 안고 있는 기분이 들었어."

"……"

이불을 펴고 자리에 누웠다. 방바닥엔 두 사람이 겨우 몸을 뉠 만한 자리밖에 없었다. 피아노 위로는 헤어드라이어와 라디오, 다리미 등 잡동사니가 올려졌다. 방 안은 무슨 중고 가게 같았다. 창밖으로 지상의 길들이 전신주처럼 길게 드리워져 있는 모습이 보였다. 그 길은 행인들의 발굽이 닿을 때마다, 새가 앉았다 날아간 자리처럼 가볍게 출렁였다. 문득 나의 하늘은 당신의 천장보다 낮다는 생각이 들었다. 나는 돌아누우며 언니에게 속삭였다.

"어쩐지 여기, 서울 같지 않아."

언니가 잠 묻은 말투로 대꾸했다.

"서울 다 이래. 네가 아는 서울이 몇 곳 안 되는 것뿐이야."

언니는 금세 곯아떨어졌다. 나는 도시의 지하에 반듯이 누워 있었다. 창 사이론 자동차 불빛이 아른거리고, 피아노 그림자가 내 얼굴 위로 드리워졌다 사라졌다. 어둠 속에서 나는 이따금 내 이를 만져보다 잠이 들었다.

*

언니의 컴퓨터는 엄마가 대학 입학 선물로 사준 거였다. 언니는 같은 과 친구를 따라 용산에서 조립식 컴퓨터를 샀다. 친구는 전자 상가 직원과 암호 같은 말을 주고받은 뒤, 마지막으로 언니에게 본체 케이스를 골라보라고 했다. 상가 한쪽에는 여러 종류의 케이스가 궤짝처럼 쌓여 있었다. 언니는 그중 하나를 수줍게 가리켰다. 전투 로봇의 갑옷처럼 번쩍하니 투박하게 생긴 거였다. 친구가 놀란 표정으로 "왜 그런 걸 고르냐?"고 묻자, 언니는 얼굴을 붉히며 "저게 가장 21세기적인 느낌 같아서……"라고 답했다 한다. 언니는 가장 21세기적인 컴퓨터와 함께 반지하에 살게 되었다. 21세기가 얼마나 '슬림' 한 것인지를 알게 되는 데는 많은 시간이 필요하지 않았겠지만. 그것은 방 한쪽에 불룩하게 자리를 잡았다.

나는 아르바이트를 시작했다. 인쇄소와 연결돼 학원 교재나 시험지를 만드는 일이었다. 처음엔 커피숍이나 호프집에서 서빙을 할 생각이었다. 이제 막 스무 살이 된 내 상식으로 아르바이트란 무릇 그런 것이었다. 그러나 나는 구인 광고란에 적힌 '준수한 외모' 라는 말의 진정한 뜻을 모르고 있었다. 나는 준수할까 말까 한 '귀여운' 외모로, 다른 일을 찾아 벼룩시장을 훑어나갔다. 터무니없이 많은 돈을 준다는 곳과, 믿을 수 없이 적은 돈을 준다는 곳 사이에, A4지 한 장당 1천5백원을 주는 곳이 있었다. 그 돈이 많은 건지 적은 건지는 알 수 없었지만, 워드 작업 정도면 나도 할 수 있을 거라는 생각이 들었다.

일은 생각만큼 쉽지 않았다. 어깨도 결리고, 눈이 아픈데다, 타자 치랴, 오·탈자 확인하랴, 도표 갖다 붙이랴, 영어에, 한자 표기까지 정신이 없었다. 인쇄소에서는 오·탈자가 날 경우 돈을 줄 수 없다고 했다. 그곳에선 정해진 시간에 결코 소화할 수 없는 양의 일을 주고, 아무렇지 않게 3일 안에 해달라고 했다. 나는 '당장 저만큼이면 얼마 벌 수 있겠다'란 생각에 덥석 일을 안고 와 시뻘게진 눈으로 밤을 새웠다. 언니의 컴퓨터는 ㄷ근 키가 잘 먹지 않아 작업 속도를 떨어뜨리곤 했다. 나는 신나게 손가락을 놀리다 번번이 ㄷ근 키 앞에서 멈춰 섰다. 나는 도로 위로 뛰어든 사슴이라도 본 양 ㄷ근만 보면 긴장했고, 그제야 세상에 ㄷ근이 들어가는 글자가 얼마나 많은지 깨달으며 한탄해야 했다. 나는 목을 길게 뺀 채 모니터 앞에 붙박여 있었다. 언니는 "흑백은 눈에 가장 피로를 많이 주는 색이라던데"라며 나를 걱정스럽게 바라봤다. 백년 전 사람들은 상상하지 못할 정도로 진보적인 기계 앞에서, 내 등은 네안데르탈인처럼 점점 굽어갔다.

언니는 편입 시험을 준비하고 있었다. 언니는 4년제 영문과에 들어가 어학연수도 가고, 취직도 하고 싶다 했다. 나는

'재수' 나 '전학' 이라는 말과 달리 '편입' 이란 말은 묘한 빈곤감을 준다고 생각했다. 언니는 "세상에 영어 하나만 돼도 주어지는 기회가 얼마나 많은 줄 아느냐"며 훈수를 뒀다. 나는 언니가 '영어 하나만 돼도 주어지는 기회가 많다' 는 걸, 어째서 이십대 초반이 다 지나서야 깨달은 것일까 의아했다. 언니는 문제집을 잔뜩 안고 와, 단어를 외우고 테이프를 청취했다. 내가 미친 듯이 타이핑을 하는 동안, 언니는 피아노 위에 문법책을 펼쳐놓고 외국어를 웅얼거렸다. 밤마다, 조그마한 불빛이 새어 나오는 이곳 반지하에는 타자 소리와, 영어 단어 외우는 소리가 끊이지 않았다. 어느 날 언니는 도저히 이해가 안 된다는 듯 볼펜을 집어 던지며 소리쳤다.

"야, '미래' 가 어떻게 '완료' 되냐?"

나는 지층 단면도를 따다 붙이다 말고, 키보드에 머리를 박으며 외쳤다.

"아! 과학이 제일 싫어!"

초여름이었다. 이따금 비가 오다 그쳤고, 다시 내렸다. 창밖, 보도 위의 빗방울들이 수많은 원을 그리며 내 머리 위에 아름답게 떠 있었다. 비는, 하늘이 아닌 지상에서 내리는 것 같았다. 나는 입안에 건포도를 털어 넣으며 창밖을 바라봤다. 건포도는 내가 가장 좋아하는 간식이었다. 그걸 먹으면 왠지 까맣게 졸아붙은 캘리포니아 햇빛을 씹어 먹는 기분이었다.

언니는 번화가에 있는 프랜차이즈 식당에서 계산대 보는 일을 하고 있었다. 언니는 새벽마다 어깨에 쌀 포대만 한 졸음을 이고 학원에 갔고, 주말이면 다리 사이에 그 포대를 끼고 한없이 깊은 잠을 잤다. 언니는 종종 옛 애인과 통화했다. 그는 훌쩍이며 집 앞에 찾아오기도 하는 모양이었다. 이따금 비가 오다 그쳤고, 다시 내렸다. 나는 티브이 앞에 앉아 '오늘의 날씨'를 경청했다. 언니가 집을 비우면, 청소를 하고 손쉬운 반찬을 만들고 햇빛 알갱이가 들어 있다는 합성세제로 빨래를 했다. 티브이에선 곧 장마가 시작될 거라는 소식을 전해왔다. 나는 플라스틱 통에 든 습기 제거제를 사다 싱크대 안쪽과 옷장, 신발장에 넣어두었다. 저축한 돈이 있으니 사소한 재해쯤이야 아무래도 좋다는 마음이었다.

나는 어서 학교에 가고 싶었다. 얼추 한 학기 등록금을 모았고, 무엇보다도 사람들과 관계 맺으며 '피로'나 '긴장'을 느끼고 싶었다. 긴장되는 옷을 입고, 긴장된 표정을 짓고, 평판을 의식하며, 사랑하고, 아첨하고, 농담하고, 험담하고, 계산적이거나 정치적인 인간도 한번 돼보고 싶었다. 나는 누군가에게 좋은 사람일 수도 있고 나쁜 사람일 수도 있지만, 사실 아무것도 될 수 없었다. 지금 나를 둘러싸고 있는 것들은 가전제품뿐이었다. 나는 냉장고에게 잘 보이거나, 전기밥통을 헐뜯고 싶지 않았다. 첫 월급을 탔을 때 누구를 만나, 어떻게 돈을 써야 할지 몰라 당황했었다. 이대로 아무도 모르게, 아무도 모르는 일만 하다 죽을 수는 없다고, 매일 어깨에 의자를 이고 등교하는 아이처럼 평생 아르바이트만 하고 살 순 없다고 생각했다. 가끔은 손가락이 나뭇가지처럼 기다랗게 자라나는 꿈을 꾸기도 했다. 나는 손가락만 진화한 인간 타자수가 되어 '다음 중 맞는 답을 고르시오' 라는 문장을 끊임없이 치고 있었다. 그리고 산더미만 한 문제지를 들고 인쇄소에 찾아가면, 그걸 전부 나더러 풀라는 것이었다. 나는 건포도를 오물거리며 '가을이 얼마 남지 않았으니까' 하고 안도했다. '8월에는 동대문에 옷을 사러 가야지. 화장은 언니에게 배우고, 아르바이트는 반드시 집 밖에서 하는 걸로 해야겠다.' 도 다음엔 레가 오는 것처럼 여름이 끝난 후 반드시 가을이 올 것 같았지만, 계절은 느릿느릿 지나가고, 우리의 청춘은 너무 환해서 창백해져 있었다.

방 안은 눅눅했다. 자판을 치다 주위를 둘러보면, 습기 때문에 자글자글 운 공기가 미역처럼 나풀대며 날아다니는 것 같았다. 벽지 위론 하나둘 곰팡이 꽃이 피었다. 피아노 뒤에 벽은 상태가 더 심했다. 건반 하나라도 누르면 꼭 그 음의 파동만큼 날아올라, 곳곳에 포자를 흩날릴 것 같은 모양이었다. 나는 피아노가 썩을까 봐 걱정이었다. 몇 번 마른걸레로 닦아봤지만 소용없었다. 우선 달력 몇 장을 찢어 피아노 뒷면에 덧대놓는 수밖에 없었다. 그러다 곧 피아노 건반을 확인해보고 싶은 마음이 들었다. 시골에서부터 이고 온 것인데, 이대로 망가지면 억울할 것 같았다. 한날 마음을 먹고 피아노 의자 위에 앉았다. 그런 뒤 두 손으로 건반 뚜껑을 들어 올렸다. 손안에 익숙한 무게감이 전해져 왔다. 내가 알고 있는 무게감이었다. 곧 여든여덟 개의 깨끗한 건반이 눈에 들어왔다. 악기는 악기답게 고요했다. 나는 건반 위에 손가락을 얹어보았다. 손목에 힘을 푼 채 뭔가 부드럽게 감아쥐는 모양을 하고. 서늘하고 매끄러운 감촉이 전해졌다. 조금만 힘을 주면 원하는 소리가 날 터였다. 밖에선 공사음이 들려왔다. 며칠 전부터 주인집을 보수하는 소리였다. 문득 피아노를 치고 싶은 마음이 들었다. 이사 후 처음 있는 일이었다. 그리고 일단 그런 마음이 들자, 주체할 수 없는 감정이 솟구쳤다. 한 음 정도는 괜찮지 않을까. 소리는 금방 사라져 아무도 모를 것이다. 나는 용기 내어 손가락에 힘을 주었다.

"도—"

도는 방 안에 갇힌 나방처럼 긴 선을 그리며 오래오래 날아다녔다. 나는 그 소리가 아름답다고 생각했다. 가슴속 어떤 것이 엷게 출렁여 사그라지는 기분이었다. 도는 생각보다 오래 도— 하고 울었다. 나는 한 음이 완전하게 사라지는 느낌을 즐기려 눈을 감았다. 밖에서 문 두드리는 소리가 났다. 쿵쿵쿵쿵. 주먹으로 네 번이었다. 나는 얼른 피아노 뚜껑을 덮었다. 다시 쿵쿵 소리가 들렸다. 현관문을 열어보니 주인집

식구들이었다. 체육복을 입은 남자와 그의 아내, 두 아이가 나란히 서 있었다. 사내아이는 아빠와, 계집아이는 엄마와 똑 닮아 있었다. 외식이라도 갔다 오는지 그들 모두 입에 이쑤시개를 물고 있었다. 남자가 입을 열었다.

"학생, 혹시 좀 전에 피아노 쳤어?"

나는 천진하게 말했다.

"아닌데요."

주인 남자는 고개를 갸웃거리며 물었다.

"친 거 같은데……?"

나는 다시 아니라고 했다. 주인 남자는 의심스러운 표정을 짓다가, 내가 곰팡이 얘길 꺼내자 "지하는 원래 그렇다"고 말한 뒤, 서둘러 2층으로 올라갔다. 나는 방으로 돌아와 피아노 옆에 기대어 앉았다. 그런 뒤 무심코 휴대전화 폴더를 열었다. 휴대전화는 번호마다 고유한 음이 있어 단순한 연주가 가능했다. 1번은 도, 2번은 레, 높은음은 별표나 영을 함께 누르면 되는 식이었다. 더듬더듬 버튼을 눌렀다. 미 솔미 레 도시도 파, 미 솔미 레도시도 레레레 미…… '원래 그렇다'는 말 같은 거, 왠지 나쁘다는 생각이 들었다.

저녁부터 폭우가 내렸다. 언니는 아르바이트 때문에 늦는다고 했다. 벌써 퇴근했어야 하는 시간인데 정산을 잘못한 모양이었다. 언니는 계산서를 처음부터 끝까지 살펴본 뒤, 안

맞을 경우 다시 계산기를 두드리고, 같은 일을 반복하며 밤을 새울 터였다. 나는 만두라면을 먹으며 연속극을 보고 있었다. 볼륨을 한껏 높였는데도 배우들의 목소리가 잘 들리지 않았다. 리모컨을 잡으니 뭔가 축축한 게 만져졌다. 한참 손바닥을 들여다본 후에야 그것이 빗물이란 걸 깨달았다. 나는 화들짝 자리에서 일어났다. 현관에서부터 물이 새고 있었다. 이물질이 잔뜩 섞인 새까만 빗물이었다. 그것은 벽지를 더럽히며 창틀 아래로 흘러내렸다. 벽면은 검은 눈물을 뚝뚝 흘리는 누군가의 얼굴 같았다. 허둥지둥 언니에게 전화를 걸었다. 언니는 한참 만에 전화를 받았다. 언니는 의외로 담담했다. 언니는 그런 적이 몇 번 있다고, 걸레로 닦아내면 괜찮을 거라고 말한 뒤 바쁜 듯 전화를 끊었다. 언니가 그렇게 말해주니, 섭섭하면서도 안심이 되는 기분이었다. 나는 멍하니 서 있다, 양말을 벗고 바지를 걷어 올렸다. 현관 앞 신발들을 모두 신발장 안에 넣고, 컴퓨터와 티브이 등 가전제품의 콘센트를 뽑았다. 피아노 주위엔 마른 수건 몇 장을 단단히 둘러놓았다. 방바닥에 고인 물은 걸레로 훔쳐내면 될 일이었다. 나는 걸레로 바닥을 닦은 뒤 세숫대야에 물을 짜내고 훔쳐내는 일을 반복했다. 구정물은 화장실에 버리고, 마른 수건으로 한 번 더 물기를 없앴다. 순서대로 일을 처리하다 보니 언니 말대로 별일 아닌 것처럼 느껴졌다. 조금쯤 내가 어른이 된 것 같은 기분도 들었다. 한바탕 집 안을 정리하고 숨을 돌리며 허리를 펼다. 그리고 상쾌한 표정으로 주위를 둘러봤다. 조금 전 물기를 닦아낸 곳에 다시 빗물이 고여 있었다. 아까보다 더 많은 양이었다. 나는 하얗게 질려 언니에게 전화했다.

"언니."

언니가 주위 눈치를 보는 듯 조그맣게 대꾸했다.

"왜?"

나는 울먹이며 말했다.

"비 와."

언니가 한숨을 쉬며 답했다.

"그래, 아까도 말했잖아."

나는 아이처럼 훌쩍였다.

"응, 근데 자꾸 와."

언니는 조용히 나를 타이르며 집으로 갈 테니, 그때까지만 참으라고 했다.

"언제 올 건데?"

언니는 모르겠다고, 하지만 곧 가겠다는 말만 반복했다. 나는 전화를 끊고 손등으로 눈물을 훔쳤다. 물은 발등까지 차올랐다. 빗물에서 매캐하고 비릿한 도시 냄새가 났다. 주인집에 도움을 청할까 싶었지만, 너무 늦은 시간이었다. 어쨌든 다시 일을 시작해야 했다. 우선 컴퓨터 전선을 한데 묶어 서랍장 위에 올려놓았다. 그리고 쓰레받기를 이용해 빗물을 퍼내기 시작했다. 물은 계단과 창문을 타고 자꾸자꾸 들어왔다. 안 되겠다 싶어 쓰레받기 대신 바가지를 이용했다. 내 손은 기계적으로 움직이고 있었다. 온몸에 땀인지 빗물인지 모를 것이 흘러내렸다. 밖에선 천둥소리가 났다. 무모한 일을 하는 것 같아 힘이 빠졌지만, 가만히 있을 수만도 없었다. 방에서 휴대전화 벨소리가 났다. 재빨리 달려가 폴더를 열었다.

"언니야?"

전화기 너머, 나직한 목소리가 들려왔다.

"아빠야."

나는 당황했다. 아빠가 우리에게 먼저 전화하는 경우는 드물었다. 나는 이마에 땀을 훔치며 대답했다.

"어? 어……"

아빠는 내게 "잘 지내냐"고 물었다. 잠시 고민하다 "그렇다"고 답했다. 말주변이 없는 아빠는 통화할 때마다 늘 같은 말만 물어왔다. 다음 말은 아마 '저녁 먹었냐?' 쯤 될 것이다.

"저녁 먹었니?"

나는 그렇다고 했다. 아빠는 뜸을 들이다 "뭘 먹었냐"고 물었다. 나는 시시한 대꾸를 한 뒤 침묵했다. 아빠는 내게 아르바이트는 잘하고 있는지, 언니는 어떻게 지내는지, 집에는 언제 내려올 건지 물었다. 나는 어색한 듯 예의 바르게 말을 이었다. 침묵이 흘렀다. 누군가 서둘러 작별 인사를 하거나, 다른 화제를 꺼내야 했다. 아빠가 먼저 입을 열었다. 돈 얘기였다. 도와달란 말은 없었지만, 도와달란 말이었다. 나는 한참 동안 아빠 말을 경청했다. 얼추 내 등록금과 맞먹는 돈이었다. 나는 물에 불은 맨발을 방바닥에 비벼댔다. 그러곤 "어떻게 해보겠다"고 한 뒤 전화를 끊었다. 세상은 비 닿는 소리로 가득했다. 바가지를 든 채 우두커니 서 있는데 밖에서 인기척이 났다. 나는 현관으로 달려가 반갑게 소리쳤다.

"언니야?"

웬 그림자 하나가 스으— 나타났다. 무서운 얼굴을 한 사내였다. 나는 뒤로 자빠지며 엉덩방아를 찧었다. 손등 위로 출렁 빗물이 느껴졌다. 사내는 초점 없는 눈으로 나를 바라봤다. 나는 후들후들 떨며 "누구세요?"라고 말했다. 폭우에, 부채에, 겁탈까지 당할 생각을 하니 뭐 이따위 인생이 다 있나 서러워지려는 참이었다. 사내는 나를 노려보다 신발장 옆으로 고꾸라졌다. 그러더니 신발장에 볼을 비비며 중얼거렸다.

"미영아……"

언니의 이름이었다. 나는 그가 언니의 예전 애인이라는 걸 알아챘다. 그는 조그마한 체구에 순한 얼굴을 가지고 있었다. 자세히 보면 조금 귀염성 있는 얼굴이기도 했다. 나는 조심스럽게 사내에게 다가갔다. 그리고 손끝으로 사내의 어깨를 건드렸다. 사내는 도— 하고 울지 않고, 음냐— 하고 뒤척였다.

"저기요."

사내는 꼼짝하지 않았다. 나는 다시 사내를 깨웠다.

"저기요."

사내는 눈을 크게 뜨더니, 멍청하게 나를 바라봤다. 여기가 어딘지, 내가 누군지 모르는 눈치였다.

"여기 이렇게 계시면 안 돼요. 일어나세요."

사내는 빗물에 흠뻑 젖어 있었다. 사내는 고개를 끄덕이며 다시 눈을 감았다. 사내를 옮기고 싶었지만, 곳곳에 물이 흘러 어떻게 해야 할지 몰랐다.

'그냥 둘까?'

사내가 현관 앞에 있으면 물을 퍼낼 수 없었다. 언니에게 전화를 걸까 싶었지만, 눈치를 보며 쉬쉬 말하던 목소리가 떠올랐다. 곧 온다고 했으니까, 오면 다 알아서 할 테니까 사내를 우선 옮겨놓는 게 좋을 것 같았다. 주위를 살폈다. 피아노 의자가 눈에 들어왔다. 저 위라면 웬만큼 물이 차지 않는 이상 안전할 것 같았다. 사내를 부축해 일으켜 세웠다. 사내는 문어처럼 흐느적거렸다. 어깨에 사내의 팔을 걸치고 한 발 한 발 자리를 옮겼다. 사내는 무너지고, 쓰러지고, 주저앉았다.

"아저씨!"

사내는 고꾸라진 뒤, 차가움에 놀라 부르르 떨다 다시 코를 골았다.

"저기요!"

그는 '음냐' 하고 몸을 뒤척였다. 성질이 났지만 그대로 둘 순 없었다. 물은 정강이까지 올라와 있었다. 책장 아래 칸의 책들은 빗물에 통통 불어가고 있었다. 그중에는 언니가 아직

풀지 못한 영어 문제집도 있었다. 나는 가까스로 사내를 옮겨 피아노 의자 위에 누일 수 있었다. 사내는 평온한 표정을 지었다. 몸통이 기역 자로 꺾여, 발목은 물에 잠긴 채였다. 나는 한숨을 쉰 뒤 사내를 바라봤다. 양 볼이 불그스레한 게 좀 모자라 보였다. 한참 사내의 얼굴을 보고 있자니, 언니가 말한 이 얘기가 떠올랐다. 그러자 나도 사내의 이를 보고 싶다는 마음이 들었다. 신속하게, 잠깐만 보면 괜찮지 않을까 하고. 나는 사내의 입술을 향해 조심스럽게 손을 뻗었다. 그는 자세가 불편한지 돌아누웠다. 나는 다급히 손을 거두며 스스로를 책망했다. 셋방이 물에 잠겨가는데 무슨 짓인가 싶었다. 빗물은 어느새 무릎까지 차올랐다. 나는 피아노가 물에 잠겨가고 있다는 걸 깨달았다. 저대로 두다간 못 쓰게 될 게 분명했다. 순간 '쇼바'를 잔뜩 올린 오토바이 한 대가 부르릉— 가슴을 긁고 가는 기분이 들었다. 오토바이가 일으키는 흙먼지 사이로 수천 개의 만두가 공기 방울처럼 떠올랐다 사라졌다. 언니의 영어 교재도, 컴퓨터와 활자 디근도, 아버지의 전화도, 우리의 여름도 모두 하늘 위로 떠올랐다 톡톡 터져버렸다. 나는 피아노 뚜껑을 열었다. 깨끗한 건반이 한눈에 들어왔다. 건반 위에 가만 손가락을 얹어보았다. 엄지는 도, 검지는 레, 중지와 약지는 미 파. 아무 힘도 주지 않았는데 어떤 음 하나가 긴 소리로 우는 느낌이 들었다. 나는 나도 모르게 손가락에 힘을 주었다.

"도—"

도는 긴 소리를 내며 방 안을 날아다녔다. 나는 레를 짚었다.

"레—"

사내가 자세를 틀어 기역 자로 눕는 모습이 보였다. 나는 편안하게 피아노를 연주하기 시작했다. 하나둘 손끝에서 돋아나는 음표들이 눅눅했다.

"솔 미 도레 미파솔라솔……"

물에 잠긴 페달에 뭉텅뭉텅 공기 방울이 새어 나왔다. 음은 천천히 날아올라 어우러졌다 사라졌다.

"미미 솔 도라 솔……"

사내의 몸에서 만두처럼 김이 모락모락 피어났다. 빗줄기는 거세졌다 잦아지길 반복하고, 검은 비가 출렁이는 반지하에서 나는 피아노를 치고, 발목이 물에 잠긴 채 그는 어떤 꿈을 꾸는지 웃고 있었다.

침이
고인다

알람이 울린다. 어둠 속, 다급하게 깜빡이는 휴대전화 불빛은 그녀가 하루를 시작하는 데 꼭 필요한 경보(警報)와 같다. 아침마다 그 작은 재난을 향해 손을 뻗는 그녀의 모습은, 한밤중 폭우를 만나 해변으로 쓸려 온 이방인을 떠올리게 한다. 그녀가 머리맡을 더듬어 불빛을 움켜쥔다. 손가락 사이로 푸른빛이 새어 나온다. 그녀는 휴대전화를 쥔 채 죽은 듯 엎드려 있다. 누군가 그 모습을 본다면, 이제 막 출동하려 한 손을 들고 있는 슈퍼맨과 같다 말할지 모른다. 그러니 그녀가 아침마다 제일 먼저 하는 일이란, 주먹을 뻗는 것일지도 모르리라. 그녀가 자세를 튼다. 몸에서 관절 꺾이는 소리가 난다. 그녀는 베개에 얼굴을 묻으며 절망적으로 중얼거린다. 그리

고 그 절망이란, 늘 한 가지 종류의 것뿐이다. **피곤하다.** 복
도 위로 신문 떨어지는 소리가 들린다. 후배가 꿍 소리를 낸
다. '오늘은 한 시간 일찍 출근해야 하는데.' 머리 위로 어지
럽게 흩어진 원고 뭉치가 보인다. '늦으면 2만 원이나 내야
하는데.' 원고는 중학생 아이들의 논술 답안이다. 한 장에 천
원, 일주일에 120장씩, 5백 자 원고지를 첨삭하는 일이다. 후
배는 수성펜을 쥔 채 엎드려 자고 있다. 귓불에는 빨간색 잉
크가 묻어 있다. 그녀는 욱신거리는 몸을 뒤척인다. '감기인
가?' 창밖으로 오토바이 떠나는 소리가 들린다. 그녀는 몸뚱
이를 쭉 늘어뜨린 다음 재빨리 말아 감으며 한 번 더 중얼거
린다. **정말 피곤하다.** 그녀는 고민한다. 조금만 더 잘 것인가
말 것인가. 조금 더 잔다면 얼마나 잘 것인가. 직장까지 택시
로 만 원이니 벌금 낸다 치고 딱 만 원어치만 자면 안 될까.
그냥 지각해버릴까. 당장의 숙면이 2만 원어치의 가치가 있
다면, 그러면 자도 되는 거 아닌가. 그러나 2만 원으로 할 수
있는 일은 또 얼마나 많은가. 한 번도 지각한 적 없으니 한
번만 지각할까. 그래, 성실함이란 미래의 실수를 위한 달란트
같은 것일지도 몰라. 벌금은 또 다른 의미의 허락이니까. 그
저 조금 미안해하는 시늉을 하면 되는 건지도. 어젯밤 내가
기절할 것같이 바쁘게 일하는 거 모두 봤잖아? 하지만 그들
역시 나만큼 일했는걸. 그런데 정작 달란트가 필요한 순간 주
머니가 비어버리면 어떡하지? 이렇게 고민하지 않았다면 5분

은 더 잘 수 있었을 텐데. 그녀는 '그러니까'와 '그렇지만' 사이의 깊은 협곡 아래로 굴러 떨어지며 선잠에 빠져 든다. 물론 직장에 택시를 타고 갈 생각은 없다. 그녀는 자신이 아침마다 일어나는 데 필요한 것 중 하나가 결심이 아닌 '주저'라는 걸 알고 있다. 그 주저의 순간, 자신에게도 삶에 대한 선택권이 약간은 있는 게 아닌가 하는 착각이 든다는 것도. 그녀가 화들짝 깨어난다. 그러고는 벌떡 일어나 정신병자처럼 외친다. *몇 시지?* 늦은 건 아니지만 늦을지도 모르는, 세계 도처에 깔린 우리들의 난처한 시간— 그 어디 즈음의 몇 시 몇 분이다.

그녀는 욕실로 향한다. 그리고 변기 위에 앉아 무심코 팬티를 내려본 뒤 당황한다. 생리다. '예정일이 아닌데.' 그녀는 잠옷 아래로 팬티를 벗은 뒤 바닥에 쪼그려 앉아 물을 받는다. '오늘은 체육 대회가 있는 날인데.' 그녀는 오늘 이어달리기 선수로 뛰어야 한다. 회의 때, 응원이나 하겠다고 발을 뺐지만, 누구든 한 가지 종목에 의무적으로 참가해야 해 어쩔 수 없었다. 부장이 달리기 지원자를 물었을 때, 그녀는 지목당하지 않으려 한껏 고개 숙이고 있었다. 그런데 누군가 한 손을 번쩍 들더니 "저는 박 선생님을 추천합니다"라고 말했다. 퇴근 시간마다 막차를 놓치지 않으려 죽도록 뛰는 모습을 봤는데, 아주 잘 뛰더라는 것이었다. 그녀는 울적한 표정으로 팬티가 물에 불기를 기다린다. 살면서 사내 체육대회 우승 같은 거 절대 하고 싶지 않았는데. 절대 하고 싶지 않았지만 벌써 예선도 치렀고 티셔츠도 받았다. 예선에서는 자기도 모르게 1등을 하는 바람에 더욱 우울해져버렸다. 이사장은 우승팀에게 2백만 원을 내걸었다. 장기 자랑 수상자에게는 50만 원을 준다 했다. 그녀는 오늘 달리기도 하고, 장기 자랑도 해야 한다. 그녀가 속한 과에서는 누구도 장기 자랑에 나서지않아, 결국 모두가 춤을 춰야 한다는 결정이 내려졌다. 그녀는 점심시간마다 학원 옥상에 올라가 '꼭짓점 댄스'를 춰야했다. 팔과 다리를 벌린 후 하나 둘 셋 전진, 찍고. 다시 하나둘 셋 틀고. 거기, 박 선생님, 45도! 45도 몰라요? 확성기 소리에 다급히 목을 꺾고 반대로 갔다가 옆 사람과 부딪힌 후, 어쩔 줄 몰라 하는 사이, 강약약. 한여름, 그늘 한 점 없는 옥상에서 땀을 뻘뻘 흘리며 안무를 따라 하는 동안 그녀는 줄곧울 것 같은 표정을 지었다. 그녀가 어릴 때 가장 싫어했던 것중 하나가 '단체 기합'과 '장기 자랑'이었는데, 꼭짓점 댄스는그 두 개를 합쳐놓은 것 같았다. 그녀는 고개를 숙인 채 마블링처럼 엷게 번져가는 핏물을 바라본다. **오늘, 학원 가지 말까?** 그녀는 고민한다. 그녀가 뭔가 선택하고 있다고 믿을 수있도록. 그러고는 얼마 지나지 않아 후다닥 찬물에 머리를 감는다.

저기, 단풍처럼 작은 손으로 아침 볕을 가린 채 뛰어가는 그녀가 보인다. 그녀는 면바지에 주황색 티셔츠를 입고 있다. 가슴 한쪽엔 지구의 모양의 로고와 '축 개원 10주년 뉴 엘리트 학원'이라는 문구가 새겨져 있다. 광복절이라 거리엔 사람이 별로 없다. 토스트를 파는 포장마차도, 무가지를 나눠 주는 가판대도 한적하기만 하다. 에스컬레이터 위로 얼굴이 부은 사람들이 일렬로 서 있는 게 보인다. 그들 모두 어릴 때 꿈이 '훌륭한 사람'은 못 되었어도, '공휴일에 출근하는 사람'은 아니었을 거다. 그녀는 에스컬레이터의 긴 행렬에 바싹 따라붙은 뒤, '내가 사교육만 제대로 받았어도 이러고 있지 않을 텐데' 탄식한다. 그러고는 이내 부끄러워한다. 학부모들이 상담 때마다 하는 말 중 하나가 우리 애가 '공부를 못 해서'가 아니라 '욕심이 없어서'라는 걸 알고 있기 때문이다.

그녀는 목동의 입시 학원에 나가고 있다. 중등부 1학년만 천 명이 넘는 기업형 학원이다. 그녀는 국어과에서 중등부 강의를 맡고 있다. 처음 면접을 보러 다니던 때, 그녀는 자기 몸값을 스스로 불러야 한다는 사실에 당황했었다. 어느 학원에선가 "우리는 달라는 대로 얼마든지 줄 수 있다. 선생님이 한 달에 천만 원 달라고 하면 천만 원 줄 수 있고, 6백만 원 달라고 하면 그럴 수 있다. 다만 우리는 그 값어치를 하는 사람을 못 구하고 있을 뿐이다. 선생님은 얼마를 원하느냐?"라고 물어왔을 때도 그랬다. 그녀는 가죽 소파 위에 쥐며느리처럼 앉아 고뇌했다. 적게 부르면 사람이 무능한 것 같고, 많이 부르자니 뻔뻔해 보일 것 같았다. 그녀는 원장이 대단히 '공정하다' 고 생각하는 부분이 어딘가 이상하다고 느꼈지만, 그것이 왜 이상한지 알 수 없었다. 다만 그때 자신이 느꼈던 감정이 수치심이었다는 것만은 분명했다. 그녀가 시강하는 사이, 6백만 원 정도의 월급을 받는 것으로 보이는 젊은 관리자급 강사가 고개를 뒤로 젖히고 잤다. 그녀는 학원 측의 갑작스러운 요구에 교재도 없이 시강을 하느라 진땀을 뺐다. 이상한 것은 그 순간 '못하겠다' 는 말이 안 나왔다는 거였다. 그녀는 집으로 돌아오며 우울해했다. 그녀 스스로도 좀더 편안하면서 많이 벌 수 있는 학원을 기웃대고 있었으면서 말이다. 어쨌든 지금은 그곳이 아닌 '뉴 엘리트 학원' 에 나가고 있다.

그녀는 매달 13평형 원룸의 월세와 의료보험, 적립식 펀드 한 개와 적금을 부어갈 만한 생활력을 갖고 있다. 아울러 만기일까지 적금을 붓기 위해선, 오늘 하루, 열심히 얼룩말처럼 달리고, 곰처럼 춤춰야 한다는 사실도 잘 알고 있다. 가끔 인생의 어떤 부분을 가불받고 있다고 느껴질 때도 없지 않지만. 한 1년 묵묵히 공부한 뒤 공기업에 취직하는 후배들을 보며 질투가 날 때도 있지만. 경제적 독립이 주는 떳떳함과 함께 술자리에서 초조해하지 않아도 된다거나, 지인들의 경조사에서 사람 노릇 할 수 있다는 것 역시 그녀가 학원을 그만두지 못하는 이유 중 하나다. 아울러 '그만둘까' 하는 마음이 들 때마다, 월급날은 번번이 용서를 비는 애인처럼 돌아왔다.

역내 안내 방송이 흐른다. 사람들이 안전선 근처로 모여든다. 그녀는 숨을 크게 들이마시며 '엄살떨지 말자' 다짐한다. 생리 중 수능도 보고, 아르바이트도 하고, 수학여행도 가고 다 했었으니까. 문득 후배 생각이 난다. 후배는 낮에 자고 밤에 일한다. 지금 후배가 하는 일은 그녀가 구해준 거다. 시무룩한 얼굴로 취업 사이트만 돌아다니던 후배에게 첨삭 일을 제안했을 때, 후배는 장당 천 원이면 서빙보다 낫다며 뛸 듯이 좋아했었다. 그러나 원고를 맡은 지 하루도 지나지 않아, 후배는 시뻘겋게 충혈된 눈을 글썽이며 말했다. "언니, 우리나라 중학생들, 다 저능아 같아요." 후배와 같이 산 지는 세 달이 지났다. 어떻게 후배를 집에 들일 마음을 먹었는지 그녀도 아직 모르고 있다. 굳이 이유를 들어야 한다면 후배의 목소리가 좋았기 때문이라고 해야 할까. 첫날 밤, 이런저런 이야기를 들려주던 후배의 눈빛, 목소리의 질감 같은 것이 마음에 든 건지도. 그녀의 얼굴이 어두워진다. 지하철이 큰 소리를 내며 멈추어 선다. 그녀는 열차와 선로 사이의 나락을 폴짝 뛰어넘으며 냉각된 열차 안으로 들어간다. 문이 닫힌다. **춥다.**

입사 후, 그녀가 줄곧 들어온 아침 인사는 모두 패션에 관한 것이었다. '어머, 머리 모양 바꿨네?' 라든가, '박 선생, 가방 예쁘다' 혹은 '치마 어디서 샀어요?' 와 같은. 처음에는 그녀도 즐거웠다. 쑥스럽기도 하고, 으쓱한 마음에 화장실 거울에 자기 모습을 비춰 볼 때도 있었다. 그러나 얼마 지나지 않아, 이곳 사람들은 심하다 싶을 정도로 그런 말을 반복한다는 걸 깨달았다. 패션은 관습적인 인사가 아니라 일상적이고 중요한 화제였다. 그녀는 점점 궁색한 자신의 옷장과 여선생들의 관심에 부담을 느꼈다. 칭찬을 들은 후엔 이상한 부채감도 생겼다. 어느 때는 사무실 문을 열자마자 모두가 재빨리 자신을 훑어보며 점수를 매기고 있는 것은 아닐까 불안했다. 하지만 그녀는 그러한 근심이 보잘것없다는 걸 깨달았다. 사람들이 누군가의 변화에 환호하는 건, 우리에게 어떤 '화제'가 생겼다는 사실에 안도하는 것일지도 모른다고. 그런데 오늘, 교무실 문을 연 순간 그녀가 처음으로 들은 소리는 패션에 관한 말이 아니었다.

부장이 그녀를 부른다. 그녀는 부장의 책상까지 걸어가는 동안 실수의 가능성을 헤아려본다. 딱히 떠오르는 것이 없다. 섬세하고 성실하며 분기별 교원 평가에서 늘 좋은 점수를 받아온 그녀였다. 부장이 묻는다. SH1이랑 CK2반, 선생님이 맡고 있는 거 맞죠? 그녀가 긴장하며 답한다. 네, 제 후배가…… 부장이 말을 자른다. 그러게. 그녀는 아무 말도 않는다. 맞는 걸 죄다 틀리게 고쳐놓으면 어떡해? 그녀가 책상 위의 원고 뭉치를 바라본다. 원고 위로 후배의 둥근 글씨가 보인다. 첨삭란이 나름 빡빡한 게 꼼꼼히 살펴본 듯하다. '예컨대'는 '예컨대'로 고쳐놓고, 이 문장은 '때문에'가 하나의 어절로 쓰였으니까 띄어야지. 여기 학부모들 학력이 얼마나 높은데, 항의 전화가 몇 번이나 온 줄 알아요? 후배, 국문과 맞아? 그녀는 무슨 말부터 해야 할지 몰라 망설인다. '얼마나 틀린 건가요?' 확인해야 할지, '후배는 국문과가 맞습니다' 대답해야 할지, '제가 다시 해놓겠습니다'라고 수습해야 할지 말이다. 그녀는 가장 좋은 대답을 찾아낸 듯 겨우 한마디 한다. *죄송합니다.* 박 선생님, 이게 한 장에 천 원이어도 우리가 한 단어 틀리면 그 백 배 이상의 신용을 잃는 거예요. 부장은 후배에게 더 이상 일을 맡길 수 없다 한다. 그녀는 아무 말도 못한다. 부장이 알겠냐고 묻는다. 그녀가 망설인다. 부장이 집요하게 대답을 기다린다. 그녀가 마지못해 대답한다. *죄송합니다.* 알겠다는 뜻이다. 그녀는 자리로 돌아와 앉는다. 다른 선생들이 재빨리 시선을 거둔다. 생리 때문에 아랫배가 싸하다. 그리고 훌쩍 콧물이 흘러나온다. 휴지를 꺼내 조심스럽게 콧물을 찍어내는 사이, 최 선생이 묻는다. 박 선생님, 감기 걸렸어요? 그녀가 고개를 끄덕인다. 김 선생이 묻는다. 여름에 웬 감기? '여름에 웬 감기냐고? 집채만 한 에어컨 바로 옆에 앉아 있으니까 그렇잖아. 내가 늘 바들바들 떠는 거 알면서 아무도 에어컨을 줄이거나 *끄*자고 하지 않으니까 그런 거잖아.' 그녀는 갑자기 아이처럼 서러워진다. 일전에 지독한 목감기에 걸렸을 때도 모두 한마디씩 걱정해줬지만, 아

무도 보강을 해주겠다는 말은 하지 않았다. 그녀는 후배에게
도 좀 짜증이 난다. 내가 '자주 틀리는 한국어 맞춤법' 파일도
출력해줬는데. "불 끄고 자" 했을 때마다 "아니에요. 해야 해
요"라고 말하며 밤새 형광등을 켜고 자던 후배의 앳된 얼굴이
떠오른다. 부장이 외친다. 다들 이동하죠! 그녀는 부장을 흘
겨보며 생각한다. 자기는, 얼굴이 비문이면서. 그녀는 자신이
후배에 대해 얼마나 알고 있는지 질문해본다. 후배가 '예컨
대'를 잘못 알고 있다는 사실 외에 그 아이에 대해 말해줄 수
있는 다른 것들을. 고등학교 3년 내내 배운 불어가 하나도 기
억나지 않는 것처럼 머릿속이 멍해진다. 최 선생이 어깨를 친
다. 가요.

후배는 이야기를 잘했다. 언변이 좋아서도, 아는 게 많아서
도 아니었다. 후배는 이야기를 하는 동안, 지금 자기가 하고
있는 얘기가 가장 중요한 이야기이며, 또 의미 있는 일이라는
표정을 지었다. 그녀는 후배의 목소리를 들을 때마다, 잘못된
번역으로 가득한, 이상하고 좋은 철학서를 읽었을 때처럼 가
슴이 싸해지는 걸 느낄 수 있었다.
후배를 처음 맞은 날, 후배는 작은 손가방 외에 아무것도
갖고 있지 않았다. 후배가 갖고 있던 것은 자신이 그녀의 대
학 후배라는 것. 그리하여 우리는 만났고, 만난 적이 있다
는—믿을 수 없을 만큼 모호하고 상징적인 명함 한 장뿐이

었다. 후배는 이야기 속 나그네처럼 하룻밤만 묵고 갈 수 있을지 물어왔다. 담담하고 점잖은 말투였다. 그녀는 망설이다 그러라고 했다. 인정 없는 선배로 소문이 나고 싶지 않았을뿐 더러, 하룻밤 정도야 아무래도 좋았다. 그녀는 후배에게 이불을 펴주고 목욕물을 데워주었다. 그런 뒤 자신이 왜 후배를 허락했는지 진지하게 고민해보았다. 하루쯤 좋은 사람이고 싶었던 걸까. 그것이 혹 '부탁'이라 할지라도 사실은 '거래'에 가까운 교환들이 이뤄지는 사회에서, 이렇게 일방적이고도 순수한 부탁이 밀고 들어오자 기쁜 듯 당황해버린 탓이었을까. 그녀는 후배를 선뜻 들인 나머지, 자신이 혹 오래전부터 어떤 요구와 결례를 간절히 기다려온 것은 아니었을까 생각했다. 후배가 욕실에서 나오자, 그녀는 "뭐 먹을래?" "편한 옷 줄까?" "스킨이랑 로션은 여기 있고, 이건 아이 크림, 수분 크림은 저기 있어" "베개 높은 것 줄까, 낮은 것 줄까?"와 같은 물음을 산만하게 쏟아냈다. 그러고는 더 이상 할 말이 없자 "와인 마실래?" 하고 마음에도 없는 말을 해버렸다.

그날 밤, 두 사람은 이불을 걸고, 밥상 앞에 마주 앉았다. 상 위에는 칠레산 와인 한 병과 잔 두 개가 놓여 있었다. 그녀는 지레 변명했다. 와인을 좋아하지만 많이는 모르고, 이렇게 가끔 마신다고. 두 사람은 어색하게 건배한 후 입을 축였다. 음악 들을래? 그녀가 노트북 앞으로 기어가려 하자, 후배는 괜찮다고 말했다. 두 사람은 몇 마디 말을 주고받았다. 누구를 만나더라도 무난하게 나눌 수 있는 평범한 화제들이었다. 피상적인 날씨와 피상적인 정치, 피상적인 영화 이야기 같은 것들 말이다. 그러다 후배가 사소한 농담 한마디를 했고, 그들은 처음으로 같이 웃었다. 어제 언니 꿈을 꾸었어요. 그녀가 의아한 표정을 지었다. 왜 가끔, 별 사이도 아닌데 난데없이 꿈에 나타나 중요한 몫을 해내는 사람들 있잖아요. 그녀가 고개를 끄덕였다. 그러게, 난 그런 사람들이 가끔 야한 꿈속에 나와서 당황하곤 해. 후배가 수줍게 웃으며 말했다. 다음 날 막상 그 사람 보면 괜히 민망하고 두근거리지 않아요? 그녀는 웃음을 터뜨렸다. 맞아, 정말 그래. 그녀는 왠지 마음이 놓이는 걸 느낄 수 있었다. 후배가 말을 이었다. 꿈속에서 언니와 저는 어느 동아시아 국가의 여름 벌판 위에 서 있었어요. 별로 친하지도 않은 우리가 왜 같이 있었는지 알 수 없지만, 우리가 같이 있다는 것만은 분명한 사실이었어요. 우리는 을씨년스러운 벌판 위에 서서 이국의 밤하늘을 바라보고 있었어요. 그런데 저기 하늘 위로 북두칠성이 보이는 거예요. 그것은 이상하게도 너무 낮게 떠 있었고, 하늘 위에 있는 거라고는 그 일곱 개의 별이 전부였어요. 그녀는 호기심을 갖고 다음 이야길 기다렸다. 우리는 별이 보이는 곳으로 다가갔어요. 그리고 곧 아연해지고 말았어요. 우리가 별이라고 생각한 건, 사실 유흥업소 지붕에 씌워진 일곱 개의 꼬마전구들이었어요. 그녀가 소리 내어 웃었다. 너, 순 거짓말쟁이구나?

후배가 정색을 하고 말했다. 아니에요. 정말이에요. 후배는 말을 이었다. 그런데 그게 전구라는 걸 안 순간, 이상하게 안심이 되었던 기억이 나요. 두 사람은 많은 얘길 나눴다. 그녀는 뭐가 우스운지 가끔 허리를 젖혀 웃었다. 그녀는 달콤하게 취해 비스듬히 몸을 뉘었다. 적어도 좋아하지 않는 직장 동료의 승용차 뒤에 앉아, 도착지까지 쓸데없는 수다를 늘어놓아야 했을 때보다는 낫다고 생각하면서. 어쩌면 유통기한이 정해진 안전한 우정이 그녀를 여유롭게 만들어주었는지도 몰랐다. 하루란 누구라도 누구를 좋아할 수 있는, 얼마든지 자신이 원하는 대로 근사해질 수도 친절해질 수도 있는 시간이었다. 그리고 꼭 그러려는 것이 아니었는데도 자신의 선의가 후배의 재담으로 보답받는 느낌을 받았다. 후배는 목소리가 좋았다. 두 사람은 금세 와인 한 병을 다 비웠다.

그녀가 반쯤 감긴 눈으로 쿠션에 기대 있는 사이, 후배는 가방 앞에 쪼그려 앉아 부스럭거렸다. 그녀에게 뭔가 보여주고 싶어 하는 눈치였다. 후배는 그녀 앞으로 다가와 앉았다. 그런 뒤 가만 손바닥을 내밀었다. 손 위에는 작은 나무 상자 하나가 놓여 있었다. 모양은 단순했지만 손때가 묻어 그윽하게 반질거리는 상자였다. 후배가 나직하게 말했다. 언니, 제가 재미있는 얘기 해드릴게요. 그녀가 고개를 끄덕였다. 상자를 보니 궁금한 마음이 들었다. 제가 여기 온 건 그동안 신세를 지고 있던 집에 차압이 들어왔기 때문이에요. 제게 눈치를 준 건 아니지만, 저는 그곳에 있을 수 없었어요. 그녀는 긴장했다. 이런 식으로, 얄팍한 선의 한 번에 원치 않는 비밀을 듣게 될까 두려웠다. 제가 어릴 때 많이 돌아다니면서 자랐거든요. 저 학교에서도 근로 장학생이었잖아요. 그녀는 후배가 근로 장학생이었는지는 기억나지 않았지만, 앞으로의 이야기가 어둡고 충격적인 것이 아니길 바랐다. 그런 이야기를 남기고 가기에 이곳 13평형 원룸은 너무 좁지 않느냐고. 어디서부터 말해야 할지 모르겠지만. 음, 별 얘기 아니니 편하게 들어요 언니. 그녀가 어색한 미소를 지었다. 후배는 담담하게 말을 이었다. 어릴 때 시립 도서관에 가본 적이 있어요. 정확하게 기억나지는 않지만, 우리 집에서 버스로 두 시간도 넘는 거리에 있었던 곳 같아요. 그녀도 도서관에 처음 가본 게 중학교 때였다는 걸 떠올렸다. 후배는 기억 속의 도서관을 이리로 모셔오듯, 먼 곳에 살고 있는 자신의 표정을 얼굴 위로 불러왔다. 그날, 엄마 손을 잡고 거대한 정적 속으로 들어가던 순간, 제 가슴이 무척 두근거렸던 기억이 나요. 후배의 눈빛이 장님처럼 아득했다. 그녀는 상자를 내려다봤다. 후배가 무슨 이야기를 하려는 건지 감이 오지 않았다. 엄마는 도서관 휴게실에 저를 앉혀둔 뒤, 잠깐만 앉아 있으라고 했어요. 책 좀 빌려 오겠다면서요. 그런 뒤 제 손에 껌 한 통을 쥐여줬어요. 심심하면 이거 씹으면서 놀고 있으라고. 그녀가 고개를 끄덕였다. 엄마가 열람실로 들어가자마자 껌 하나를 꺼내 씹었어요. 입속 가득 그윽한 침이 고여 자꾸 입맛을 다셨던 기억이 나요. 저는 의자 위에 앉아 사람들을 구경하며 놀았어요. 그곳이 뭘 하는 데인지 잘 몰랐지만, 정숙해야 한다는 것만은 알고 있었던 것 같아요. 그녀는 고개를 끄덕였다. 그런데 아무리 기다려도 엄마가 오지 않는 거예요. 저는 초조했고, 그래서 또 껌 하나를 꺼내 씹었어요. 10분이 지나고 20분이 지나 단물이 다 빠져버릴 때까지요. 엄마는 오지 않았어요. 그녀는 뭔가 참 익숙한 이야기를 듣게 되는구나 싶어, 그것이 익숙하다는 이유만으로 후배의 불행과 상관없이 좀 피곤한 느낌이 들었다. '그런데 대체 자기 아이를 시장이나 기차역이 아닌 도서관에 버리는 엄마가 어디 있단 말인가?' 저는 불안해서 자꾸만 풍선을 만들어 불었어요. 그걸 펑펑 터뜨리며 혼자 놀라는 연습을 했어요. 정말로 곧 놀라는 순간이 오게 될까 봐. 저는 세번째 껌을 씹으며 열람실 안에 들어가보기로 했어요. 껌은 한 통에 여섯 개가 들어 있잖아요. 도서관은 조용한 곳이니까, 엄마가 어디선가 잠들어 있을지도 모른다고 생각했어요. 저는 엄마를 찾았어요. 책들이 다 비슷하게 생겨 어디가 어딘지 알 수 없었지만, 그 안이 미로 같던 탓에 더더욱 엄마가 거기 있을 것만 같은 느낌이 들었어요. 저는 목이 메어 네번째 껌을 씹었어요. 한 통을 다 씹을 때까지는 확신할 수 없는 거잖아요. 그렇잖아요. 그렇지 않다면 엄마가 굳이 껌을 한 통이나 주고 갔을 리 없잖아요. 그녀는 당황하여 고개를 끄덕였다. 엄마는 얼마나 많은 책을 빌리는 것이기에 그렇게 늦는 걸까요. 도서관은 무서울 만큼 조용했어요. 저는 다섯번째 껌 종이를 벗겨냈어요. 바스락 소리가 책장 넘기는 소리와 함께 사그라지고. 설탕 파우더가 입혀진 껌을 둥글게 말아 입속에 털어 넣었어요. 엄마는 없었어요. 가슴이 아팠지만 목 놓아 울 수 없었어요. 만일 제가 도서관에서 운다면 그건 아마 세상에서 제일 큰 울음이 될 테니까요. 그녀는 후배의 말을 심각하게 듣고 있었다. 엄마는 끝내 오지 않았어요. 후배가 잠시 그녀의 얼굴을 바라봤다. 그리고 이게 마지막 껌이에요. 후배가 상자를 내밀었다. 그런 뒤 조심스럽게 상자 뚜껑을 열었다. 그녀는 홀린 듯 상체를 기울여 상자 안을 들여다보았다. 납작한 인삼껌 하나가 반듯이 놓여 있었다. 그녀는 숨이 멎는 것 같았다. 정말? 후배가 되물었다. 뭐가요? 아, 아니야. 머리를 맞댄 두 사람 사이로 침묵이 흘렀다. 그녀는 벨벳 위에 우아하게 누워 있는 인삼껌을 한참 동안 쳐다봤다. 포장지는 눅눅했고 빛이 바래 있었다. 아무리 인삼껌이라지만 몸에 아주 해로울 것 같아 보였다. 그다음, 후배의 행동은 참으로 놀라운 것이었다. 껌을 집어 들더니, 망설일 것 없이 반으로 북— 쪼개는 것이었다. 그녀가 깜짝 놀라 물었다. 왜, 왜 그래? 후배가 말했다. 언니에게 주려고요. 그녀의 얼굴이 파랗게 질렸다. 그녀는 수류탄을 든 채 자살 기도하는 탈영병을 달래듯 간절하게 외쳤다. *그러지 마.* 후배는 방긋 웃으며 대꾸했다. 괜찮아요.

'⋯⋯뭐가?'

껌의 절단면이 파르르 흔들렸다. 그냥, 껌이잖아요. 후배가 말했다. 고마워요. 그녀는 혼란스러웠다. 모든 게 거짓말 같고 또 정말인 것 같았다. 그녀는 후배의 존재가 허구처럼 느껴졌다. 나를 속이려고 하는 걸까. 후배의 집에 있는 거짓말 창고엔, 유통기한이 지난 인삼껌이 백 통도 넘게 쌓여 있는 게 아닐까? 그런데 요새도 시중에 인삼껌이 나오던가? 중요한 것은 그것이 사실이냐 아니냐를 떠나, 후배의 이야기가 그녀의 마음을 '움직이고' 있다는 데 있었다. 그녀는 몇 번이나 사양하다, 결국 껌 반쪽을 건네받을 수밖에 없었다. 그녀는 껌 조각을 화장대 위 영수증 보관함에 넣어두었다. 껌 같은 거, 후배가 나가기 전에만 돌려주면 되는 거니까. 어쨌든 그 모든 것과 상관없이 그녀는 그날 밤, 후배가 마지막으로 했던 말을 잊지 못한다. 어쩌면 그 한마디 때문에 후배와 살게 된 건지도 몰랐다. 후배는 아름다운 목소리로 말했다. 그날 이후로 사라진 어머니를 생각하거나, 깊이 사랑했던 사람들과 헤어져야 했을 때는 말이에요. 껌 반쪽을 강요당한 그녀가 힘없이 대꾸했다. 응. 떠나고, 떠나가며 가슴이 뻐근하게 메었던, 참혹한 시간들을 떠올려볼 때면 말이에요. 응. 후배가 한없이 투명한 표정으로 말했다.

"지금도 입에 침이 고여요."

버스가 출발한다. 수십 개의 소형 에어컨에서 찬바람이 쏟아진다. **춥다.** 그리고 **우울하다.** 생리 때문인지, 감기 때문인지, 공휴일의 체육대회 탓인지, 부장 탓인지 모르겠다. 에어컨 바람과 차 냄새 때문에 멀미가 난다. 그녀는 창밖을 보며 꼭짓점 댄스의 순서를 짚어본다. 하나 둘 셋 틀고. 하나 둘 셋 전진. 그걸 좁은 원룸 안에서 연습했을 때, 후배가 배를 잡고 웃던 기억이 난다. 언니! 왜? 후배는 하얗게 웃으며 소리쳤다. 왜 그렇게 못 춰요? 날씨는 화창하고, 피곤한 얼굴의 선생 몇이 코를 고며 졸고 있다. 부장은 맨 앞자리에 앉아, 팀장과 함께 비타민 음료를 마시고 있다. 평소 국어과는 수학과나 영어과에 비해 '하는 일이 없다'는 오해를 받아왔던 터라 이번에야말로 뭔가 보여주겠다는 각오가 대단하다. 건너편 자리에서는 학원 버스를 모는 기사 아저씨들이 얘기를 나누고 있다. 목적지까지는 한 시간가량 남았다. **좀 잘까?** 훌쩍, 콧물이 나온다. 이런, 성가시다.

후배를 들인 다음 날, 그녀는 까치발을 선 채 조심스럽게 옷을 입고 화장을 했다. 후배는 죽은 듯 누워 있었다. 그녀는 후배를 한참 동안 바라보다 집을 나섰다. 잠든 사람을 나가라고 하는 것만큼 야박한 일도 없을 듯싶었다. 그녀는 어수선한 마음으로 강의를 하고 회의를 마친 뒤 집에 돌아왔다. 그녀가 현관문을 열었을 때— 깨끗하게 정리된 원룸 안에는 후배가 자신의 가방과 함께 언제 어디로든 배달될 수 있는 택배처럼 오도카니 앉아 있었다. 안 계셔서. 인사하고 가려고요. 그녀는 신발장 앞에서 어정쩡하게 고개를 끄덕였다. 그러나 그다음에 무엇을 어떻게 해야 할지 몰랐다. 그래, 그럼 잘 가라고 해야 하나? 잘 지내, 기회가 있으면 또 보겠지? 차비가 있냐고 물어야 할까? 그녀는 엉겁결에 대꾸했다. 그럼, 와인이나 한잔하고 가.

그러니 아마 그즈음이었을 거다. 문득 저 애랑 살아볼까 하는 마음이 들었던 것은. 그날 밤, 그녀는 와인 한 병을 다 비운 뒤 후배보다 먼저 고꾸라졌다. 그리고 다음 날 심한 감기 몸살을 앓았다. 후배는 차가운 손으로 그녀의 이마를 짚어주며, 학원에 전화를 하고 묵묵히 쌀죽을 끓였다. 그녀는 이불 밖으로 빠끔 두 눈을 내민 채 후배의 움직임을 구경하다, 약에 취한 목소리로 말했다. 괜찮다면 계획이 잡힐 때까지 여기 있어도 좋다고. 후배는 대답 없이 김치를 썰었다. 그게 3개월 전의 일이다. 후배는 그녀 집에 묵었다. 그녀가 학원에 간 사이 눈부시게 집 안 청소를 해놓는다거나, 그녀가 퇴근 후 볼 만한 영화나 외국 드라마를 내려받아 하드디스크에 예쁘게 갠 수건처럼 차곡히 쌓아놓는다거나, 가끔은 소국을 유리컵에 꽂아두기도 하면서. 그리고 틈틈이 일자리를 알아보러 다녔다. 그녀는 차츰 후배와 함께 살아도 좋을 합리적인 이유들을 궁리해내기 시작했다. 후배가 일자리를 구하고 있는 이상, 월세를 같이 부담해도 좋을 거라고. 그편이 후배 마음도 편하고 자신에게도 경제적일 거라고 말이다. 얼마 후, 이런 뜻을 은근히 내비치자 후배는 망설이듯 물었다. 괜찮으시겠어요?

'괜찮겠냐' 니, 무슨 뜻이었을까. 하늘 위로 '이사장님 말씀'이 울려 퍼진다. 괜찮겠냐는 거, 결국 배려를 가장하며 책임을 미루려고 한 말이 아니었을까. 운동장엔 네 개의 천막이 마주 보고 있다. 정면에 있는 것이 본부석이고 나머지는 모두 응원석이다. 본부석 그늘 아래, 간부들이 무표정한 얼굴로 앉아 있는 게 보인다. 그녀는 이제 후배에 대해 그만 생각하자고 다짐한다. 사회자가 추첨 상품으로 김치냉장고와 자전거, 엠피스리 플레이어, 축구공 등이 마련되어 있다고 소개한다. 운동장 안은 기대감으로 술렁인다. 국민체조 음악이 흘러나온다. 모두 음악에 맞춰 어색하게 걷는 시늉을 한다. 음악 중간마다 '하나 둘 셋 넷' 하는 구령에서부터 '옆구리!' '숨쉬기!' 등 전투적인 추임새가 나온다. 그녀는 국민체조 음악을 유치원 때부터 들어왔다. 그때마다 이상하게 가슴이 벅차오르기도 하고 상쾌해지다 어느새 경건해지곤 했다. 그렇지만 오늘은 왠지 체조 절정 부분에서 사내가 '온몸 운동!' 하고 외치는 순간, 비장한 선율에 맞춰 고작 노 젓는 시늉이나 하자니 웃겨서 몸 둘 바를 모르겠다. 음악이 끝나자 거대한 물결이 띠를 이뤄 흩어진다. 사원들은 티셔츠 색깔에 따라 과별로 나뉘어 있다. 빨강, 주황, 노랑, 초록, 파랑 모두 다섯 팀이다. 그녀는 새삼 '내가 다니는 직장이 생각보다 꽤 큰 조직이었구나' 하고 감탄한다. 대운동장에서는 축구 예선이, 소운동장에서는 이인삼각 경기와 족구가 펼쳐질 예정이다. 응원단은 두세 조로 흩어져 선수들 앞에 자리를 잡는다. 그녀는 공기가 들어간 흰색 방망이를 양손에 쥔 채 축구장 앞에 앉는다. 국어과와 수학과 남자 선생들이 마주 서서 인사를 한다. 저쪽 응원석에서 '와아' 함성을 지르자, 국어과에서도 '우우' 환호성을 보낸다. 그녀는 코를 훌쩍이며 방망이를 두드린다. 호루라기 소리와 함께 경기가 시작된다. 맑고 쨍쨍한 여름 하늘 아래 흩어지는 장정들의 몸짓이 퍽 가뿐하다. *이겨라.*

후배는 그녀 집에 살았다. '언제까지'라는 말은 누구도 꺼내지 않았고, 불필요해 보였다. 그녀는 막연하게 후배가 복학할 즈음이나 돈을 모았을 때 떠나게 되리라 짐작하고 있었다. 살림은 자연스럽게 분담되었고 생활비도 줄었다. 방학 기간을 제외하고 밤늦게 퇴근했던 그녀는, 후배에게 항상 '뭐 사갈까?' '필요한 거 없니?'라는 문자메시지를 전송하곤 했다. 두 사람은 방바닥에 허리를 숙인 채 떡볶이를 먹고, 그날 있었던 일을 얘기하고, 공과금 납부를 상의했다. 가끔은 노트북 앞에 이마를 맞댄 채 영화를 볼 때도 있었다. 그녀는 누군가와 함께 살아 좋은 순간은 뭔가 같이 '먹을 때' 라는 걸 깨달았다. 밥상 앞에 한 사람이 더 있다는 사실만으로도 스스로 보통 사람이 되는 것 같았고, 그 상이 그냥 상이 아니라 아주 오래전부터 내려오는 유구한 밥상처럼 느껴졌다.

몇 번의 알람이 울렸다 꺼지고, 고단하고 일상적인 날들이 지나갔다. 후배는 여전히 목소리가 좋았지만 예전만큼 이야기를 많이 하지 않았다. 그들에게 '습관' 이란 게 생겨버린 탓이었다. 일상의 습관, 관계의 습관, 그 습관을 예상하는 습관까지 말이다. 그것은 그녀가 퇴근 후 현관에 서서 '지금 저 안에 후배가 없었으면 좋겠다' 는 생각을 처음으로 했던, 그즈음부터였을지도 모른다. 그녀는 후배를 안다고 생각했다. 후배의 습관 중 부정적인 목록을 발견했을 뿐인데도 말이다. 그녀는 주인공의 죽음을 기다리는 독자처럼, 후배가 저지르는 작은 실수들을 숨죽여 기다리게 되었다. 물론 그녀는 자신이 그렇다는 걸 자각하지 못했다. 그녀는 어느 순간 '거봐, 그럴 줄 알았다니까' 하고 후배의 잘못에 환호했다. 후배는 변기 뚜껑을 잘 적신다. 후배는 화장품을 헤프게 쓴다. 후배는 드라이할 옷을 세탁기에 집어넣는다. 후배는 이불 위에서 첨삭을 하고 잉크를 묻혀놓는다. 후배는 문을 세게 닫는다. 후배는 연예 기사를 너무 많이 본다. 후배는 통화할 때 말이 많고, 후배는 한 번 쓴 수건은 다시 쓰지 않는다. 후배는 옷을 유치하게 입는다. 후배는 옷을 유치하게 입는데, 내 감각을 나무란다. 후배는 샤워 후 발에 물기를 완전히 닦지 않고 이불 위로 올라온다. 그녀는 후배의 그런 행동들이 싫어졌다. 처음에는 부드럽게 타일렀다. 후배는 몰랐다는 듯 실수를 인정하며 수줍어했다. 그러나 다음번에도 똑같은 행동을 반복했다. 그녀는 그 점을 이해할 수 없었다. 몇 번이나 지적해 주는데도 어떻게 그것을 번번이 잊어버릴 수 있는지 납득할 수 없었다. 물론 후배에게도 선배의 못마땅한 점이 있었을 것이다. 하지만 그녀는 자신에겐 별문제가 없다고 생각했다. 그녀는 후배의 다른 점도 거슬리기 시작했다. 후배는 물을 너무 조금 마시는 것 같다. 후배는 젓가락을 이상하게 쥐는 것 같다. 후배는 발가락에 투박한 옹이가 있는데 그 모습을 자꾸 보니 싫어진다. 아침에 일어났을 때 후배의 얼굴은 너무 번들거린다. 후배는 채소를 잘 안 먹는다. 후배는 자꾸만 진밥이 더 맛있다고 그런다. 그러니까 아무래도 후배는 이상한 것 같다. 물도 조금 마시고, 채소도 잘 안 먹고, 발가락에 옹이가 있기 때문일까? 그녀는 자기도 모르게 짜증을 냈다. 후배는 미안해했고, 다음번엔 똑같은 행동을 반복했다. 그러나 그녀가 무엇보다도 견딜 수 없었던 건, 후배가 자신을 따라하고 있다는 느낌이었다. 먼저 옷 입는 방법에서부터 표가 났다. 후배는 그녀의 옷차림을 농담 삼곤 했지만 그녀가 입는 옷과 비슷한 것들을 사들이기 시작했다. 처음에는 그녀도 그러려니 했다. 가끔은 '그럴 돈으로 먼저 저축을 하는 게 낫지 않을까' 하는 치졸한 생각이 들었다. 젊고 환한 후배가 옷에 관심이 많은 건 자연스러운 일인데도 말이다. 후배는 그녀의 말투를 따라 했다. 원래 말이란 주인이 없고, 오염되고, 공유되기 마련인 것이지만 후배의 입에서 자신이 즐겨 쓰는 어휘나 농담이 튀어나올 때마다 뭔가 도둑맞은 기분을 느꼈다. 그녀는 후배가 종일 자신의 노트북 앞에 앉아 있는 것도 신경 쓰였다. 자신이 많은 시간에 걸쳐 정성스럽게 '즐겨찾기' 해놓은 목록들을 쉽게 돌아다니고 있는 것처럼 보였다. 특히 따로 분류해놓은 음악, 영화, 독서, 철학 사이트들을 돌아다니며 아는 체를 하는 것이 불편했다. 후배는 음악을 잘 모르는데, 후배의 미니홈피에 자신이 좋아하는 밴드의 노래가 배경음악으로 깔려 있었다. 후배는 와인 동호회에 가입했다. 그런 뒤 와인의 역사나 분류법에 대해 공부했다. 후배는 그녀보다 와인에 대해 많이 알아갔다. 학원에서 첫 월급을 받았을 때, 후배가 제일 먼저 한 일도 그녀를 위해 와인을 산 것이었다. 그날 밤, 후배는 밥상에 와인과 외국산 치즈를 올려놓고 그녀를 반갑게 맞았다. 그녀는 현관 앞에 서서 당황한 듯 물었다. *너, 와인도 마시니?*

축구는 2 대 0으로 졌다. 온종일 머릿속이 어지럽고 산만하다. 감기 때문인 것도 같고, 생리 때문인 것도 같고, 부장 탓인 것도 같다. 응원단은 여자 피구 경기가 열리는 소운동장으로 이동한다. 여자 피구라면 체육대회 종목 중에서도 치열하고 살벌하기로 유명하다. 이번에는 주황색 티셔츠를 입은 국어과와 초록색 옷을 입은 영어과의 대결이다. 국어과 응원단장이 기선을 제압하려 소리친다. "잘한다 국어과, 멋진 플레이 국어과!" 사람들이 단장의 구호를 따라 한다. 그녀도 구호 속에 목소리를 섞는다. 영어과 단장이 외친다. "오 필승 영어과, 오 필승 영어과, 오 필승 영어과, 오오오오오 오레 오레 오레!" 영어과의 노래가 신나게 울려 퍼진다. 국어과 선생 하나가 큰 소리로 윤도현 흉을 본다. 윤도현과 영어과는 아무 상관없는데, 영어과 사람 몇몇이 노골적으로 기분 나쁜 표정을 짓는다. 호루라기 소리와 함께 휙— 휙— 배구공이 날아다니기 시작한다. 선수들이 우르르 이리 움직이고 저리 움직인다. 응원석에서 탄성 소리가 새어 나온다. 그녀도 내심 긴장한다. 앗, 소리와 함께 첫번째 사람이 퇴장한다. 초록색 티셔츠를 입은 선수다. 국어과에서 함성이 터진다. 그녀는 방망이를 두들기며 진심으로 기뻐한다. 처음에는 응원이고 뭐고 귀찮았는데, 국어과가 이겼으면 좋겠다는 마음이다. 이어서 두번째, 세번째 선수들이 퇴장한다. 공격수들은 겁먹고 우왕좌왕하는 선수를 귀신같이 찾아낸 뒤, 안쓰러울 정도로 아프게 '쳐' 죽인다. 퍽, 아랫배를 강타당한 국어과 선생 하나가 선 밖으로 쫓겨난다. 영어과는 환호하고, 국어과 응원석은 일순 조용해진다. 선수들 움직임 하나하나에 모든 이의 가슴이 내려앉는다. 경기는 점점 잘하는 소수의 선수들이 주도해나가는 모습을 보인다. 그들은 민첩하게 공을 피하고 받아내며 동료를 살린다. 영어과 선생 한 명이 달리고 점프하고 구르며 활약을 펼친다. 인간성과 상관없이 그녀는 점점 영웅이 돼가는 분위기다. 응원단장이 소리친다. "국어과 파이팅!" 그러자, 영어과 단장이 설핏 비웃는 어조로 받아친다. "영어과 치어 업cheer up!" 영어과 선생들이 일제히 "치어 업" 하고 따라 한다. 범접할 수 없는 세련된 아르R 발음이 국어과의 가슴을 떠밀며 파도처럼 밀려온다. 분위기는 점점 삭막해진다. 누군가 손가락을 삔 모양이다. 영어과에서 야유와 비난의 목소리가 쏟아져 나온다. 머리통을 정통으로 맞은 영어과 선생이 기분이 나빴는지 "씨팔" 하고 나가는 바람에 분위기가 싸늘해지기도 한다. 부러, 상대 팀더러 들으라는 듯 "뭐야?" "선 안으로 아주 들어가서 하지?" "규칙도 모르나 봐?" 하고 빈정거린다. 판정 시비. 아우성. 땅볼이다. 반칙이다. 무효다. 저 선생, 공 맞고 안 나간다. 내보내라. 국어과 최연장자이자 중학교에 다니는 애가 둘이나 있는 홍 선생은 심판에게 핏대를 세우며 "쟤 금 밟았잖아요. 왜 안 내보내요?" 하고 오열한다. 그녀는 자신도 모르게 영어과를 미워하게 된다. 영어과가 앞으로 어느 팀이랑 붙든, 꼭 상대 팀을 응원하리라 결심한다. 국어과는 결국 2 대 1로 진다. 의기양양하게 자리를 옮기는 영어과와 달리 국어과의 분위기는 참담하다. 선생 한 명이

운다. 그녀 역시 잠시나마 잊었던 생리통이 다시 찾아오는 기분이다.

오후에 열리는 경기는 대부분 결승전이다. 선수들의 몸은 오전보다 무거워 보인다. 최 선생은 줄다리기를 하다 손바닥이 까졌다고 불평한다. 응원단의 열기도 다소 시들해진다. 그녀는 이어달리기에 나갈 준비를 하고 있다. 국어과의 성적이 부진하기는 하지만, 이어달리기는 모든 종목 중 가장 점수가 높아 역전 가능성이 있다. 수돗가에서 손을 씻는데 초록색 티셔츠를 입은 선생 몇이 보인다. 영어과다. 왠지 기분 나쁘다. 맞은편에는 사회과 사람들이 보인다. 저 팀은 워낙 못하는 팀이니까 신경 쓰지 않아도 된다. 그녀는 점점 사람들을 색깔로 파악한다. 운동화 끈을 조이고 있는데 부장이 다가와 주먹을 쥐며 승리를 기원한 뒤 사라진다.

총성이 울린다. 선수들이 뛴다. 관중들이 쏟아내는 에너지로 텅 빈 운동장 내부가 크게 부풀어 오른다. 고만고만한 간격으로 달리던 사람들의 거리가 점점 벌어진다. 그녀는 경기 상황을 지켜보며 긴장한다. 국어과는 1등으로 달리다 2등으로 달리다 3등으로 뒤처진다. 그녀는 마지막 주자다. 일곱번째 주자들이 막대를 쥐고 달음박질친다. 그녀는 상체를 숙인 채 자세를 취한다. 수학과 선생은 바람같이 앞서 나가고 있다. 국어과 선생이 달려오는 게 보인다. 그녀는 손바닥의 감각만으로 잽싸게 막대를 가로챈 뒤 달리기 시작한다. 어디서 그런 힘이 나오는지 스스로도 놀라는 눈치다. 그녀는 있는 힘을 다해 뛴다. 허둥대며 지하철역을 향해 뛰었을 때처럼 막차를 놓치지 않기 위해 죽도록 달렸을 때처럼 전속력을 낸다. 사람들의 상체가 운동장으로 모아진다. 그녀는 과학과 선생을 추월한다. 응원석에서 '어어?' 하는 분위기다. 그녀는 선두로 달리는 수학과 선생을 잡기 위해 안간힘을 쓴다. 거리는 점점 좁혀져 아슬아슬한 상태다. 사람들이 모두 자리에서 일어난다. 이사장도 부장도 흡족한 표정으로 천막 아래 앉아 있다. 결승점까지는 20미터도 남지 않았다. 총성이 울리고, 그녀는 2등으로 들어온다. 온몸에 비지땀이 흐르고 심장이 터질 것 같다. 멀리, 국어과 부장이 무릎을 치며 주저앉는 모습이 보인다. **목마르다.**

지하철 5호선. 덜컹거리는 열차 안에 앉아 있는 그녀가 보인다. 그녀는 창백해진 얼굴로 두 팔 가득 '락앤락' 세트를 안고 있다. 체육대회 기념품으로 받은 거다. 사람들이 그녀를 흘깃거린다. 그녀는 창피해할 기운조차 없다. 그녀는 졸음을 쫓으며 하루를 반추한다. 국어과는 다섯 팀 중 3등을 했다. 자긍심이나 부끄러움을 느끼기에 어정쩡한 등수다. 꼭짓점 댄스는 순서를 잊지 않고 무사히 따라 할 수 있었다. 하지만 국어과의 땀나는 노력에 비해 객석 반응은 썰렁했다. 꼭짓점 댄스 자체가 여럿이 추기 좋다는 점을 제외하면 신기하지도 아름답지도 않은 춤이었기 때문이다. 인기가 있던 것은 사회과 남자 선생들의 섹시 댄스였다. 장기 자랑 도중에 어느 팀에선가 자기들 부장을 치켜세우며 소위 '팀 내 용비어천가'를 불렀다. 그러자 다음 팀도 경쟁하듯 자기네 부장을 띄워주는 구호를 외쳤다. 그다음 팀도 부장의 체면을 세워주려 다른 버전의 노래를 불렀고, 어느 순간 모두가 '그만 좀 했으면' 하는 분위기로 돌아갔다. 그런데도 결국 모든 팀이 같은 식의 '추대'를 하게 되었다. 행사가 마무리되고, '드디어 오늘 하루가 끝났구나' 하고 안도할 즈음, 갑자기 학원에서 버스를 모는 아저씨가 연단에 올라 마이크를 쥐었다. 사회자가 "마지막으로 자원해서 올라오실 분 안 계십니까?" 하고 물은 직후였다. 순간 분위기는 말할 수 없이 어색해졌지만, 누구도 그를 말리거나 비난하지 못했다. 기사 아저씨 역시 학원 구성원 중 한 명이고, 그래서 오늘 대회에도 참가한 게 사실이었다. 그러나 그가 지루하고 식상한 「남행열차」를 불렀을 때, 사람들은 이상한 불편함을 느꼈다. 저쪽, 학원 버스 기사들 몇몇만 술에 취해 박수를 쳐댈 뿐이었다. 이상한 것은 그 순간, 그녀가 후배를 떠올렸다는 거였다. 그녀는 기사 아저씨가 연단에 오르는 순간, 왠지 후배와 그만 살고 싶다는 마음이 들었다. 후배가 '왜요' 하고 묻는다면 '네가 젓가락을 이상하게 잡고, 채소를 잘 먹지 않기 때문'이라고 말할 수 없는 노릇이지만, 어쩌면 단지 그 이유 때문일지도 몰랐다. 그러나 그녀는 자신이 그런 말을 할 수 없는 인간이라는 걸 알고 있다. 아마 오늘도 어제처럼 혼자 얼굴을 찌푸린 채, 제 마음 속의 사관(史官)에게 후배의 습관을 고자질하는 정도에 그칠 것이다. 그녀는 후배를 싫어하지 않는다. 후배에게 느끼는 불편함 역시 하나의 습관일지 몰랐다. 그녀는 '락앤락' 세트를 껴안은 채 눈을 감는다. 볕에 그을린 콧잔등이 발갛게 익어 있다. 끝났다고 생각한 순간 기사 아저씨의 노래가 있었고, 끝났을까 눈치 본 순간 회식이 있었고, 정말 끝났구나 안도한 순간 2차가 있었다. 그녀는 어서 집에 도착해 보송보송한 요 위로 몸을 날린 뒤 잠들고 싶은 생각뿐이다.

그녀가 현관문을 연다. 문틈 사이로 불빛이 새어 나온다. 이불 위에 누워 첨삭을 하고 있는 후배의 모습이 보인다. 후배가 고개 들어 반색한다. 언니 왔어요? 그녀는 '락앤락' 세트를 바닥에 내려놓는다. 이야, 그거 언니가 상 탄 거예요? 그녀는 심드렁하게 대꾸한다. 아냐. 그냥 참가하면 다 주는 거야. 후배는 집에 반찬통이 없었는데 잘됐다며 좋아한다. 그녀가 흘깃 원고지를 보며 말한다. 아직도 해? 후배가 싱그럽게 웃으며 자랑한다. 네, 언니 저 거의 다 했어요. 이번 주 주제가 다양성인데요, 획일성은 나쁘고 다양성이 중요하다는 내용을 모든 아이들이 완전 획일적으로 써 냈어요. 웃기죠?

그녀는 후배가 내민 원고를 낚아챈다. 봐봐. 후배의 얼굴에 당황하는 빛이 스친다. 그녀는 재빨리 원고를 훑어 내려간다. '예컨데'가 '예컨대'로 바르게 고쳐져 있다. 왠지 더 언짢다. 언니. 후배가 묻는다. 왜 그래요? 그녀가 말한다. 여기. 네? 틀렸잖아, 여기. 후배가 순진한 표정으로 원고를 살핀다. 뭐가 잘못인지 모르겠다는 얼굴이다. 이게 장당 천 원이어도, 이런 거 하나 틀리면 우리 학원 이미지가 크게 손상되는 거야. 후배는 말이 없다. 그녀가 덧붙인다. 모르면 물어봤어야지. 후배는 입술을 달싹거린다. 그녀는 자신의 모습이 못마땅해진다. 왠지 후배에게 미안하고, 미안해서 더 화가 난다. 어색한 침묵이 흐른다. 후배는 애써 대꾸한다. 미안해요. 다음엔 꼭 바르게 쓸게요. 그녀는 더 이상 첨삭 일을 줄 수 없다는 얘기를 어떻게 꺼내는 것이 좋을까 궁리한다. 저녁은 먹었니? 아니요. 일어난 지 얼마 안 됐어요. 그녀가 말한다. 밥 먹어. 언니 씻을게. 씻고 나서 얘기하자. 그녀는 구석으로 가 옷 갈아입을 준비를 한다. 후배가 원고를 정리하는 모습이 보인다. 그녀의 동공이 크게 벌어진다. 그녀는 자신도 모르게 소리친다. *너, 생리하니?* 후배가 어리둥절한 표정으로 묻는다. 네? 후배의 베이지 반바지 위로 동전만 한 얼룩이 배어 있다. 그녀는 재빨리 요 위를 살펴본다. 이불 위에도 생리혈이 묻어 있다. 그녀가 한 번 더 묻는다. 너, 생리해? 후배가 엉거주춤 자신의 엉덩이를 살펴본다. 그런 뒤 엄청난 누명을 뒤집어쓴 용의자처럼 손사래를 치며 변명한다. 저 예정일 아니에요. 이상하다. 정말 그럴 리가 없는데. 후배는 어쩔 줄 몰라 한다. 그녀가 나무란다. 이런 줄도 모르고 누워 있었어? 후배가 재빨리 이불을 걷으며 말한다. 몰랐어요. 이거, 제가 빨게요. 언니 어서 씻어요. 그녀는 후배의 모습이 마음에 들지 않는다. 자신이 집주인이라고 유세를 떠는 것 같고, 그런 검열과 의식적인 배려를 해야 하는 자신이 지겨워진다. 그녀는 지각한 탓에 하나밖에 남지 않은 나쁜 배역을 억지로 맡아버린 학생처럼 연극이고 뭐고 다 때려치우고 싶다. 그녀가 자기도 모르게 불쑥 내뱉는다. 이제 그만. 후배의 눈동자가 흔들린다. 예감에서부터 체념까지 사람과 헤어지는 과정을 한순간 끝내버리는 듯한 훈련된 눈빛이다. 그녀는 말을 잇지 못한다. 후배는 궁둥이에 커다란 얼룩을 단 채, 화장실에 가지도 못하고 고개만 숙이고 있다. 그녀가 후배를 달랜다. 언니가 몸도 안 좋고 요즘 신경이 예민하다. 그렇지만 오랫동안 생각해온 문제다. 서로를 위해 더 이상 함께 있는 건 좋지 않을 것 같다. 이번 달까지 여유를 갖고 정리하자. 침묵이 흐른다. 잠시 후 후배가 애써 밝은 표정으로 말한다. 알았어요. 그녀가 후배를 바라본다. 후배가 말한다. 저도 그러는 게 좋을 것 같아요. 괜찮아요, 언니. 그녀는 아무 말도 않는다. '저 아이, 미안하다는 말도 하지 않았는데 왜 자기가 먼저 괜찮다고 해버리는 걸까?' 후배는 엉덩이를 한 손으로 가린 채 옷을 들고 욕실로 들어간다. 그녀는 멍하니 서서 옷을 벗는다. 이달까지 어색한 시간을 어떻게 보내야 하나 벌써부터 걱정이다. 그러나 잠깐만 그 시간을 견디고 나면 편안한 일상이 찾아올 것이다. 그녀는 어서, 고독해지고 싶다. 푹신푹신한 고독감 속에 파묻혀 휴일이면 온종일 인터넷을 하거나 영화를 보고, 아무렇게나 입은 채, 아무 때나 일어나, 아무거나 먹어버리고 싶다. 그리고 가끔 손님이 오면 축제처럼 펑펑 와인을 따고 말이다. 그러고 보니 꽤 오랫동안 자신이 그러한 생활을 하지 못했다는 걸 깨닫는다. 후배가 욕실에서 나온다. 그녀는 자리를 피하듯 욕실로 들어간다. 후배는 그사이 방 정리를 하고 밤참을 먹을 것이다. 나가서 맥주라도 한잔하자고 해볼까? 통닭 한 마리 시켜놓고 이런저런 얘길 나누다 보면 마음이 풀릴지도. 샤워기를 틀자 쏴아― 하고 뜨거운 물이 쏟아져 내린다. 그녀는 문득, 자신이 돈을 벌고 있다는 사실에 안도하는 순간은 바로 이런 때가 아닐까 생각한다. 수도 요금을 지불할 수 있다는 것, 샤워기 아래서 그것을 아주 사실적이고 감각적으로 깨달을 수 있다는 것, 최고급은 아니더라도 보통보다 약간 좋은 목욕 용품으로 샤워를 하며, 쾌적함과 그것을 가능하게 하는 조건들에 대해 두려움 비슷한 안도감을 느낄 때. 그리고 그 모든 것을 자신이 선택하고 있다고 믿을 수 있을 때 말이다. 그녀는 몸에 골고루 비누 거품을 묻힌다. 그런 뒤 뜨거운 물에 몸을 지지며 정신없던 하루에 대해 생각한다. 많은 일이 있었고 또 말썽 많은 하루였다. 그러나 중요한 것은 그 하루가 '지나갔다'는 데 있다. 후배와 지낼 불편한 날들 역시 곧 지나갈 것이다. 그녀는 귓바퀴와 배꼽에 낀 먼지를 샅샅이 씻어낸다. 수챗구멍 위로 그녀의 것과 후배의 것이 뒤섞인 머리카락이 회오리친다. 샤워를 하고 나니 몸과 마음이 누그러지는 느낌이다. 그녀는 후배가 나갈 때까지만이라도 최대한 잘해주자고 결심한다. 그녀는 몸에 수건을 감고 나온다. 그런 뒤 발판에 발바닥을 문지르며 주위를 살펴본다. 이상하다. 방 한가운데 오래된 적요가 손님처럼 앉아 있다. 한쪽에 가지런히 개어진 이불이 보인다. 요 껍데기는 벗겨진 상태다. 방 안을 둘러본다. 항상 행거 아래 있었던 후배의 가방이 보이지 않는다. 후배가 없다.

깊은 밤이다. 저기, 단풍같이 작은 손으로 이마를 짚은 채 누워 있는 그녀가 보인다. 머리맡에는 알람 시간이 맞춰진 휴대전화가 놓여 있다. 오래전부터 그 자리에 있던 것 같은, 적막하고 푸근한 어둠은 그녀의 몸에 꼭 들어맞는다. 그녀가 몸을 튼다. 온몸이 뻐근하다. 오늘은 탐폰을 했으니 생리가 샐까 불안해하며 자지 않아도 될 것이다. 탐폰은 몸에 나쁘다고 펄쩍 뛰던 후배 생각이 난다. 훌쩍, 콧물이 나온다. 감기가 심해지려는 모양이다. *피곤하다.* 그녀는 요 위에 반듯이 누워 가만가만 숨 박자를 맞춰본다. 긴 시간이 흐른다. 잠이 오지 않는다. 그녀는 잠들려 노력한다. 내일 아침, 몇 배는 더 많은 '주저'를 하게 될까 조바심이 난다. 어서 자자고 채근할수록 잠은 멀리 달아난다. 그녀는 포기한 듯 자리에서 일어나 노트북을 켠다. 잠도 오지 않고, 잡생각에 시달리느니 드라마나 한 편 볼 생각이다. 그녀는 노트북을 방바닥에 내려놓고 하드디스크에 저장된 폴더 하나를 연다. 최근에 본 미국 드라마 동영상이 한글 자막 파일과 함께 주르륵 펼쳐진다. 후배가 받아놓은 파일들이다. 그녀는 24화라고 적힌 마지막 파일을 열어본다. 첫 부분을 보니 이미 봤던 파일이다. 그녀는 드라마의 시즌 1이 25화에서 끝난다는 걸 알고 있다. 최종회는 아마 오늘 오전 즈음에서야 인터넷에 올랐을 거다. 그녀는 고민한다. 새로 파일을 받자니 번거롭고, 한편으론 꼭 보고 싶은 마음이다. '지금'이 아닌 '다음'을 향해, 다음을 위해 달려가는 저 매혹적인 이야기의 끝을 오늘 밤 기어이 목도하고 싶다. 그녀는 동영상을 내려받을 수 있는 사이트에 접속한다. 그녀는 25화를 검색한 뒤 가볍게 클릭한다. 늦어도 10분 안엔 전송받을 수 있을 것이다. 그녀는 다시 요 위에 반듯이 눕는다. 머리맡에 놓인 노트북 불빛이 파랗게 일렁인다. 먼 곳에서, 수도관을 타고 날아오는 수천 마리의 나비 떼처럼— 전자파를 타고 오는 바이트byte들이, 수많은 이야기의 점(点)들이 그녀의 컴퓨터 위로 사뿐 내려앉는다. 그녀는 자신의 정수리 위로 조용하게 쌓여가는 이야기의 완료를 기다리며 죽은 듯 누워 있다. 그러고는 문득 뭔가를 기억해낸다. 몇 달 동안 까맣게 잊고 살았는데, 갑자기 왜 떠올랐는지 모른다. 그녀는 자리에서 일어난다. 그러고는 화장대로 걸어가 영수증 보관함을 열어본다. 온갖 영수증과 카드 명세표 사이로 반쪽짜리 인삼껌 하나가 초라하게 묻혀 있는 게 보인다. 그녀가 조심스럽게 껌 조각을 집어 든다. 그리고 포장지를 벗겨, 눅눅하게 들러붙은 은박지를 뜯어낸다. 인삼껌은 살점처럼 피로하게 늘어져 있다. 그녀는 껌을 코에 갖다 대본다. 사라질 듯 말 듯한 향신료의 흔적이 한 자락 후각세포 안에 걸려든다. 인삼 향은 먼지 냄새처럼 그윽하고 아련하다. 그녀는 망설임 없이 껌을 입안에 털어 넣는다. "세상에." 그녀가 놀란 듯 중얼거린다. "아직 달다." 그녀는 천천히 껌 조각을 씹으며 무표정한 얼굴로 자리에 눕는다. 입안 가득 달콤 쌉싸름한 인삼껌의 맛이 침과 함께 괴었다 사라지고 사라졌다 괸다. 그녀는 웅크린 채 질경질경 껌을 씹으며, 단물이 빠질 때까지 드라마의 '전송 완료'를 기다린다. 어스름한 모니터 불빛 때문인지 쌉싸래한 인삼 맛 때문인지 껌 씹는 그녀의 표정은 울상인 듯 그렇지 않은 듯 퍽 기괴해 보인다. 아직 알람이 울리지 않고, 울릴 리 없는, 깊고 깊은 밤이다.

성탄특선

오늘은 일 년 중 가장 고요한 도시를 만날 수 있는 날이다. 새벽 1시, 하나둘 꺼져가던 불빛도 보이지 않고 거리의 사람들이 사라질 때— 서울은 고장 난 멜로디 카드처럼 조용하기만 하다. 사내는 가짜 아디다스 추리닝을 입고 옆구리에 비빔면을 낀 채 하늘을 바라본다. 낮게 낀 구름 사이로 전신줄이 오선지처럼 뻗어 있다. 사내의 얼굴 위로 눈송이가 떨어지며 스륵 녹는다. 악보를 지나 가장 낮은음을 향해 내려가는 음표들. 가로등 불빛을 받아, 만지면 따뜻할 것 같은 노란 눈이다.

사내는 주머니에 손을 찔러 넣고 걸음을 재촉한다. 집 앞 구멍가게가 문을 닫은 탓에 편의점까지 돌아 나온 길이 멀다.

담배 한 갑과 라면을 산 뒤 총총 자취방으로 기어들어 가는 길, 주머니 속 잔돈이 구세군 종소리처럼 경쾌하게 짤랑인다. 사내는 그녀의 얼굴을 떠올린다. 어쩌면 하늘 위로 사내의 씨앗같이 하얀 눈송이가 무수히 떨어지고 있기 때문인지도 모른다. 오늘 밤, 세계에는 많은 '사람의 아이들'이 생겨날 것이다. 사내는 성탄절에 그녀의 안부를 궁금해하는 자신이 못마땅하다. 그 안부는, 상대의 기분을 상상하느라 자주 눌러본 탓에 막상 누군가의 손에 도착했을 땐 아무 소리도 나지 않는 멜로디 카드처럼 실패의 예감을 안고 있다. 사내는 그녀에게 자자는 말을 빙빙 돌려 말하고 난 뒤 홀로 주먹을 쥐었을 때처럼, 그때와 똑같이, 작게 중얼거린다.

"나는 왜 이렇게 뻔한가……"

사내는 동네 여관을 흘깃 쳐다본다. 흰색 입간판 위에 빨간 글씨로 '여관'이라 씌어 있는 게 보인다. 여관의 이름은 '여관'이다. 여관 모르냐, 뭐 다른 설명 필요하냐는 듯. '여관'은 가짜 담쟁이넝쿨로 뒤덮인 3층짜리 건물로, 현관 앞에 일 년 내내 크리스마스트리가 세워져 있었다. 사시사철 크리스마스인 양 슬프게 반짝이던 오색 불빛은 오늘을 거짓말로 만들려는 듯 부지런히 깜빡이고 있다. 사내는 그곳에 가본 적이 없지만 거기가 어떤 곳인지 알고 있다. 그곳이 어떤 곳인가를 알기 위해 사내에게 별다른 상상력이 필요할 것 같진 않다.

전국의 여관이란 제주에서 서울까지 대개 빤한 곳이다. 구조도 그렇고, 손님도 그렇고, 하는 일도 그렇다. 하지만 빤한 것들은 언제나 이상한 마력이 있어서, 그것이 빤하다는 걸 알면서도 그 빤함이 이상해, 정말 빤하다는 걸 믿을 수 있을 때까지 몇 번이고 확인하게 만드는 무엇이 있다. 사내는 매일 그곳을 지나쳤고, '쳐다보지 말자' 다짐하면서 꼬박꼬박 바라봤다. 그러고는 그런 자신을 누군가 쳐다볼까 서둘러 걸음을 옮기곤 했다.

사내는 여관을 부정한 곳이라 여기지 않았다. 사내는 모텔과 여관 창문을 올려다보며 '부러움'을 느꼈다. 그 많은 방 중 진짜 자기 방은 없다는 불안 때문이었다. 사내는 몇 년째 여동생과 방을 같이 쓰고 있다. 집안 사정이 어려워서였는데, 다 큰 오누이가 같이 사는 것은 많은 사람들에게 남우세스럽게 보이는 일이었다. 이들에게도 불편한 점이 없는 건 아니었다. 동생은 민망해질 상황이면 사내에게 재빨리 농담을 건넸다. 혹은 대놓고 핀잔을 주기도 했다. 사내는 "아가씨가 뻔뻔하다"며 나무랐지만, 나중에는 그 뻔뻔함이 얼마나 큰 배려인지 알게 되었다. 그것은 두 사람이 함께 살아갈 수 있는 지혜이기도 했다. 하지만 사랑에 빠졌을 때, 사내는 처음으로 자신에게 방이 있었으면 했다. 꼭 섹스를 위해서가 아니더라도 소소한 잡담을 나누고, 온종일 함께 있을 수 있으며, 여관처럼 뒷문으로 나가지 않아도 되는, 그런 방이었으면 했다.

　사내가 자취방에서 연인과 몸을 섞지 않은 건 아니었다. 그
들은 아주 작은 기척에도 놀라야 했다. 누군가 올 것 같은 느
낌. 나가야 될 것 같은 느낌. 그러나 속절없이 달아오른 청춘
과 아득한 살내음. 눈 감고 오른 그녀의 몸 위에서 혼몽해진
정신으로 음탕하고 지저분한 말이라도 좀 할라치면, 동네 아
이들이 떠드는 소리와 채소 트럭의 확성기 소리, 하수도 공사
음이 들려왔다. 사내가 그녀에게 처음으로 사랑한다 말했을
때도 그랬다. 구름에 가려진 하늘, 어두운 도시, 비 닿는 소
리가 두 사람의 가슴속, 저 서정의 밑바닥에 동심원을 그리며
천천히 엉겼다 풀어지길 반복하고 있을 때— 두 사람은 그 마
음의 소리를 듣느라 아무 말도 못하고 있었다. 사내는 그녀를
안고 입 맞춘 뒤 그녀의 눈을 바라보았다. 그러자 갑자기 못
견디게 사랑한다는 말이 하고 싶어졌다. 마음은 사내에게 속
삭였다. '지금이야, 지금이어야만 하는, 지금이 아니면 안 되
는 그런 순간 있잖아.' 사내는 중요한 말을 하듯, 그리고 그
마음을 똑똑히 들어줬으면 좋겠다는 듯 힘주어 말했다.
　"사랑해."
　그녀가 한 손으로 사내의 얼굴을 만졌다. 사내는 기대에 찬
눈으로 그녀를 바라봤다. 이윽고 그녀의 입술이 천천히 열리
며 마음의 답장이 전해지려는 순간, 창밖으로 한 떼의 아이들

이 지나가는 기적과 함께 누군가 소리치는 게 들려왔다.

"씹탱아! 그게 아니잖아! 저 새낀 항상 저래."

방 안의 공기는 외계의 소음에 찢겨 초라하게 쪼그라들었다. 사내는 야한 농담을 했는데 아무도 웃어주지 않았을 때처럼 죽고 싶어졌다. 사내는 소심하게 그녀의 거웃을 만지작거리며 '아, 그 새낀 항상 그러는구나' 생각했다. '진짜 나쁜 새끼네' 하고.

그녀와 헤어진 지 몇 년이 지나 지금은 다른 곳으로 이사를 했지만, 사내는 여전히 자신에게 방이 있었으면 한다. 지금의 셋방 역시 여관처럼 때가 되면 어김없이 전화가 걸려와 나가라고 할 것 같아서이다. 서울살이 10여 년, 사내는 많은 방을 옮기며 살아왔다. 다른 이들과 욕실을 같이 쓰는 단칸방도 있었고, 장마 때마다 바지를 걷고 물을 퍼내야 하는 반지하도 있었다. 그녀 역시 그 방들에 대해 잘 알고 있었다. 방에 따라 달라졌던 포옹과 약속에 대해서도, 그러나 어느 곳이든 따라다녔던 초조에 대해서도 그녀는 다 알고 있었다.

사내가 가장 오래 살았던 방은 대학가 근처 5층 건물의 옥탑이었다. 1층에 있는 주인집을 반 바퀴 돌아 한참 계단을 올라가다 보면 나오는 조립식 건물이었다. 계단은 좁고 가팔랐지만 난간이 없었다. 계단을 오를 때마다 사내는 몸을 낮춘 채 곡예하듯 움직여야 했다. 그곳에선 모든 걸 조심해야 했다. 걷는 것도, 씻는 것도, 섹스도 조심스럽지 않으면 안 되었다. 사내와 그녀는 쉬지 않고 계단을 올랐다. 층층마다 얼음이 긴 날에도, 비바람이 몰아치는 장마철에도, 섹스를 하기위해 계단을 기어오르는 그들의 모습은 마치 북극의 빙산에 매달린 조난객들처럼 보였다. 사내는 하늘 속으로 걸어가는 그녀의 뒷모습을 바라보며 그녀가 저대로 영영 사라져버리지 않을까 가슴 졸였다. 그리고 어느 날, 그녀가 정말로 사라졌을 때 사내는 혼자 까마득한 계단을 내려다보며 생각했다. 그녀가 떠난 건 마음이 변했기 때문이 아니라고. 단지 조금 다리가 아팠던 것뿐일 거라고.

그렇지만 이제 가슴이 아리진 않다. 지금 사내의 옆구리엔 한 봉지 라면이 다정하게 바스락거리고, 오늘 밤 티브이에선 틀림없이 성탄특선 영화가 나올 테니까. 저기 '여관'의 간판 불은 꺼져 있다. 방이 모두 나간 모양이다. '크리스마스니까' 하고 사내는 웃는다. '오늘 밤 어느 야쿠자 두목은 세 명이랑도 하겠지?' 생각하니 조금 시무룩해진다. 그러자 곧 먼 곳에서 사슴뿔을 단 세 명의 아가씨들이 '음매에—' 하고 운다. '……사슴이 그렇게 울었던가?' 생각해보지만 사내는 한 번도 사슴의 울음소리를 들어본 적이 없다. 다만 오늘 밤 지구의 연인들이 최선을 다해 소리 지르고 있을 것만은 분명하다. 첫 경험 후, 사내는 얼마나 당혹스러웠던가. 친구의 얼굴을 보며 '쟤도 하고 재도 하겠지?' 상상하다가 '부모님도 하고, 쌀집 아줌마도 하고, 이순신도 하고, 비틀스도 하고, 장개석도 했겠지? 모두?' 라는 결론에 이르러 고개를 숙였었다. '그럼 내 동생도?' 물론 오래전의 일이다. 사춘기 때였다면 글썽이는 눈으로 '선생님도 하나요? 그런가요?' 했겠지만, 이젠 '에이, 같이 하는 사이에 왜 그래요?' 하고 능청을 떨지 모른다. 사내는 라면 봉지를 흔들며 횡단보도를 건너 골목길로 향한다. 그러곤 심심한 듯 휴대전화를 꺼내 동생에게 문자메시지를 보낸다.

　　──뭐 해?

　벌써 세번째 문자다. 사내가 짓궂은 미소를 짓는다. 사내는 동생이 지금 무얼 하고 있을지 알고 있다. 아침부터 허둥지둥 보디 크림과 향수, 속옷 따윌 챙겨 넣는 모습을 모른 척 훔쳐봤기 때문이다. 사내는 동생의 남자친구도 알고 있다. 집 앞에서 마주쳤을 때 꼬박 예의 바른 인사를 건네던 것을 기억한다. 동생은 지금 그 친구와 있을 것이다. 그렇다고 오빠답게 뭔가 나무라는 문자를 보내려는 것은 아니다. 괜찮다. 비틀스도 하고, 장개석도 하는 것을 동생이 하는 것은 하나 이상할 것이 없다. 이왕 하는 거 잘하라고 격려해주고도 싶다. 사내는 세 시간에 한 번꼴로 같은 문자를 보내고 있다. 동생은 지금쯤 성질이 났을 거다. 사내는 빨갛게 언 손으로 꾹꾹 천지인을 누르며 한 번 더 문자를 보낸다.

——정말 뭐 해?

사내는 휴대전화를 주머니에 집어넣으며 주위를 살핀다. 아까부터 뭔가 이상하다고 느꼈는데 뭔지 알 수 없다. 텅 빈. 도시의 북쪽. 도시의 변두리. 사내는 곧 거리에 자기밖에 없다는 사실을 깨닫는다. 사내는 주위를 둘러보며 중얼거린다.

"모두, 어디로 간 걸까?"

추위 때문에 팽팽해진 전신줄이 휘청거린다. 라디오에선 캐나다 국경 근처의 사슴이 전신주에 올라가 죽었다는 뉴스가 보도되고, 팔리지 못한 카드 위로 루돌프가 정지된 웃음을 짓고 있는 밤. 어디선가 성가대 소년의 사탕 껍질 벗기는 소리만 '바스락' 들려오는— 오늘은 일 년 중 가장 먹먹한 새벽을 만나는 날, 성탄절이다.

*

여자는 소매 끝으로 김 서린 창문을 닦아낸다. 라디오에서 들국화의 「또다시 크리스마스」가 흐르고, 창밖에는 눈이 내린다. 여자는 무릎을 모은 채 사색에 잠긴 듯 보이지만 사실 좀 화가 나 있다. 남자는 여자의 눈치를 보며 와이퍼로 차창 유리를 닦는다. 최근 남자가 150만 원을 주고 산 팥죽색 중고차가 얼음 낀 도로 위로 미끄러져 나간다. 조금 전까지도 둘의 분위기는 아주 좋았는데. 모든 게 '방' 때문이다.

여자와 남자는 대학 때부터 사귀기 시작해 벌써 네번째 크리스마스를 맞는다. 그러나 두 사람이 함께 크리스마스를 보내는 건 올해가 처음이다. 첫번째 크리스마스 때, 여자는 남자에게 한마디 말도 않고 시골집에 내려가버렸다. 남자는 자신이 무슨 잘못을 한 게 아닐까, 통화가 안 되는 휴대전화를 붙들고 끙끙댔지만, 여자가 낙향한 이유는 단지 '옷이 없다'는 거였다. 여자는 진심으로 우울해했다. 오빠와 한방에 사는 처지에 옷이나 장신구가 많을 리 없었다. 학비를 모은 뒤 남은 돈으로 멋을 부려보지 않은 건 아니지만, 블라우스를 사고 나면 그에 어울리는 치마가 없고, 치마를 사고 나면 신발이 없었다. 여자의 옷차림은 스카프를 둘러맨 오리처럼 어정쩡한 구석이 있었다. 여자는 그 사실을 모르고 한동안 새로 산 치마 한 벌에도 기분이 좋아, 온종일 혼자만의 자신감에 휩싸여 캠퍼스를 날아다니곤 했다. 그러나 어느 순간 여자는 알게 되었다. 세련됨이란 한순간에 완성되는 것이 아니며, 오랜 소비 경험과 안목, 소품의 자연스러운 조화에서 나온다는 것을. 옷을 '잘' 입는 것이 아니라 '자연스럽게 잘' 입기 위해 감각만큼 필요한 것은 생활의 여유라는 것을. 스물한 살 여자는 남자에게 예뻐 보이고 싶었다. 그것은 허영심이기 전에 소박한 순정이었다. 그리하여 크리스마스 날, 남자가 여자의 옷맵시를 한 번도 비난하지 않았음에도 불구하고 여자는 입을 옷이

변변찮단 이유로 도망쳐버린 것이었다. 그날 혼자 소주를 마셨던 남자는 여자가 잠적한 까닭을 지금까지 모르고 있다.

　두번째 크리스마스 땐 남자가 고향에 내려가야 한다고 했다. 어머님이 편찮으시다는 이유에서였다. 남자는 그날 서울에 있었다. 옷이 아니라 돈 때문이었다. 남자는 졸업 후 일년 동안 취직을 못한 탓에 여자에게 많은 신세를 지고 있었다. 여자는 호프집 아르바이트를 했고, 남자를 만날 때마다 자잘한 밥값과 여관비를 감당해오고 있었다. 남자는 여자에게 미안했지만 '조금만 더 신세 지자' '붙으면 정말 잘해주자' 다짐하며 부지런히 원서를 넣었다. 남자가 아르바이트 생각을 해보지 않은 것은 아니었다. 하지만 자기소개서와 이력서를 쓰는 데만 꼬박 하루가 걸렸다. 남자는 '대체 처음 보는 회사의 입사 동기나 10년 후 내 모습에 대해 어떻게 1천5백 자나 쓴단 말인가' 답답해하면서도, 이력서를 쓸 땐 오랜 공을 들였다. 그사이 회사에 대한 정보를 분석하고, 면접용 답안을 만들고, 필기시험을 준비하는 데도 며칠이 걸렸다. 남자에게 없는 것은 시간만이 아니었다. 기본적인 교통비나 식대에서부터 예상치 못한 축의금까지 돈 들어가는 곳이 한두 군데가 아니었다. 게다가 면접용 양복이라도 한 벌 사는 날엔 두 달치 생활비가 금방 날아갔다. 면접에서 좋은 인상을 주기 위해선 양복도 싼 것만을 고집할 순 없었다. 그러나 양복을 사고 나면 구두를 사야 했고, 구두를 사고 나면 가방을 사야 했다. 그렇게 몇 차례 면접을 보면 계절이 바뀌었고, 계절이 바뀌면 또 다른 양복이 필요했다. 언젠가 몹시 춥던 겨울날, 코트 살 돈이 없던 남자는 양복 위에 노란색 오리털 점퍼를 걸치고 면접에 갔다. 남자는 자신의 낡은 점퍼를 사람들이 자꾸 쳐다보는 것 같아 식은땀을 흘렸다. 하지만 남자를 가장 힘들게 한 것은 시험 때마다 '붙을 듯 말 듯' 한 성적으로 떨어진다는 사실이었다. 남자는 자신을 격려해주는 여자 앞에서 '이 여자, 나를 견디고 있는 것은 아닐까' 자책했다. 그러다 온갖 연말 청구서가 몰아치는 12월이 되었고, 한 번 더 시험에 낙방하고 생활비도 거의 바닥났을 즈음— 말하자면 역병처럼 크리스마스가 돌아온 것이었다.

크리스마스를 며칠 앞둔 날, 남자는 도서관 휴게실에 앉아 자판기 커피를 마시고 있었다. 남자는 여자가 졸업 선물로 준 만년필을 꺼내, 종이컵 위에 성탄절에 드는 하루 데이트 비용을 적어보았다. 저녁 식사 약 2만 원, 영화 관람료 1만 4천 원, 선물 2만 원, 찻값 1만 원, 모텔비 4만 원…… 얼추 10만 원이 넘었다. 여자가 찻값이나 영화 관람료를 낸다고 해도 적은 돈이 아니었다. 돈을 꾸어볼까 생각해봤지만, 그럴 만한 곳에서는 이미 빚을 진 상태였다. 남자는 여자와 크리스마스를 함께 보내고 싶었다. 저녁도 먹고, 선물도 주고, 와인이나 칵테일도 마시고, 평소 가던 곳보다 조금쯤 더 비싼 모텔에서 근사한 섹스도 하고 싶었다. 그러니까…… 남들처럼. 남자는 돈을 구할 수 없었다. 그렇다고 크리스마스 날까지 여자에게 모든 비용을 부담하게 만드는 형편없는 남자는 되고 싶지 않았다. 결국 남자는 거짓말을 했다. '어머님이 편찮으시다.' 그것이 자신과 여자에게 해줄 수 있는 유일한 크리스마스 선물이었다.

세번째 크리스마스 즈음, 두 사람은 헤어진 상태였다. 여자가 취업 준비로 힘들어하는 동안, 남자는 야근과 과로 때문에 여자에게 마음을 쓰지 못했다. 여자는 자신의 고민을 점점 재미없게 듣는 남자에게 상처를 받았다. 남자는 단지 피곤하기 때문이라고 말했다. 같은 불만과 같은 변명이 반복됐고 두 사람은 헤어졌다. 그러나 그것은 모든 연인들이 한두 번씩 겪는 시시한 이별이었다. 두 사람은 몇 달 뒤 다시 만났다. 하지만 그땐 이미 크리스마스가 지난 후였다. 크리스마스 날, 여자는 '여관' 앞에서 다투고 있는 연인을 무심코 쳐다봤다가 웬 사내로부터 "뭘 봐? 이 미친년아!"라는 소리를 듣고 놀라 서럽게 달음질쳐야 했다. 여자는 쿵쾅거리는 가슴을 안고 달려가다 문득 남자가 보고 싶다고 생각했다.

그리고 비로소 오늘, 이들은 둘만의 온전한 크리스마스를 맞이하게 되었다. 두 사람은 어느 때보다도 기쁘고 여유롭게 성탄을 맞을 준비가 돼 있다. 이제 남자에겐 번듯한 직장이 있고 여자에게도 깔끔한 구두와 소박한 정장이 있다. 두 사람은 조금쯤 세련돼졌고, 데이트 비용보다 주차 공간을, 옷보다는 주택 청약을 고민하는 나이가 되었다. 지금 이들에게 필요한 건 옷이나 돈이 아닌 '방'일 것이다. 두 사람 다 오랫동안 누군가와 함께 산 탓에 연애 기간 내내 묵을 곳을 찾아다녔기 때문이다. 동거인이 없는 틈을 타 각자의 셋방에서 서로를 안을 때도 있었다. 하지만 그것은 퍽 불안한 포옹이었다. 남자는 여자와 몸을 섞는 도중 문이 불쑥 열리며 여자의 오빠라도 들어오면 어쩌나 불안해하곤 했다. 발가벗은 채 그와 눈이라도 마주치면, 그러면— '자살해버려야지' 하고. 남자는 언젠가 손가락을 꼽으며 놀라운 듯 말했다. 우리가 4년간 쏟아 부은 모텔비가 수백만 원을 넘는다고. 왠지 그 숫자가 두 사람의 애정 지수를 말해주는 것 같아 여자는 뿌듯했지만, 그것은 당시 두 사람의 은행 잔고보다 많은 돈이었다. 이들은 아마 오늘 모텔에 갈 것이다. 아무런 약속도 하지 않았지만 남자와 여자는 오래된 연인답게 알고 있다. 오늘 밤, 두 사람이 같이 있게 될 것이라는 것을. 바야흐로 4년 만에, 크리스마스 날, 드디어 우리도 '할 수 있게' 되었다는 것을.

두 사람은 영화를 봤다. 크리스마스를 겨냥한 로맨틱 코미디였다. 영화는 지루했지만 그들은 '뭔가 하고 있다'는 기분에 들떠 있었다. 영화가 끝난 후엔 극장 근처의 패밀리 레스토랑에 갔다. 대기석에서 30분도 넘게 기다린 끝에 자리를 잡을 수 있었지만 두 사람은 웃고 있었다. 여자는 오늘 자신의 옷차림이 마음에 들었고, 남자는 오래전 종이컵에 적었던 일정을 하나씩 이뤄가는 것 같아 기뻤다. 두 사람은 그릇이 치워지지 않은 테이블 앞에 앉았다. 종업원이 다가와 남자 앞에 무릎을 꿇고 앉았다. 종업원은 과장된 목소리로 인사하며 주문을 권했다. 남자와 여자가 메뉴판을 펼쳐 들었다. 남자의 얼굴에 당혹스러운 빛이 스쳤다. 모두 처음 보는 음식인 데다, 메뉴에 딸린 선택 사항을 어찌할지 몰라서였다. 샐러드 드레싱으로 '스모키 허니 디종'을 시켜야 할지, '발사믹 비네그레트'를 골라야 할지, 이 세트와 저 메뉴는 뭐가 다른지, 스테이크를 완전히 익혀달라고 하면 촌스러워 보이지 않을지, 음료를 하나만 시켜도 될지, 그리고 무엇보다도 이렇게 난처해하는 자신을 종업원이 깔보지는 않을지 걱정이었다. 종업원은 주문이 서툰 손님들에게 익숙한 듯했다. 여자와 남자는 종업원의 친절한 설명을 들으며 엉겁결에 주문을 마쳤다. 종업원은 낭랑한 목소리로 "주문 확인해드리겠습니다, 손님"이라고 말했다. 남자는 고개를 끄덕였다. 종업원은 메뉴를 일일이 언급한 뒤 다시 "맞습니까, 손님?" 하고 물었다. 곧이어 오렌지에이드와 수프, 빵이 나왔다. 여자는 숟가락을 들어 정갈한 그릇에 담긴 양파 수프를 한술 떠먹었다. 여자가 해맑게 웃으며 말했다.

"맛있다."

남자는 쑥스러운 듯 답했다.

"응. 빵도."

곧 오리엔탈 치킨 샐러드, 텍사스 립 아이, 스파게티 프리마베라가 차례로 나왔다. 두 사람은 식사를 하며 지나온 추억과 동기들에 관한 소문, 직장에서의 스트레스에 대해 이야기를 나눴다. '왜 이런 날이면 유독 지난 일들에 대해 이야기하게 되는 걸까' 싶었지만, 사실 아무래도 좋았다. 남자는 리필된 탄산음료를 빨대로 빨며 주위를 둘러봤다. 똑같은 테이블보 때문인지 그곳에 있는 사람들은 모두 비슷해 보였다. 남자는 닭고기에 쓰인, 겨드랑이 암내 비슷한 향신료가 비위에 거슬렸지만 여자에게 '부대찌개'가 먹고 싶다는 얘기는 하지 않았다. 주문이 서툴렀던 탓에 두 사람은 음식을 많이 남겼고, 남자는 식당을 나오며 7만 원이 넘는 밥값을 카드로 결제했다.

식사를 마친 후, 두 사람은 고층 빌딩 위에 있는 고급 바에 들어갔다. 그대로 모텔에 들어가기가 멋쩍어서였다. 두 사람이 손잡고 자동문 안에 들어서자, 말쑥한 차림의 종업원이 다가와 남자에게 물었다.

"두 시간 후 또 주문하지 않으면 나가셔야 되는데, 괜찮으시겠습니까?"

테이블 위론 촛불이 켜져 있고, 재즈풍의 크리스마스캐럴이 흘러나오고 있었다. 남자는 알코올이 들어가지 않은 칵테일을, 여자는 와인을 주문했다. 부드럽게 일렁이는 촛불 사이로 서로의 얼굴이 좀더 매력적으로 비쳤다. 그들은 서로 선물을 건넸다. 남자는 넥타이 색깔이 마음에 들지 않았지만 여자에게 고맙다고 말했다. 여자는 조심스럽게 선물을 펼쳐보았다. 빨강과 초록이 주를 이룬 크리스마스 팬티와 브래지어였다. 팬티의 밴드 중앙에는 앙증맞은 골든 벨이 달려 있었다. 남자는 여자의 몸에 감길 속옷을 상상하며, 팬티 위에 붙은 그 작은 종이 금방이라도 딸랑딸랑 소리를 낼 것 같아 미소지었다.

처음 들어간 모텔에서 그들은 퇴짜를 맞았다. 두 사람은 '그러려니' 했다. 서울에 모텔만큼 많은 것도 없을뿐더러, 다른 곳을 찾을 수 있을 것 같아서였다. 두번째로 들어간 모텔에서 돌아 나와야 했을 때도 그들은 별생각이 없었다. '평소 주말에도 그런 경우가 몇 번 있었으니까.' 하지만 한 시간 넘게 시내를 돌아다녀도 빈방을 찾을 수 없었다. 남자는 크리스마스엔 숙박업소의 방이 금세 차버린다는 것을 모르고 있었다. 오늘 같은 날 방을 구할 생각이라면 저녁부터 일찌감치 모텔로 들어가거나 예약을 해두는 편이 안전하다는 것을. 어렵게 모텔을 발견할 때도 있었지만 그때마다 남자는 '저긴 회사 앞'이라는 이유로, '저긴 주차 공간이 없다'는 이유로 퇴짜를 놨다. 한번은 남자가 반색하며 "저기 어때?"라고 물었다. 여자는 모텔을 흘긋 쳐다본 뒤 "간판 불 꺼져 있으면 방 없는 거잖아"라고 말했다. 남자는 물끄러미 여자를 바라보며 물었다. "그건 어떻게 알았어?" 여자는 성탄절에 모텔 하나 예약해두지 않고, 늦게까지 술집에 앉아 있던 남자의 주변머리에 화가 났다. 남자는 운전을 하면서 모텔을 찾느라 예민해져 있었다. 한 번 들어가기도 머쓱한 곳을 열 군데 넘게 들락거리다 보니 왠지 여자와의 동침에 목맨 인간처럼 느껴져 언짢기도 했다. 그리하여 여자의 얼굴이 점점 일그러지고, 남자의 말투가 짜증스러워진 것은 두 사람이 벌써 세 시간째 거리를 헤매고 있기 때문이다. 그들은 종로에서 시청으로, 서울역에서 영등포로 모텔을 찾아 내려갔다. 두 사람은 뚱한 표정으로 각기 다른 곳을 내다봤다. 하지만 눈으로는 끊임없이 모텔 간판을 찾고 있었다. 모텔만 찾는다면 쉽게 화해하고, 포옹하고, 잠들 수 있을 것 같았다. 토라진 얼굴로 창밖을 바라보던 여자가 애써 무심하게 말했다.

"저기, 뭐 있는 것 같은데?"

멀리 구원처럼 빛나는 거대한 네온사인 하나가 보였다. LOVE. 네 채의 건물이 연결된 '러브' 모텔이었다. 건물 위엔 'LOVE'의 알파벳이 하나씩 얹어져 있었다. 얼핏 보아 호텔에 준하는 고급 모텔 같았다. 남자는 가슴을 쓸어내렸다. 건물 앞에는 시원스러운 주차 공간도 있었다. 여자의 얼굴에도 안도감이 스쳤다. 여자는 욕조 가득 뜨거운 물을 받아 거품 목욕을 할 수 있으리라 기대했다. '스파가 되는 크고 둥근 욕조가 있을지도 몰라, 마주 앉아 거품으로 장난을 치다 보면 어느새 서로 매끈거리는 몸을 부비며 안게 되겠지?' 여자는 그동안의 피로와 짜증이 눈 녹듯 풀리는 기분이었다. 남자는 부드럽게 핸들을 꺾어, 푸른 샤워 커튼이 평화롭게 나부끼고 있는 주차장을 향해, 저기 머나먼 모텔 'LOVE'를 향해 천천히 차를 몰고 들어갔다.

*

사내는 비빔면을 먹으며 티브이를 본다. 화면 위로 가위손을 흔드는 젊은 조니 뎁의 모습이 보인다. 영화는 '특선' 되었다고는 하나 별로 특선된 것 같지 않다. 다른 채널에서 하는 것들 역시 너무 유명해서 이미 오래전에 보았거나, 흥행에 실패한 뒤 헐값에 팔린 영화가 대부분이다. 가끔 케이블 티브이에서 개봉된 지 얼마 안 된 따끈한 영화를 틀어주기도 하지만, 그것은 브라운관으로 들어오는 즉시 낡아버렸다. 사내는 별로 재밌지도 않은 영화를 광고까지 끼워 토막토막 잘라 내보내는 케이블 티브이의 방영 방식을 좋아하지 않았다. 그것은 영화를 영화답게 만드는 무엇을 망가뜨리는 일이었다. 비록 안방이 극장은 아니더라도, 로미오가 독약을 들이켜는 순간 스팀 청소기가 나오고, 가위손이 사랑에 빠진 순간 몸매 교정용 거들이 나오는 것은 야비해 보였다. 사내는 젓가락으로 면발을 둥글게 말아 올리며 '내가 예전에 본 걸 왜 또 보고 있지' 생각한다. 그러면서도 채널을 돌리지 않고 그 장면이 거기 있었다는 사실을 다시 확인한다. 사내는 그릇 안의 비빔면을 말끔히 비운 뒤 보리차를 마신다. 사내의 표정이 금세 보리 물처럼 맑아진다. 사내가 수없이 이사를 다녔지만 부엌이 따로 있는 방은 드물었다. 사내는 밥을 사 먹었고, 목이 마를 때면 방에 있는 한 칸짜리 냉장고에서 생수통을 꺼내 병째 들이켜곤 했다. 그러다 처음, 밥을 지어 먹을 수 있는 곳으로 방을 옮겼을 때, 사내는 두 손 가득 보리차가 든 유리컵을 들고 아이처럼 외쳤다.

"이야! 컵에다 물 마시니까 정말 맛있다!"

오래전부터 '소독한 델몬트 주스 유리병에 보리차를 담아, 냉장고에 넣어두었다가 시원하게 마시는 것'은 사내의 로망 중에 하나였다. 그런 것 하나가 자기 삶을 어떤 보통의 기준에 가깝게 해주고 또 윤택하게 만들어주는 것 같아서였다. 사내가 고집하는 생활 습관은 몇 개 더 있었다. 사내는 여동생에게 '아무리 돈이 없어도 화장실 세정제만은 반드시 사 넣어야 한다'고 말했다. 화장실 세정제는 둥근 모양의 고체로 변기 수조에 넣어두는 것이었다. 그러면 물을 내릴 때마다 변기 안으로 파란 수돗물이 쏟아져 나왔다. 사내는 흰 변기 안에 청신하게 고여 있는 푸른 물만 보면 이상하게 기분이 좋아진다고 했다. 심지어는 자신이 괜찮은 인간처럼 느껴진다고. 동생은 사내를 이상하게 여겼지만, 변기가 깨끗해 보이는 건 나쁘지 않다고 생각했다. 사내는 '요즘 세상에 배는 곯아도 인터넷은 좀 하고 살아야 사람답게 살 수 있다'고도 말했다. 상경 후 쥐구멍 같은 방에 살 때부터 그랬다. 그곳은 동생과 나란히 누우면 더 이상 공간이 없을 정도로 매우 좁은 방이었다. 그 방에서 가장 비싸고 또 자리를 많이 차지한 것은 사내의 고물 컴퓨터였다. 컴퓨터는 불룩한 모니터에 커다란 본체를 가지고 있었다. 그것은 방 한쪽에 보기 싫게 튀어나와, 작동 시 어마어마한 소음을 내며 돌아갔다. 동생은 호프집 아르바이트를 끝내고 돌아올 때마다 모니터 앞에 우두커니 앉아 있는 사내의 굽은 등을 바라보곤 했다. 사내가 밤새 인터넷을 하는 통에 잠을 설칠 때도 많았지만 불평하지 않았다. 컴퓨터의 웅웅대는 소리가 마치 오빠가 '사람답게 살기 위해' 한 손으로 힘겹게 돌리는 발전기 소리처럼 들렸기 때문이다.

그들은 고만고만한 보증금과 월세에 맞춰 자주 이사를 다녔다. 더 좋을 것도 나쁠 것도 없는 방들이었다. 그러다 최근, 두 사람이 적금을 모아 좀더 넓은 집으로 이사를 결심하게 되었을 때— 그들은 온종일 흥분한 채 방을 구하러 다녔다. 그러나 그들은 방을 보러 다닌 지 반나절 만에 풀이 죽고 말았다. 사내는 전봇대에서 떼어낸 여러 장의 월세 '찌라시'를 만지작거리며 동생에게 부끄러운 듯 고백했다.

"난 있잖아. 천만 원이면 인생이 크게 달라지는 줄 알았어."

동생은 피식 웃으며 말했다.

"나도."

바람이 불자 전봇대에 붙은 전단지들이 일제히 팔랑거렸다. 방 있습니다. 전/월세. 풀 옵션. 바람에 나부끼는 전화번호들. 주인 없는 숫자들이 도시 위로 풀씨처럼 날아갔다. 동생은 꽤 비싼 가격이 적혀 있는 전단지를 내밀며 장난치듯 말했다.

"우리 이 집 한번 가볼까? 계약 안 한다고 생각하고, 그냥 이 정도 가격의 집은 어떤지 구경해보자."

그들은 그날 돌아본 방 중 가장 비싼 방을 보러 갔다. 정말 참고나 할 생각이었다. 하지만 문을 열고 햇빛이 쏟아지는 탁 트인 원룸 안에 발을 디딘 순간, 두 사람은 자신들도 모르게 깨닫고 말았다. 자신들이 살고 싶던 방은, 원래 이런 곳이었다고. 그들은 결국 그 집으로 이사를 했다. 월세 부담이 컸지만 한 번쯤 '무리'라는 걸 모른 척하며 살아보고 싶었다. 그것이 영화관이나 놀이공원에서처럼 잠깐 동안 돈을 주고 살 수 있는 환상이라 하더라도, 이제 분수껏 사는 일은 지겨워져버렸다고 떼를 쓰고 싶었는지도 몰랐다. 사내는 이사 후 한 달 동안 동생과 새집의 장점에 대해 말하며 시간을 보냈다. 신발장이 따로 있으니 번잡하지 않아 좋다, 욕실 바닥이 아가씨 얼굴처럼 참 깨끗하다. 가스레인지 위에 환풍기도 있네. 사내는 이 방에서 사는 날도 얼마 남지 않았다는 것을 알고 있다. 내년에 동생이 결혼하면 보증금을 나눠 줄 생각이다. 사내는 다시 몇 년 전의 방으로 돌아가야 할지 모른다. 동생과의 크리스마스도 올해가 마지막일 것이다. 사내는 개수대에 빈 그릇을 담은 뒤 모처럼 방에서 담배를 피운다. 동생은 분명 '옷에 냄새가 배었다'며 신경질을 낼 것이다. 사내는 담배를 입에 문 채 컴퓨터 전원을 켠다. 창밖에는 눈이 내리고 티브이 브라운관에선 몇 년째 성장하지 못한 '맥컬리 컬킨'이 홀로 비명을 지르고 있다. 사내는 티브이를 끄며 중얼거린다. 그가 소리 지르는 이유는 도둑 때문이 아니라 몇 년째 똑같이 맞는 크리스마스가 지겹기 때문일지도 모른다고. 컴퓨터가 앓는 소리를 내며 느리게 부팅된다. '좀 사는 것같이 살기 위해' 사내가 주먹으로 마우스를 쥔다.

*

눈은 땅에 닿자마자 더러워진다. 골목에는 쓰레기봉투가 선물 보따리처럼 모여 있다. 자동차 헤드라이트 불빛은 도로를 헤매며 어슴푸레 빛났다. 남자는 모텔 'LOVE'에서도 방을 구하지 못했다. 그곳엔 방이 딱 한 개 남아 있었다. 그 방은 하루 30만 원이 넘는 25평형 파티 룸이었다. 모텔 직원은 친절하게 컴퓨터 모니터를 클릭하며 방 안에 있는 복층 계단과 칵테일 바, LCD 모니터가 달린 대형 티브이를 보여주었다. 남자는 쓰러질 듯 자신의 팔을 붙잡고 있는 여자를 보며 잠시 고민했다. 지금껏 두 사람이 그만한 가격의 방에 머무른 적은 없었다. 더구나 그들이 머물 시간은 네 시간도 안 되었다. 다음 날 남자는 9시까지 회사에 나가야 했다. 잠시 눈만 붙이기에 파티 룸의 가전제품과 가구는 쓸데없어 보였다. 신혼집이다 생각하고 소꿉놀이 하는 기분으로 묵을 수도 있지만, 30만 원은 남자의 한 달 월세와 맞먹는 돈이었다. 다행히 여자가 먼저 남자의 팔을 끌어당겼다. 남자는 직원에게 미안하다고 한 뒤 모텔을 나왔고, 나오자마자 자신이 왜 미안하다고 했는지 후회했다. 그것도 습관이라고. 남자는 자동차의 시동을 켠 뒤 주차장을 빠져나왔다.

차는 벌써 신길을 지나 구로공단 근처까지 내려왔다. 남자의 눈은 붉게 충혈돼 있었다. 여자는 모텔이 아니어도 좋으니 여관에라도 들어가자고 했다. 남자는 구로공단 주택가 골목에 차를 세운 뒤 "그럼 여기서 찾아보자"고 했다. 골목 사이로 몇 개의 여인숙 간판이 보였다. 조그마한 입간판 위로 '벌' '장미' '수도' 등의 글자가 새겨져 있었다. 남자가 조심스럽게 물었다.

"여인숙에라도 들어갈까?"

여자가 무심하게 대꾸했다.

"여인숙? 거긴 여관보다 후지잖아."

남자가 물었다.

"그건 또 어떻게 알아?"

농담이란 걸 알면서도 여자는 기분이 상했다. 하지만 싸울 기력이 남아 있지 않았다. 남자는 골목 끝에 있는 여인숙을 향해 걸음을 옮겼다. 민박집 분위기가 나는 허름한 건물이었다. 입구 앞에 '장기 방 있음'이란 종이가 붙어 있었다. 남자가 먼저 여인숙 입구로 들어갔다. 밤새 폭설이라도 내리면 무너져버릴 것 같은 모양이었다. 남자가 카운터 앞 작은 유리문을 두드렸다. 복권 판매소처럼 생긴 카운터 안에서 자다 깬 주인이 부스스한 차림으로 일어섰다. 여자는 '왜 여관 주인들은 다 비슷하게 생겼을까' 생각했다. 주인 여자는 두 사람의 입성을 보고 의아한 듯 말했다.

"대목이라 좀 비싼데."

여자는 긴장했다. '이 사람, 크리스마스라고 바가지를 씌우려는 모양이다.'

"얼만데요?"

"2만 5천 원."

여자는 더 불안해졌다. 비싼 게 그 정도면 평소에는 얼마짜리 방인지 알 수 없었다. 남자가 신용카드를 내밀었다.

"여기 카드는 안 되는데."

"지금 현금이 없는데 어떻게 안 될까요?"

주인 여자는 불쑥 상체를 내밀더니 두 사람의 어깨 너머로 소리쳤다.

"아니, 또! 왜 사람을 들이고 그래?"

여자와 남자가 고개를 돌렸다. 현관 앞에 엉거주춤 서 있는 청년 두 명이 보였다. 주인 여자의 고함에 놀라 멈춰 선 모양이었다. 생김새로 봐서 얼핏 동남아시아 쪽 사람들 같았다. 한 사람은 배낭을 멨고, 다른 한 사람은 맥주병이 든 검은 비닐봉지를 들고 있었다. 주인 여자가 언성을 높였다.

"아니, 그 방에서 대체 몇 명이 살려고 그래? 내가 네 명 이상은 절대 안 된다고 몇 번이나 말했어? 신발 숨기고 비슷비슷하게들 생겼으니까 모를 줄 아나 본데, 돈을 더 내든가. 쟤는 또 어디서 데려온 거야?"

청년들은 눈을 둥그렇게 뜨고 주인 여자의 말을 경청했다. 검은 봉지를 든 청년이 난처한 표정을 짓자, 배낭을 멘 청년이 커다란 목소리로 더듬더듬 말대꾸를 했다.

"나 안 자러 왔어요. 여기 친구 만나러 왔어요. 이거 술 먹고 가요. 나 집 있어요. 나 진짜 안 자고 가요. 사실로 안 자."

주인 여자가 말했다.

"안 자긴 뭘 안 자? 안 자면 또, 뭐? 사람 하나 늘면 그게 다 물세고 똥센데."

봉지를 든 청년이 대꾸했다.

"내 친구 이것만 먹고 갈습니다. 집 가졌습니다."

"술은 무슨 술. 가만 보면 여기 와서 술, 담배 하는 애들치고 돈 모아서 나가는 애들 못……"

여자가 서둘러 현금을 내밀었다. 그 자리를 빨리 벗어나고 싶은 마음에서였다.

"여기요."

주인 여자가 지폐를 확인했다. 두 외국인 청년은 도망치듯 방으로 들어갔다. 주인 여자가 소리쳤다.

"내 이따 가볼 거야!"

남자와 여자는 어색하게 서 있었다. 주인 여자가 풀린 파마 머리를 긁으며 말했다.

"아유, 미안해. 마침 침대 방이 하나 있어. 내 그 방으로 줄게."

주인 여자가 수건과 주전자를 들고 두 사람을 안내했다. 페인트칠이 벗겨진 나무 문 앞이었다. 호수도 없고 열쇠도 없었다. 방문 사이로 누런 벽지가 보였다. 여자가 물었다.

"신발 어디다 놔요?"

주인 여자가 방 한구석에 놓인 라면 상자를 가리켰다. 여자가 당황하는 사이 남자는 피곤한 듯 방으로 들어갔다. 여자는 엉거주춤 신발을 들여놓으며 방문을 잠갔다. 여자는 문고리를 잡고 긴 한숨을 쉬었다. 방 안에는 티브이도 냉장고도 없었다. 남자는 낡은 침대 위로 털썩 드러누웠다. 침대 스프링에서 삐걱— 소리가 났다. 남자가 말했다.

"이만하면 괜찮네."

여자가 불안한 눈으로 침구를 훑어봤다. 누렇게 얼룩진 이불 위로 낯선 이의 음모와 머리카락이 꿈틀대고 있었다. 여자는 조심스럽게 화장실 문을 열어보았다. 욕실 가득 비릿한 냄새가 풍겼다. 타일이 깨진 바닥 위로 녹슨 세면대가 한쪽 발을 잃은 패잔병처럼 기우뚱 서 있었다. 녹물이 흐르는 세면대 위엔 머리카락이 뭉쳐져 있었다. 여자는 욕실 문을 닫고 질문하듯 남자를 바라봤다. 남자는 극도로 피곤함에도 불구하고 아직 '하고 싶어 하는' 눈치였다. 여자는 도저히 그 이불을 덮을 수 없을 것 같았다. 남자는 여자의 시선을 피하다 나무 문 위로 구멍이 나 있는 것을 발견했다. 구멍 사이엔 신문지 뭉치가 끼워져 있었다. 남자가 여자의 눈치를 살폈다. 여자는 코트 자락을 쥔 채 방문 앞에 서 있었다. 남자가 걱정스럽게 물었다.

"왜? 싫어? 못 자겠어?"

여자는 괜찮다고, 내일 출근해야 하니 먼저 자라고 말했다. 자긴 여기서 자겠다고. 여자는 한쪽 구석에 웅크려 앉았다. 코트를 덮고 앉아서 잘 생각이었다. 남자는 뭔가 생각하더니 이불을 걷고 일어나 다정하게 물었다.

"나갈까?"

여자는 울 것 같은 표정으로 고개를 끄덕였다. 두 사람은 다시 상자에서 신발을 꺼낸 뒤 방문을 나섰다. 남자가 문을 열자, 뭔가 쿵 부딪히는 소리가 들렸다. 앳된 곱슬머리 청년이 놀란 눈으로 남자를 바라보고 있었다. 여자가 '악' 하고 짧은 비명을 질렀다. 곱슬머리 청년은 외다리였다. 청년은 목발을 쥔 채 커다란 배낭을 메고 있었다. 헐렁한 바지 끝이 둥글게 매듭지어져 있었다. 조금 전 여인숙 안으로 몰래 들어온 눈치였다. 청년의 머리 위엔 이상하게 산타 모자가 씌워져 있었다. 그것은 유난히 빨갰고 도드라져 보였다. 청년의 구릿빛 얼굴에 당황하는 빛이 역력했다. 청년은 두 사람에게 성큼 다가왔다. 여자와 남자가 뒤로 물러섰다. 청년이 소주병이 든 봉지를 흔들며 말했다.

"나, 친구 만나요. 이거 먹고 갈습니다. 나 안 자요."

남자가 여자의 어깨를 감싸 안았다. 시간은 어느새 5시를 넘어가고, 산타 모자를 쓴 외다리 청년의 머리 위로 소리 없이 눈이 내리고 있었다.

*

사내의 얼굴 위로 모니터 불빛이 일렁거린다. 사내의 시간이 짤깍짤깍 마우스에 잘려나간다. 세계는 고요하고 얼굴을 맞댄 사내와 컴퓨터는 서로를 신뢰하는 연인처럼 다정해 보인다. 사내는 포털 사이트에서 연예 기사 몇 꼭지를 열람한다. 이런저런 사이트를 돌아다니고 누군가의 홈페이지에 안부를 남긴다. 그것도 싫증이 나자 하드에 저장해둔 동영상 폴더를 열어본다. 미국 드라마와 좋아하는 영화 몇 편, 성인용 동영상이 깔끔하게 정리돼 있다. 사내는 동영상 파일을 하나 클릭한다. 한두 번 본 뒤 지겨워져버린, 그러나 못내 지우지 못한 영상 한 편이 떠오른다. 사내는 덤덤하게 화면을 본다. 문득 '혼자라도 할까' 하는 생각이 든다. 꼭 하고 싶은 것은 아니지만 딱히 할 일이 없기도 하다. 그냥 그런 마음이 든다. 뭔가 익숙한 기분을 느낀 뒤 잠들고 싶은. 언젠가 그런 식으로 빠져드는 깊은 잠에 감사하던 때가 있었다. 때로 몸도 거짓말을 한다는 걸, 사내는 안다. 사내가 지퍼를 내리려는 순간 인기척이 들린다. 사내가 현관문을 바라본다. 열쇠 돌아가는 소리가 난다. 사내는 후다닥 지퍼를 올리며 컴퓨터 모니터를 끈다. 동생이 창백한 얼굴로 서 있다. 사내는 태연한 척 어색하게 말을 건넨다.

"왜 벌써 와?"

동생은 대꾸하지 않고 눈에 젖은 부츠를 벗어 던진다.

"나 이불 좀 펴줘."

"싸웠어?"

"아니."

동생은 가방을 집어 던진 후 티셔츠와 반바지를 들고 욕실에 들어간다. 사내는 방을 훔치고 두툼한 겨울 요 두 채를 방바닥에 깐다. 이불 사이의 간격은 조금 떨어져 있다. 동생은 옷만 갈아입고 욕실에서 나온 뒤 요 위로 쓰러진다.

"자게?"

"응, 불 끄면 안 돼?"

사내는 현관문을 점검하고 보일러 온도를 높인다. 그런 뒤 불을 끄고 자기도 이불 위에 눕는다. 사내가 동생을 향해 돌아누우며 말한다.

"오늘 뭐 했어?"

동생이 한 손으로 이마를 짚으며 답한다.

"그냥 밥 먹고, 영화 보고……"

"뭐 먹었는데?"

"파스타랑 스테이크랑 뭐 그런 거."

"어디서?"

동생이 지친 목소리로 대꾸한다.

"그냥 종로에서."

사내는 눈을 끔뻑이다가 상기된 목소리로 말한다.

"아까 인터넷 뉴스 보니까 임정석이랑 박예리랑 사귄다더라, 웃기지 않냐?"

"응."

"오늘 엄마하고 통화했니?"

"응."

"신정 때 올 거냐고 하던데, 갈 거야?"

"응."

사내는 오늘 하루, 자신이 겪은 시시한 일들에 대해 도란도란 속삭이기 시작한다. 동생은 눈꺼풀을 천천히 열었다, 닫았다 하며 사내의 말을 듣는다. 이달 세금과 야구 선수의 부상, 친구의 득남과 선배의 이혼에 대해, 축의금으로 5만 원을 내야 할지 10만 원을 내야 할지 모르겠다는 오빠의 고민에 대해 동생은 별로 관심이 없어 보인다. 사내는 왠지 신이 나 있다. 동생은 따끈한 방바닥 아래로 푹 녹아들고 싶은 기분이다. 한참 후 사내가 말똥말똥한 눈으로 천장을 바라보며 말한다.

"어릴 때 말이야."

"……응."

"크리스마스가 되면 선물 받고 그랬잖아."

"……응."

"그런데 난 참 이상했어."

동생이 등을 돌리며 졸음에 겨운 목소리로 묻는다.

"뭐가?"

사내는 추억에 잠긴 목소리로 말한다.

"그게, 티브이나 영화에서 보면 크리스마스 선물이 되게 예쁘게 포장돼 있었잖아. 그것도 꼭 장식된 전나무 밑에 놓여 있고. 거기 나오는 선물들은 전부 커다랗고 근사한 박스 안에 들어 있었잖아. 정말 산타가 준 선물같이."

동생이 점점 흐려지는 목소리로 대답한다.

"……응."

"근데 우리 머리 위에 있던 선물은 왜 항상 까만 봉다리 속에 들어 있나, 나는 그게 참 이상했었어."

"……"

"넌 안 그랬니?"

"……"

사내가 고개 돌려 동생을 바라본다. 소리 없이 잠든 모양이 꼭 죽은 것 같다. 사내는 말없이 누워 있다, 손가락으로 동생을 툭 건드리며 한마디 한다.

"야, 화장 지우고 자."

밤새 내린 눈이 어느새 추적추적 비로 변해 있다. 집 앞 가로등의 노란 불빛도 빗물과 함께 촛농처럼 뚝뚝 흘러내린다. 사내는 휴대전화를 열어 시간을 확인한다. 12월 25일이다. 사내의 얼굴 위로 12월 25일이 푸르게 먹지며 번졌다 사라진다. 사내가 휴대전화 폴더를 닫자 사방은 다시 어두워진다. 사내는 문득 안도감을 느낀다. 새벽의 어둠은 맑게 묽어져가고, 사내는 잠을 청하려 두 눈을 감는다.

자오선을 지나갈 때

열차는 눈먼 물고기처럼 인천을 빠져나와 북쪽으로 달려갔다. 나는 노선도를 올려다보며 역사(驛舍)의 수를 꼽아보았다. 인천에서 의정부까지 50여 개의 역이 있고, 영등포와 신길, 종로를 지나면 서울 북쪽 어딘가에 내 방이 있다. 노선표의 불빛이 깜빡거렸다. 자그마한 플라스틱 전구 위로 종착역까지는 녹색 불이, 이미 지나간 역 위로는 빨간 불이 켜졌다. 도시의 이름을 가진 점과 그 사이를 잇는 직선. 나는 그것이 카시오페이아나 페르세우스, 안드로메다라 불리는 이국 말로 된 성좌처럼 어렵고 낯설었다. 내가 모르는 도시의 별자리. 서울의 손금. 서울에 온 지 7년이 다 돼가는데, 그중에는 내가 아직 한 번도 가보지 못한 동네가 많다. 땅속에서 바람을 맞으며 안내 방송을 들을 때마다 나는 구파발에도, 수색에도 한번 가보고 싶었다. 그러나 그러지 못한 것은 서울의 크기가 컸던 탓이 아니라, 내 삶의 크기가 작았던 탓이리라. 하지만 모든 별자리에 깃든 이야기처럼, 그 이름처럼, 내 좁은 동선 안에도— 나의 이야기가 있을 것이다.

열차는 긴 꼬리를 그리며 수도(首都)를 헤엄쳐 갔다. 도시의 불빛들. 저 속에는 입시 학원들도 있을 터였다. 서울엔 크고 작은 학원이 밤하늘의 별처럼 많다. 얘들아, 우리 별은 자전할 때마다 크기가 조금씩 작아지며— 하얀 분필 가루를 우주 곳곳으로 흩날리고 있지 않을까. 강사 생활 10년에 지문이 닳은 한 선생이 어디선가 중얼거리고 있는 밤. 열차 문이 열리자 가을바람이 덜컥 들어왔다. 보강에 지친 강사들이 입안에 털어 넣는 목캔디 향처럼 맵고 알싸한 바람이었다. 2005년 가을, 이제 스물여섯. 강사 경력 3년차 이력서를 들고, 나는 며칠 전 학교에서 들은 얘기를 떠올리고 있었다.

"아영아, 너 얼굴이 왜 그래?"

나는 도서관 컴퓨터로 채용 결과를 알아보고 나오던 참이었다.

"내 얼굴이 왜?"

한 손으로 얼굴을 만지는 내게, 친구가 눈을 크게 뜨고 말했다.

"얼굴이 괴물처럼 일그러졌어."

　사람들이 꾸역꾸역 밀려들어 왔다. 의정부북부행이라는 말 때문인지는 몰라도— 어쩐지 나는 우리 모두가 아주 멀고 추운 나라로 가고 있는 것처럼 느껴졌다. 창문에 얼비치는 내 얼굴을 살펴보았다. 피곤해 보이긴 했지만 그렇게 이상하지는 않았다. 문득 내가 모르는 얼굴이 나로 살고 있다는 생각이 들었다.

　나는 학원 면접을 마치고 집에 가는 중이었다. 학원이라면 이미 학부 2학년 때부터 나갔던 터라 이력도 있고 자신도 있었다. 한때는 아예 전문적인 학원 강사가 되어볼까 하는 생각도 했다. 하지만 고향 친구들이 '지금 뭐 하냐'고 물었을 때 '학원 나간다'고 하면 왠지 부끄러울 것 같았다. 동네마다 보습 학원이 너무 많이 생겨난 탓에 대학만 졸업하면 웬만해서 누구나 할 수 있다고 생각하는 게 학원 강사였다. 일반 직장인보다 고소득을 올리는 유능한 강사도 많지만, 한편으론 '먹물들의 막장'이라고 은근히 폄하되곤 하는 것도 학원이었다. 규모나 대우도 천차만별이어서 학원을 옮길 때마다 나는 새로운 스트레스에 시달렸다. 그리고 이따금 좁고 어두운 학원 화장실에 앉아 있을 때면, 내가 쓰는 화장실이 나를 말해주는 것 같아 울적해지곤 했다.

내가 강사직을 그만둔 것은 스트레스 때문이 아니었다. 그 때 내가 이렇게 오랫동안 놀게 될지 예상하지 못했다. 내 성적은 항상 4.0이 넘었고 토익 점수도 9백 점 이상이었다. 나는 성격도 원만했고 나름대로 창의적인 인간이라 생각해왔다. 그래서 처음 서류 심사에 떨어졌을 때 '원래 몇 번씩은 다들 떨어진다잖아?' 생각했다. 그다음 떨어졌을 때 '혹시 자격증이 없어서 그런 게 아닐까?' 싶어 운전면허를 땄다. 또 한 번 떨어졌을 땐 '혹시 내 인상이 안 좋나?' 해서 사진을 다시 찍었다. 열 번 넘게 낙방하자, 나는 혹시 내 전공이 국문학이기 때문이 아닐까 고민했다. 그러자 영문과에 다니는 친구가 말했다. "영문과도 마찬가지야. 요새 영어는 아무나 하거든." 철학과에 다니는 친구는 말했다. "그래도 네가 나보단 낫지 않니?" 그 말을 똑같이 법학과에 다니는 친구에게 하자 그는 꽁초를 힘껏 빨며 웅얼거렸다. "그것도 옛날 애기지. 요샌 고시도 잘사는 집 애들이 잘 붙어. 장거리경주라 누가 뒤를 받쳐줘야 하거든." 한 스무 번쯤 떨어졌을 땐 '내가 너무 눈이 높은 것이 아닐까' 싶었다. 그래서 작지만 건실한 회사에 부지런히 원서를 넣었다. 결과는 마찬가지였다. 하여 서른번째 낙방을 했을 즈음, 나는 머리통을 감싸 안고 중얼거렸다.

"정말 나는 괴물이 아닐까?"

시험을 준비하며 여러 노력을 했다. 한번은 인터넷을 뒤져 대기업 인사과장이 올려놓은 모범 답안을 정독했다. '서류는 일단 자기소개서를 잘 써야 한다'며 시작되는 글이었다. 그런데 모범 답안 작성자는 자기소개서를 잘 쓴 게 아니라 인생 자체가 잘 씌어 있었다. 만일 내가 IT 회사에 서류를 낸다면—아마 포털 사이트에 대한 관심으로 자기소개서를 채울 것이다. 하지만 그는 '어려서부터 아버지가 사다 준 애플 컴퓨터를 분해하며 노는 것이 참 즐거웠습니다'라고 쓸 것이다. 그는 취미도 '승마'였다. 나는 '독서'라고 쓰는 것이 왠지 부끄러워 보편적이면서도 무난한 '영화 감상'이라고 썼다. 한 선배는 내 이력서를 보더니 혀를 차며 말했다.

"이거야 원 콘텐츠가 없어, 콘텐츠가……"

나는 진지하게 물었다.

"선배, 콘텐츠는 어떻게 만들어요?"

학교 도서관에서 1년째 공기업을 준비하던 선배는 커피를 사 주면 알려주겠다고 했다. 나는 자판기에서 커피를 뽑으며 물었다.

"저기, 여자는 면접 때 인성을 본다던데."

선배는 무릎 나온 '추리닝' 바지의 보풀을 뜯어내며 말했다.

"인마, 여자는 얼굴이 인성이지."

나는 그 말에 동의하지 않았지만 지푸라기라도 잡는 심정으로 공손하게 커피를 내밀었다.

"선배, 콘텐츠는……?"

선배는 커피를 단숨에 마시더니 "어떻게 만들긴, 돈으로 만들지"라고 말한 뒤 삼선 슬리퍼를 끌고 유유히 사라졌다.

열차는 대방을 지나 한강으로 향했다. 오늘 돌아본 학원 중 몇 곳에서 연락이 올지 계산해봤다. 그중에는 연락이 와도 가지 않겠다고 마음먹은 곳도 있었다. 처음 간 학원에서는 원장이 초면부터 반말을 했다. 그러더니 '나 안 만만해'라는 것을 보여주려는 듯 소파에 팔을 느슨하게 걸치고 면접을 봤다. 두 번째 학원에서는 원장이 내게 '강의'란 무엇인가를 한 시간 넘게 '강의'했다. 나는 말이 많은 원장들은 그만큼 학원에 대해 자신감이 없다는 걸 알고 있었다. 한참의 장광설 끝에 그가 부른 강사료는 그날 들른 학원 중 최저였다. 마지막으로 면접을 본 곳의 원장은 "애들은 때려야 한다"며 청 테이프가 감긴 각목을 내 앞에서 휘둘러 보였다. 나는 옅은 숨을 쉬며 창밖을 바라보았다. 안내 방송이 흘러나왔다. "다음 역은 노량진, 노량진입니다."

1999년 봄. 그때도 나는 노량진에 가기 위해 한강을 건넜다. 나는 고등학교 3년 내내 멨던 빨간색 프로스펙스 가방을 바싹 끌어안고 주위를 두리번거렸다. 가방 안에는 누가 절대 훔쳐갈 리 없는 학습지가 가득 들어 있었다. 3월이니 뭔가 시작하기에는 너무 늦은 봄이었는지 모르지만, 그렇다고 뭔가 깨달아버리기에도 이른 나이였던 때. 나는 장기판 위에 놓인 한 마리 말[馬]처럼 대책 없고 수줍었다. 열차 안으로는 도심의 빛이 가득 쏟아지고 있었다. 창밖으로 한강 철교와 올림픽대로, 크고 작은 빌딩들이 지나갔다. 스무 살의 나는 '이야, 다리는 정말 다리가 많네?' 하고 신기해했다. 오후 2시. 머리 위로 고요하고 오래된 태양계의 질서가 자전(自轉)하고 있던 때. 갑자기 눈앞이 환해지더니 주위가 밝아지기 시작했다. 바싹 조여들었던 나의 동공은 점점 크게 벌어져 하나의 상 앞에서 멈췄다. 한강 너머— 호젓하게 솟은 빌딩 한 채가 보였다. 온몸으로 푸른 하늘을 인 채 수백 장의 금빛 비늘을 얌전하게 펄럭이고 있던 그것. 나는 나도 모르게 탄성을 질렀다.

"아! 63빌딩이다."

내 마음의 데시벨은 너무 낮아 누구도 그 소리를 들을 수 없었지만, 나는 그때 분명히 그렇게 중얼거렸다. 아, 63빌딩이다—라고. 나는 63빌딩을 보자 서울에 온 것이 실감 났고 비로소 안도감을 느낄 수 있었다.

그러고 보니, 63빌딩과 관련된 웃지 못할 일이 하나 있었다. 내가 재수 학원에 다닐 때의 일이다. 개강한 지 얼마 지나지 않아서였다. 나와 같은 단과 수업을 듣던 아이가 강의실 안으로 헐레벌떡 들어왔다. 그 애는 강의실 문을 열자마자 큰 소리로 외쳤다.

"야! 나 지금 63빌딩이랑 좆나 똑같은 거 봤다!"

"그게 뭔 소리야?"

"따라와."

아이들은 우르르 학원 옥상으로 올라갔다. 아이들이 두리번거리며 '어디? 어디?' 하고 묻자, 그 애는 한강 너머의 한 건물을 가리켰다.

"저기."

아이들은 다 같이 그 애의 손끝을 아득하게 바라봤다. 옥상 위에서 담배를 피우던 남자 아이들도 엉겁결에 시선을 좇았다. 모두 UFO라도 목격한 시민들 같았다. 저기, 지는 해를 등지고 눈부시게 빛나는 고층 빌딩 한 채가 보였다. 그것은…… 63빌딩과 '좆나' 똑같은 63빌딩이었다. 누군가 말했다.

"빙신아! 저거 63빌딩이잖아."

아이들은 터덜터덜 계단을 내려갔다. 일렁이는 노을 사이로 멍하니 서 있던 그 아이가 물었다.

"정말?"

……그래 정말. 네가 시골에서 올라온 것과 63빌딩이 63빌딩일 거라 상상하지 못하는 것, 내가 한 달에 11만 원짜리 독서실에 산 것이 정말이었던 것처럼. 그맘때 우리의 얼굴이 저녁 무렵의 63빌딩과 같이 전부 노랬던 것처럼.

1999년 봄 노량진 역— 우리는 햇살을 받아 마른버짐처럼 하얗게 빛나는 육교 위에 앉아 농담처럼 그랬다. 되고 싶은 것? 대학생. 존경하는 사람? 대학생. 네 꿈도 내 꿈도 그러니까 대학생과 '좆나' 똑같은 대학생.

열차가 노량진을 떠나고 있었다. 그러자 오랫동안 잊고 있던 일들이 떠올랐다. 내 인생의 성좌 중 어느 한 점. 유난히 흔들리며 약하게 빛났던 작은 별에 깃든 이야기. 노량진. 좌절된 꿈처럼 그곳을 감싸 안고 있던 성운과 고운 색의 먼지들.

좀 쑥스러운 이야기지만, 내가 재수를 한 것은 공부를 못해서가 아니었다. 비록 최상위권은 아니지만 서울에 있는 대학은 무난하게 지원해볼 수 있었다. 그런데 고등학교 2학년이던 1997년에 IMF가 터졌고, 다음 해 나는 교대에 떨어졌다. 갑자기 교대에 지원하는 학생이 많아 경쟁률이 높아졌던 것이다. 그동안 나는 '수학'이나 '내신' 탓이면 몰라도 'IMF' 때문에 대학에 떨어지리라고는 상상도 못했었다. 게다가 'IMF'는 태어나 처음 들어보는 말이었다. 그것은 마치 누군가 '네가 대학에 떨어진 이유는 올해 카시오페이아좌에 있는 7789베타별이 자오선을 지나갈 때 반짝거렸기 때문이란다'라고 말해주는 것과 같이 들렸다. 부모님은 말했다. 사립대는 안 된다. 하지만 재수도 안 된다. 나는 내가 어떻게 해야 할지 알 수 없었다. 그러나 그보다 더 걱정되는 것은 먼 미래가 아닌 당장 돌아올 구정이었다. 왜 모든 시험 결과는 설날 전에 발표되는지. 친척들의 질문과 어정쩡한 변명을 생각하자니 끔찍했다.

그즈음, 집으로 각종 기숙 학원 홍보 팸플릿이 부지런히 배달됐다. 대부분 무슨 면, 무슨 리로 끝나는 긴 주소지를 가진 우편물들이었다. 그곳의 학생들은 모두 똑같은 체육복을 입고, 같은 시간에 일어나, 같은 수업을 듣고, 한 달에 한 번씩만 외출한다고 했다. 심한 곳에서는 하루 다섯 시간 이상 자는 학생을 깨워 '빠따'로 때린다는 소문도 있었다. 하지만 진학률은 매우 좋다고. 나는 팸플릿을 열었다 얼른 덮어버렸다. 한 달에 1백만 원이 넘는 돈이었다. 나는 '저기, 제가 1백만 원 드릴 테니 저 좀 제발 때려주지 않을래요?'라고 말하고 싶었지만, 맞고 싶어도 1백만 원이 없었다.

보다 못해 재수를 제안한 것은 엄마였다. 이왕 하는 거 제대로 해야 하지 않겠냐며 서울 어디 학원을 알아보라고 했다. 나는 타지에서 재수를 하면 매달 1백만 원은 아니지만 많은 돈이 나간다는 것을 모르고 있었다. 하지만 엄마는 알았을 것이다. 내 밑으로 고등학교에 다니는 동생이 둘이나 있다는 것

126

도. 나는 알면서도 몰랐지만 엄마는 다 알았을 것이다. 그래서 나는 재수 생활을 우울하게 생각하지 않았다. 내가 패배자라고도 생각하지 않았다. 나는 재수가 황송했다.

1999년 3월. 나는 처음 노량진 역에 하차했다. 지하철 문이 열리자 갯바람 냄새가 났다. 대부분 노량진 수산 시장에서 나는 냄새였지만, 누군가는 그것이 63빌딩 수족관에 있는 생선들이 하늘에서 상해가는 냄새라고 했다. 철로 양쪽으로 즐비한 광고판이 보였다. 영어, 역사적 사명을 갖고 책임집니다. 대한민국 대표 강사 김영철 선생. 서울대! 서울대 출신 강사가 가르쳐야 갑니다. 유쾌한 과학 박남식 선생. 국가직 선관위 경기도 문제풀이 大특강 현재 접수 중. 적중. 적중. 적중. 합격 신화는 계속됩니다. 이동성 경찰 학원. 노량진 수험가의 새로운 혁명. 노량진 행정고시 학원. 공무원 그 미래의 약속. 광고판에는 자극적 수사와 함께 강사들의 사진이 크게 실려 있었다. 때론 온화하게 혹은 공격적으로, 어느 때는 굉장히 진지하게, 어느 때는 '걱정 마, 아무것도 아니야' 하는 표정으로. 차림새도 염색 머리에 후드 티를 입은 강사부터 셔츠 소매를 걷고 역동적인 자세를 취한 선생에 이르기까지 다양했다. 그들 대부분은 젊었고 먼 곳 어딘가를 응시하고 있었다. 사진 속 메이크업이 좀 어색하다는 사실도 모른 채. 그래서 사실은 모두 비슷비슷해 보인다는 것도 알지 못한 채 말이다. 하지만 그들은 내가 모르는 아주 중요한 것들을 알고 있는 사람처럼 보였다. 나는 노량진이 '약속의 땅'처럼 느껴졌다.

학원 근처 여성 전용 독서실을 계약하고 조그마한 사물함 키 하나를 받았다. K-59. 책상 한 칸이 내 몫의 공간이었다. 4인실엔 칸막이 책상 네 개가 놓여 있었다. 같은 구조의 수많은 칸과 칸 사이는 커튼으로 구분돼 있었다. 내가 머문 칸에는 두 명의 여자가 있었다. 한 명은 임용 고사 재수생, 한 명은 5급 공무원 시험을 준비하는 언니였다. 책상 하나가 비어 우리 칸은 조금 여유가 있었다. 나는 도착하자마자 책상 위에 포스트잇 하나를 붙여놓았다.

—내가 오늘 헛되이 보낸 시간은 어제 죽은 이가 그토록 바라던 내일이었다.

그러곤 그 아래 1년치 계획표를 붙여놓았다. 나는 이글이글 타는 눈으로 주먹을 쥔 채 창밖을 바라보려 했으나— 주위엔 창문이 하나도 없었다. 그날 밤, 작년에 수능 만점 맞은 아이의 수기를 읽었다. 나는 '열심히 하자!'라는 각오로 이불을 편 뒤 누웠지만— 바닥이 너무 딱딱해서 잠을 이룰 수 없었다. 4인실은 너무 좁아, 네 명 모두 책상 위에 의자를 올린 뒤 연필처럼 자야 했다. 여기저기서 부르르— 부르르— 하는 삐삐 진동음이 들려왔다. 이쪽에서 저쪽에서, 때론 간헐적으로 때론 연이어서. 마치 풀벌레가 소리 죽여 울듯. 우리 모두가 한 마리 풀벌레들인 양. 어둠 속 파란 불빛들이 깜빡거렸다. 돌이켜보면, 그것은 독서실에서 가장 많이 나는 소리이기도 했다. 학원 공중전화 앞에 항상 줄이 길게 늘어서 있던 것도 그 때문이었다. 하루 네 시간 자던 아이도, 시간이 아까워 1년 내 미용실에 가지 않던 아이도, 공중전화 앞에서는 모두 기다렸다. 나는 옆 사람이 깨지 않도록 알람이 울린 후 0.2초 안에 삐삐를 꺼야 한다는 강박으로 잠을 설쳤다. 간혹 잠에서 깰 때면 생전 처음 보는 언니들의 얼굴이 코앞에 와 있었다.

다음 날 아침. 커다란 음악 소리가 울려 퍼졌다. 화려하고 날카로운 전자 기타 소리였다. 나는 움찔, 잠에서 깼다. 스피커를 통해 어느 해외 록 가수의 기타 소리가 울려 퍼졌다. 주위를 두리번거렸다. 모두 자리에서 일어나 이불을 개고 있었다. 삐삐를 보니 새벽 6시였다. 사람들은 일사불란하게 이불을 사물함에 넣고, 쓰레기를 줍고, 주변을 정리했다. 5급 공무원 시험을 준비하는 언니가 상냥하게 말했다.

"더 자고 싶으면 청소 끝난 뒤 이불 펴고 자."

휘리릭— 독서실 총무가 대걸레질을 하며 복도를 지나갔다. 독서실을 계약할 때 이런저런 주의 사항을 일러주던 청년이었다. 고시생인 그는 공짜로 이곳에 사는 대신 독서실 관리와 청소를 맡고 있었다. 그러니까 아침마다 어떤 음악이 나오느냐는 전적으로 그 독서실의 총무가 요즘 어떤 노래에 '꽂혀' 있느냐에 달려 있었다. 우리 독서실 총무는 몇 달간 같은 노래만 죽어라 틀어댔다. 그래서 처음 '저 친구 기타를 참 잘 치는군'이라고 중얼거렸던 나도 나중에는 귀가 찢어질 것 같았고, 기타리스트가 클라이맥스 부분을 연주할 때면 두 귀를 감싸 안고 '제발 그만해!'라고 소리치고 싶었다. 청소가 끝날 즈음 라이브 공연장의 관객들이 환호성과 박수를 보내왔다. 한번은 내가 아침 음악을 '쿨'이나 '서태지'로 바꿔줄 수 없냐고 하자, 총무는 도저히 이해할 수 없다는 표정으로 경멸하듯 물었다.

"아니, 어떻게 레드 제플린이 싫을 수 있어?"

나는 나름대로 정한 하루 계획표에 따라 움직였다. 기상, 수업, 점심, 자율 학습, 수업, 저녁 식사, 수업, 숙제, 자율 학습 등의 순서였다. 공부 계획은 보름마다 한 번씩 세웠고, 그날 한 일은 노란색으로, 밀려서 한 일은 초록색으로 표시하며 지워나갔다. 그리고 모든 것을 다 지우고 나면 굉장히 기분이 좋았다. 여고 동창들에게 이따금 살가운 음성 메시지가 왔다. 가끔 나를 찾아오는 아이들도 있었다. 어색한 화장에 유치한 귀걸이를 하고 있었지만, 나는 그 애들이 진심으로 눈부시다고 느꼈다.

내가 처음 사귄 친구는 민식이었다. 민식이는 건너편 일심학원에 다녔지만, 강석진의 수업을 들으러 일주일에 두 번씩 필승학원에 왔다. 강석진은 필승학원뿐 아니라 전국적으로 유명한 강사였다. 그의 수업이 유명한 이유는 물론 적중률 때문이었다. 그의 이력에는 언제나 '필승에서 최단기 최다 마감'이라는 수식이 붙었다. 수업을 듣기 전, 나는 막연하게 명강사의 특징이 쇼맨십이라고 생각했다. 하지만 노량진에서 놀란 건 강사들의 여유였다. 그들은 힘 안 들이면서도 아이들을 집중하게 만드는 요령을 알고 있었다. 그들은 인쇄물도 많이 나눠 주었다. 주로 자신의 이름을 건 특별 요약지나 핵심 문제지였다. 나는 인쇄물에 강사들의 캐리커처가 그려진 것을 보고 충격을 받았다. 멋진 문구와 산뜻하고 다채롭게 그려진 도표도 감동적이었다. 그 많은 자료를 왠지 공짜로 얻는 기분이 들었고, '아 서울의 사교육이란 이런 것이구나!' 감탄했다. 그들은 귀를 솔깃하게 만드는 전략과 전술을 말해주었다. 대단한 정보를 담담하게 전해주는 화법은 왠지 모를 경외심을 갖게 했다. 사소한 위트와 인간적인 충고, 그리고 정기적인 진도 체크와 위로도 큰 도움이 되었다. 하지만 한편으로 그 위로는 정치적인 위로였고, 수업의 요점은 자기 수업을 계속 들어야 한다는 것이었다. 그래도 우리는 그들이 필요했다. 그래서 밤새 기다려 수강증을 끊고, 맨 앞자리에 앉기 위해 수업 15분 전부터 줄을 섰다.

그날, 강석진은 칠판 위에 앞으로의 계획과 전략을 적었다. 그는 '친구들에게는 반대로 말해주라'는 농담을 했다. 나는 그 농담이 무섭다고 생각했지만 아이들을 따라 웃었다. 반대로 말해줄 것까진 없지만 그렇다고 일부러 말해줄 필요도 없다고 생각했다. 그 정보에 대해 내가 뭔가 지불하고 있다고 믿었기 때문이다. 갑자기 교실 문이 열렸다. 수위 아저씨가 강의실로 들어왔다. 학원에서 도강생을 색출하기 위해 불시에 이뤄진 수강증 검사였다. 강석진은 익숙한 듯 교단 한쪽으로 비켜섰다. 아이들은 책가방에서 수강증을 꺼냈다. 그때 웬 종이 한 장이 나비처럼 날아와 팔랑 다리 밑에 떨어졌다. 나는 종이를 주워 들고 주위를 둘러봤다. 뒷자리에 앉은 사람이 손을 뻗으며 어정쩡한 목례를 했다. 쉬는 시간, 누군가 내게 음료수를 건넸다.

"저, 아까 고마워서."

나는 그 애 얼굴을 빤히 바라봤다.

"누구세요?"

"저, 아까 수강증······"

"······아, 네."

그 애는 머쓱해하다 눈치를 살피며 물었다.

"저, 근데 어디서 왔어요?"

민식이는 나와 동향이었다. 민식이는 떨 듯이 기뻐했다. 그러더니 점심을 사겠으니 닭갈비를 먹자고 했다. 나는 낯선 남자의 친절이 부담스러웠지만 닭갈비를 먹어보고 싶었다. 우리는 복사집과 문방구, 노래방과 당구장, 만화방, 오락실이 즐비한 거리를 지나 닭갈비 집에 갔다. 민식이는 닭갈비 2인분을 시킨 뒤 고구마와 쫄면 사리를 추가했다. 나는 민식이가 사리를 능숙하게 추가하는 것만으로도 어른처럼 보일 수 있다는 사실에 조금 놀랐다. 통유리 너머로 디디알과 펌프를 하는 여자 애들이 보였다. 민식이는 주걱으로 닭갈비를 고루 볶으며 수다를 떨었다. 강석진이 한 달에 몇 억을 버네, 송지영이 만고 끝에 노량진에 입성했는데 한 달 만에 후두암에 걸려 그만뒀네 하는 식의 시시한 이야기였다. 민식이는 혼자서 한참을 떠들어대다 내게 콜라를 따라주며 말했다.

"있잖아, 아까 네가 나한테 수강증 주워 줬을 때 말이야. 그때 네 모습 있잖아."

"응."

민식이는 혼자 입을 가리고 히힛— 웃었다.

"마치 천사 같았어!"

그때 나는 K-59, 내 책상 위에 포스트잇이 먼 곳에서 펄럭— 하고 움직이는 소리를 듣고 말았다. 나는 오늘 헛되이 보낸 시간 때문에 어제 죽은 이에게 죄송하게 될까 걱정됐다. 그러다 곧, 그 사람은 어차피 죽었으니까 살아 있는 민식이하고나 잘해볼까 하는 마음이 들었다.

민식이는 나를 좋아한다고 저능아처럼 떠벌리고 다녔다. 나는 저렇게 모자란 아이가 왜 나보다 공부를 잘하는지 알 수 없었다. 하지만 그보다 더 이해할 수 없었던 건, 실핀을 꽂고 안경을 쓴 채, 매일 똑같은 옷만 입고 다니는 나를 누군가 좋아한다는 거였다. 나는 부끄럽고 고마웠다. 하지만 내겐 민식이를 좋아할 일 말고도 할 일이 많았다. 시골에 계신 부모님 생각도 났고, 지금 내게 중요한 건 이런 게 아니다 싶었다. 나는 공공연하게 민식이를 무시했다. 그러면 민식이는 더욱 신이 나서 내 앞에서 까불거리며 친한 척을 했다.

민식이는 일심학원에 다녔다. 그곳은 시험을 봐서 애들을 뽑았다. 나도 처음엔 일심학원에 가고 싶었다. 하지만 그곳에선 세 달치 학원비를 선불로 받았기 때문에 엄두가 나지 않았다. 필승학원에도 좋은 강사진이 많았지만 왠지 일심학원에 다니는 애들은 달라 보였다. 그곳에는 좋은 대학에 붙었지만 더 좋은 대학에 가기 위해 재수를 하는 아이들이 많았다. 그 애들의 얼굴에는 어떤 차분한 야심과 건조한 어른스러움 같은 게 있었다. 나는 일심학원에 다니면서도 일심학원에 다닌다는 것에 대해 '자연스러운' 민식이가 부러웠다. 민식이는 학사에 살고 있었다. 학사는 재수생들의 숙박 시설 중 최고로 치는 곳이었다. 그곳에선 일주일에 한 번씩 고기 반찬이 나오

134

고, 새벽에는 간식도 갖다 준다고 했다. 그리고 한 달에 80만 원을 받았다. 기숙 시설 중 다음으로 치는 곳이 4, 50만 원대 하숙, 다음이 고시원이고 그 아래가 독서실이었다. 독서실도 1,2,4인실에 따라 가격 차이가 났다. 나는 학사에 살면서 학사에 산다는 것에 대해 '자연스러운' 민식이가 부러웠다.

며칠 후, 책상 위에 붙인 포스트잇을 떼어냈다. 그리고 더 열심히 하자는 뜻에서 다른 명언을 붙여놓았다.

—A rolling stone gathers no moss(구르는 돌엔 이끼가 끼 지 않는다).

임용 고사 재수생 언니가 반가운 듯 참견했다.

"왜, 공부 안 돼?"

나는 공부가 안 되는 것은 언니가 아닐까 생각했다. 언니는 늘 사회와 제도에 대해 단정적으로 말했고, 휴게실에 자주 앉 아 있었다. 나는 화장실에 갈 때마다 굵은 머리띠를 한 채 오 락 프로그램 앞에서 깔깔대는 언니의 모습을 볼 수 있었다. 나는 언니에게 잘될 거라고 말했지만 사실은 '저렇게 공부하 면 안 될 텐데' 하고 생각했다.

"너도 나중에 졸업하면 괜히 이런저런 데 원서 넣느라 힘쓰 지 말고 일찌감치 공무원 시험이나 준비해."

"왜요?"

"야, 그래도 이게 낫지. 이게 뭐 얼굴을 보냐, 그렇다고 아버지 직업을 보냐. 손가락 열 개 달렸음 되고, 그냥 열심히 해서 답만 많이 맞히면 되잖아."

내가 갸웃거리자 언니는 답답한 듯 덧붙였다.

"야, Y대 나온 내 친구 봐. 나 지방 사대 갈 때 비웃더니, 학점도 높고 토익도 높은데, 응? 걔 지금 뭐하는 줄 알아?"

언니는 힘주어 말했다.

"걔 지금 놀잖아."

나는 말없이 웃었다. 저런 얘긴 내가 5년 전에도 들은 이야기라고, 그러니까 내가 대학을 졸업하는 5년 후 즈음엔 달라져 있을 거라고 생각했다. 나는 언니가 안이하고 답답하게 느껴졌다. 나는 포스트잇에 글씨를 써서 언니에게 내밀었다.

——근데 저 언니 왜 저래요?

임용 고사 준비생 언니가 뒤돌아보았다. 5급 공무원 시험을 준비하는 언니가 책상에 엎드려 있었다.

"자고 있는 거 아니야?"

나는 포스트잇을 다시 건넸다.

——우는 거 같은데요.

우리는 고개를 갸웃거리다, 원래의 자세로 돌아가 공부를 했다. 독서실 여기저기에 스탠드 불빛이 허약하게 빛나고 있었다. 나는 학원에서 내준 숙제를 하고 일기를 쓴 뒤 자리에 누웠다.

지지징— 전자음이 아침의 고요를 깼다. 우리는 익숙한 듯 이불을 개고 비질을 했다. 그런데 전날부터 그때까지 책상에 엎드려 있던 언니가 자리에서 갑자기 일어났다. 언니는 우당탕탕 어딘가로 달려갔다. 나는 황급히 언니 뒤를 따랐다. 언니는 총무실에 도착해 미친 사람처럼 주위를 두리번대다가 화분을 들어 전축을 향해 힘껏 던졌다. 유리가 와장창 깨지고 질겁한 총무는 바닥에 자빠졌다. 독서실 전체에 정적이 흘렀다. 사람들이 주위를 둘러보다 다시 청소에 열중하는 동안— 언니는 그길로 독서실을 나가 그 후로 돌아오지 않았다. 나중에 안 사실이지만 총무와 언니는 사귀는 사이였다고 했다. 언니가 임신을 했다는 소문도 있었다. 언니 자리에는 깨알 같은 글씨가 적힌 문제집이 며칠간 펼쳐져 있었다. 그날 이후— 독서실엔 아침마다 김추자의 「님은 먼 곳에」가 흘러나왔다. 노래는 느리고 구슬펐다. 나는 상쾌한 아침에 듣기엔 그래도 레드 제플린이 낫지 않았나 생각했다. 그것도 자꾸 듣다 보니 괜찮았는데 하고.

　노량진에는 머무는 사람보다 지나가는 사람이 많았다. 혹 오래 머물더라도 사람들은 그곳을 '잠시 지나가고 있는 중'이라 생각했다. 그것은 나도, 재수생 언니도, 민식이도, 총무 오빠도 마찬가지였다. 사람들은 알고 있었다. 그렇게 '지나가는' 곳에서의 생활, 관계가 어떤 것인지를. 나는 거리나 지하철에서 나와 같은 사람을 알아볼 수 있었다.

여름은 재수생에게 가장 힘든 계절이었다. 삼복더위에 나는 연필 들 힘조차 없었다. 처음부터 식욕 같은 건 없었지만 집중력이 떨어지는 건 큰일이었다. 나는 아주 젊었지만 허약했고, 날짜를 지우고 답안을 쓰다 졸곤 했다. 날은 점점 더워지고 체력은 바닥났다. 주위에선 끊임없이 고득점자에 대한 신화가 떠돌았다. 누구는 하루에 모나미 볼펜 세 자루를 쓴다더라, 누구는 목욕탕 갈 때 목욕 바구니에 영어 단어 써서 간다더라 하는 식의 이야기였다. 대부분 터무니없는 이야기였지만— 그때는 이상하게 그런 말들이 잘 믿겼다. 나는 학원에 가고, 시골에 전화를 하고, 삐삐 진동음에 뒤척이고, 「님은 먼 곳에」를 들으며 잠에서 깼다. 그리고 마음이 답답할 때면 근처 사육신묘에 가서 바람을 쐬다 오곤 했다.

어느 날 민식이에게 삐삐가 왔다. 민식이는 다급히 한마디만 하고 전화를 끊었다.
"아영아, 줄 서기 시작했어!"
나는 학원으로 달려갔다. 강석진의 수강증을 끊기 위해서였다. 보통 수강 신청은 당일 아침부터 시작됐다. 그런데 유명 강사의 경우 일찍 매진되어버려 접수 전날부터 줄을 서야했다. 줄을 늦게 섰다가는 다음 날 아침 '마감, 마감, 마감'이라고 빨간 도장이 찍힌 시간표 앞에서 황망해지기 십상이었다. 물론 가장 좋은 방법은 모두가 제시간에 천천히 줄을 서는 것이다. 하지만 누군가 한 명이 먼저 줄을 서면, 그때부터 모두 줄을 서기 시작했다. 내가 학원에 도착했을 땐 이미 많은 아이들이 진을 치고 있었다. 평소보다 이른 시간이었다. 나는 북적대는 아이들 틈에서 한 손으로는 빵을 먹고, 다른 한 손으로는 '보캐블러리'를 든 채 단어를 외웠다.

밤이 되자 대기자는 더 많아졌다. 돗자리를 준비해 온 아이도 있었고, 쪼그려 앉은 채 잠든 애도 있었다. 아이들은 친구에게 가방을 맡겨놓고 용변을 보러 갔다. 접수가 시작되기까지는 열 시간도 넘게 남아 있었다. 새벽이 되자 사람들은 더 늘어났다. 줄도 한 줄이 아니라 서너 명이 함께 선 뚱뚱한 상태가 되었다. 줄은 학원 뒷골목에서 노량진 역 육교 위까지 길게 이어졌다. 대략 천여 명에 가까운 사람이 모여 있었다. 나는 더 이상 책을 볼 수 없어, 사람들 틈에 끼어 숨죽이고 있었다.

아침 8시, 사람들이 술렁이기 시작했다. 학원 문이 열린 모양이었다. 멀리 보이는 문은 매우 좁아 보였다. 여기저기서 사람들이 밀려왔다. 앞뒤 사람의 압력에 숨이 막혔다. 나는 스스로 몸이 둥둥 떠다니는 진기한 느낌을 받았다. 나뿐 아니라 모든 사람이 지상에서 떠다니고 있는 것 같았다. 어느 순간 사람들은 조금도 움직이지 않았다. 울음소리와 비명이 들렸다. 내 앞에 여자 아이가 흐느꼈다.

"밀지 마요. 밀지 마요. 제발."

남자 아이도 악을 썼다.

"밀지 마. 밀지 말라고 이 개새끼들아아!"

뒷줄에 몇몇이 속삭였다.

"야, 우리 조금만 더 밀어볼까?"

한 여자 아이가 도로변에 쓰러졌다. 여자 아이는 탈진한 듯 얼굴이 창백했다. 누군가 여자 아이의 책가방을 밟았다. 순간 툭— 하는 소리가 나더니 여자 아이의 가방을 새하얗게 적셨다. 가방 안에 있던 우유가 터진 모양이었다. 우유는 쓰러진 여자 아이 주위로 피처럼 낭자하게 퍼져나갔다. 어디선가 고함이 들렸다.

"아니 왜 안 돼? 내가 밤샜는데 왜 안 돼? 내가 지방에서 올라와서 우리 애 대신 줄 섰는데, 돈 두 배로 주면 되잖아!"

나는 자꾸만 주변부로 밀려났다. 나는 수학이 약하니까 꼭 들어야 하는데, 지난달 수업이랑 이어지니까 정말 꼭 들어야 하는데. 하지만 그곳에 있던 천여 명의 사람들에게도 그 수업을 꼭 들어야만 하는 이유가 있었을 것이다. 누군가 나를 힘껏 밀었다. 머릿속이 핑— 하고 돌았다. 곧이어 헛구역질이 났다. 조금만 더 있다간 그 자리에 쓰러질 것 같았다. 그때

허공 사이로 커다란 손 하나가 불쑥 넘어왔다.

"아영아! 내 손 잡아."

나는 그 손을 잡았다. 그 손은 온 힘을 다해 나를 잡아당겼다. 그리고 그 손을 잡는 순간 이상하게 살 것 같은 느낌이 들었다.

나는 가까스로 원하는 단과반 수업을 등록할 수 있었다. 내가 현관문을 빠져나올 때에도— 바깥에는 여전히 안으로 들어오지 못한 아이들로 인산인해를 이루고 있었다. 비명과 시비가 끊이질 않았다. 나는 어마어마한 피로 속에서 이상한 안도감을 느끼며— "이제 끝났다"고 중얼거렸다. 독서실로 돌아가는 길, 주위를 살폈지만 민식이의 모습은 보이지 않았다.

민식이는 소식이 없었다. 필승 수업에도 나오지 않았고 전화도 없었다. 나는 민식이의 안부가 궁금했지만 연락하지 않았다. 민식이에 비해 나는 너무 복잡했고 이성적이었다. 그래서 자꾸 감정을 판단하고 분석하려고 했다. 나는 민식이의 감정이 일시적인 거라 생각했다. 스무 살의 남자 아이가 노량진에서 한때 겪는 아주 특수한 병 같은 것일지도 모른다고. 나는 일기장에 진지한 말들을 잔뜩 써놓았다. 그러자 혼자 심각한 자신이 바보같이 느껴졌다. 나는 괜히 성질이 나서 책상 앞의 표어를 찢어버렸다. 구르는 돌에 이끼가 끼지 않는다니. 돌이 무슨 바퀴란 말인가. 나는 더 자극적인 표어를 붙여놓았다.

——공부가 인생의 전부는 아니다. 하지만 인생의 전부도
아닌 공부도 제대로 못한다면 대체 뭘 할 수 있겠는가?

　　옆에서 포스트잇을 본 언니가 깔깔대고 웃었다.

　　"이상해요?"

　　언니는 배를 잡고 웃으며 말했다.

　　"응. 바보 같잖아!"

　　영문을 몰랐지만 민식이가 미워졌다.

　　——더러운 자식! 삼수나 해라!

　　냉정을 되찾은 나는 일기장의 다른 면에 깨끗하고 반듯한
글씨로 이렇게 썼다.

　　——나는 할 수 있다!

　　민식이에게 연락이 온 것은 그 후 몇 달이 지나서였다.

　　민식이는 여전히 쾌활했다. 민식이는 삐삐 음성 사서함에
저 혼자 주저리주저리 쓸데없는 소리를 잔뜩 늘어놓다가 마
지막에 수줍게 말했다.

　　"우리 내일 63빌딩에 가지 않을래?"

　　서울에 온 지 몇 달 만에 처음으로 가슴이 뛰었다.

　　가을의 여의도는 아름다웠다. 나는 내 유일한 화장품인
'존슨즈 베이비 로션'을 바르고 여의나루에 나갔다. 사실 데
이트는 시시했다. 민식이도 나도 둘 다 뭘 어떻게 해야 할지

몰랐다. 게다가 우리는 63빌딩이 입장료를 받는지 몰랐다. 민식이는 들어가자고 우겼지만, 나는 그냥 한강 둔치에 있자고 했다. 63빌딩 같은 거 안 봐도 상관없다고. 우리는 한강 앞에 나란히 앉았다. 등 뒤로 63빌딩이 든든하게 솟아 있었다. 대한민국의 진보 앞에서 우리는 정말 한국의 미래를 짊어진 어린이라도 된 기분이었다. 그리고 쾌적한, 너무나 쾌적한 바람이 불었다. 나는 저물녘의 붉은 강물을 바라보며 민식이에게 말했다.

"예전에 너 63빌딩이랑 똑같은 거 봤다고 난리 친 적 있지?"

민식이가 쑥스러워하며 말했다.

"그때 너도 거기 있었니?"

강물이 잔잔하게 반짝거렸다. 민식이는 손가락을 움찔거리며 내 손을 잡을까 말까 고민했다. 나는 그게 다 보였지만 시치미를 뗐다. 그리고 '얘는 지금 지가 좋아하는 여자 애의 발뒤꿈치가 피로 때문에 바작바작 갈라져 있다는 걸 상상이나 할까?' 하고 생각했다. 민식이는 화제를 궁리하다 생각난 듯 말했다.

"그거 아니? 우리 모의고사 볼 때 가상으로 대학 코드 적고 응시하잖아. 성적표에 순위도 나오고. 근데 상위권 애들이 치사하게 답안지를 안 낸단다."

"왜?"

"애들한테 퍼센트로 안도감을 주려고. 방심하게 만든 뒤에 뒤통수치려고 말이야."

"나쁘다."

어색한 침묵이 흘렀다.

"난 한의대 가고 싶은데 아영이 넌 어느 대학 가고 싶어?"

나는 머리를 긁적이며 말했다.

"아직 모르겠어. 사립대는 너무 비싸고. 국립대는 너무 높고."

우리는 잠시 아무 말도 안 했다. 나는 그동안 왜 연락하지 않았는지 따위는 묻지 않기로 했다. 민식이는 망설이다가 결심한 듯 말했다.

"우리 대학 가서도 연락하자."

저편 어딘가 연인의 어깨에 기대 '미친 사람' 처럼 웃어대는 여자가 보였다. 나는 대답하지 않았다. 민식이가 땅바닥을 내려다보며 말했다.

"그래도 재수 생활에서 나한테 남는 건 너뿐인 것 같아."

민식이는 자기가 무슨 말을 하는지 알고 있는 것일까. 나는 우리가 대학 가서 연락하지 않을 거라는 걸 알고 있었다. 왜냐하면 노량진은 모든 것이 '지나가는' 곳이기 때문이었다. 하지만 그렇다고 백만 년 만에 해보는 데이트에 찬물을 끼얹고 싶지도 않았다. 내가 대꾸하지 않자 민식이는 정말 소년다운, 지금도 생각하면 웃음이 나는 말을 했다.

"인형 사 줄까?"

수능이 코앞으로 다가왔다. 새천년도 빠르게 달려오고 있었다. 세계는 밀레니엄에 대한 기대와 흥분으로 들떠 있었다. 학원에서는 기출문제 풀이와 총 정리가 반복됐다. 나는 대학 생활을 상상하다, 알고 있는 인기 가요가 너무 없어서 '대학 가서 노래시키면 무슨 노랠 부르나' 고민했다. 그러곤 '1999년도에 대학에 다니는 것보단 2000년도에 신입생이 되는 게 훨씬 근사하잖아?' 하고 스스로 격려했다. 12월엔 임용 고사가 있어 재수생 언니도 마지막 혼신을 다하고 있었다. 언니는 스트레스 때문에 한 달째 똥을 못 눠 얼굴이 까맸다. 대학수학능력시험 일주일 전, 언니는 포스트잇 한 장을 내 앞에 내밀었다.

─언제 나가?

나는 조그맣게 답글을 썼다.

─수능 전날, 바로요.

언니는 새 쪽지를 건넸다.

─시간이 하루라도 더 있으면 좋겠지?

나는 가만 웃었다.

─아뇨. 모든 게 빨리 끝나버렸으면 좋겠어요.

언니가 답글을 달았다.

─나도.

언니는 나를 툭 건드리더니 마지막 쪽지를 건네주고 등을 돌렸다.

——잘 가.

나는 작게 그리고 진심으로 답했다.

——언니도요.

시험을 보던 날엔 눈이 많이 내렸다. 나는 정신을 바짝 차리고 차근차근 답안지를 채웠다. 그러곤 집으로 돌아가— 며칠 동안 잠만 잤다. 태아처럼 웅크린 채 아무 소리도, 빛도 없는 곳에서 깊이. 참으로 오랜만의 숙면이었다.

나는 서울의 한 사립대에 특차로 합격했다. 합격자 발표가 나던 날엔 정말 기뻤다. 대학에 다닐 수 있다는 사실보다 이제 더 이상 노량진 같은 곳에 혼자 있지 않아도 된다는 기쁨이 컸다. 몇 달간 삐삐를 살려두었지만 얼마 안 돼 휴대전화로 바꿨다. 민식이도 나도 서로 연락을 하진 않았다. 나는 그것이 퍽 자연스럽게 느껴졌다.

학부 시절 내내 보습 학원에 나갔다. 사립대의 등록금을 감당하려면 어쩔 수 없었다. 그사이 편견이 많은 원장, 강사들 밥값을 아끼기 위해 자기도 함께 굶던 원장, 대부분의 강사진을 무경력 학부생으로 고용해 최저임금을 주던 원장들과 젊음의 한 시절을 보냈다. 한번은 수업 중에 이런 방송이 나온 적도 있었다.

"정아영 선생님, 앉지 마세요."

감시 카메라로 수업을 지켜보는 게 취미였던 원장이 다리가 아파 잠시 앉아 있던 내게 마이크로 전한 메시지였다. 나는 학교 시간표와 겹치지 않고 집에서 너무 멀지 않은 곳을 찾기 위해, 고만고만한 보습 학원 중 차악(次惡)을 골라야 했다. 학원에 늦지 않기 위해 저녁을 굶기 일쑤였고, 지하철역에서 풍겨오는 달콤한 '델리만쥬' 냄새에 다리가 후들거리기도 했다. 여름엔 덥고 겨울엔 추운 국철. 자고 나면 돌아오는 아이들의 중간고사와 기말고사. 배차 시간이 긴 국철을 놓치지 않기 위해 한 손에 토스트를 들고 지하에서부터 숨이 막히게 뛸 때면, 구두코에 머스터드소스와 케첩이 묻어 있곤 했다. 그리고 속절없이 멀어져가는 도시의 풍경을 바라보며— 대체 나아진다는 게 무엇일까 생각했다.

K-59. 오래전 내 책상 번호. 1999년의 나는 어떤 공간이나 시간이 아닌 번호 속에 살았다는 느낌이 든다. 하지만 그때가 내겐 어떤 떳떳한 한 시절로 느껴진다. 그래서 가끔 힘든 일이 있을 때마다 '그때만큼만 하면 뭐든지 할 수 있을 것'이라 생각한다. 하지만 지금 내가 그때만큼 할 수 없다는 것을 알고 있다. 왜냐하면 그때보다— 아는 게 많아졌기 때문이다.

계속 원서를 넣을지 공무원 시험을 준비할지는 모르겠다. 시간은 자꾸 가고 나는 그 시간 동안 뭘 했냐는 질문에 대답해야 할 것이다. 그러나 적어도 그때까지는 계속 학원에 나가야 된다. 내가 생각했던 나의 경쟁력이란 '손가락이 열 개 달린' 정도의 평범한 조건들이었을까.

2005년 가을. 사람들 틈에 끼어 서울의 불빛을 바라봤다. 그리고 노량진의 이름을 생각했다. 다리 량(梁) 자와 나루터 진(津) 자가 동시에 들어간 곳. 1999년 내가 지나가는 곳이라 믿었던 곳. 모든 사람이 지나가는 곳. 하지만 그곳이 정말 '지나가기만' 하는 곳이었다면 얼마나 좋았을까. 7년이 지난 2005년 지금도 나는 왜 여전히 그곳을 '지나가고 있는 중'인 걸까. 짧은 정차 후, 사람들이 물밀듯 들어왔다. 한 여자가 내 발을 밟으며 소리쳤다. "밀지 마요!" 우주 먼 곳 아직 이름을 가져본 적 없는 항성 하나가 반짝하고 빛났다. 그리고 어디선가 아득히 '아영아, 내 손 잡아' 하는 소리가 들려왔다. 나는 정신을 차린 뒤, 열차가 어디까지 왔는지 따져보았다. 벌써 집 근처에 가까워져 있었다. 차고 깊은 가을 밤. 지하철은 여전히 그리고 묵묵히— 서울의 북쪽으로 달려가고 있었다.

칼자국

어머니의 칼끝에는 평생 누군가를 거둬 먹인 사람의 무심함이 서려 있다. 어머니는 내게 우는 여자도, 화장하는 여자도, 순종하는 여자도 아닌 칼을 쥔 여자였다. 건강하고 아름답지만 정장을 입고도 어묵을 우적우적 먹는. 그러면서도 자신이 음식을 우적우적 씹고 있다는 사실을 모르는 촌부. 어머니는 칼 하나를 25년 넘게 써왔다. 얼추 내 나이와 비슷한 세월이다. 썰고, 가르고, 다지는 동안 칼은 종이처럼 얇아졌다. 씹고, 삼키고, 우물거리는 동안 내 창자와 내 간, 심장과 콩팥은 무럭무럭 자라났다. 나는 어머니가 해주는 음식과 함께 그 재료에 난 칼자국도 함께 삼켰다. 어두운 내 몸속에는 실로 무수한 칼자국이 새겨져 있다. 그것은 혈관을 타고 다니며 나를 건드린다. 내게 어미가 아픈 것은 그 때문이다. 기관들이 다 아는 것이다. 나는 '가슴이 아프다'는 말을 물리적으로 이해한다.

어머니는 칼을 자주 갈았다. 알을 가득 밴 4월 꽃게를 빠개거나 개고기 뒷다리를 자를 때면 일주일에 두세 번도 더 숫돌을 꺼냈다. 타일 하나 바르지 않은 시멘트 바닥에선 하수도 비린내가 났다. 부엌에 쪼그려 앉아 칼 가는 어머니의 모습은 모든 짐승들의 어미가 그렇듯 크고 둥글었다. 허리 군살에 말려 올라간 티셔츠, 팬티 위로 함부로 보이던 허연 엉덩이 골. 나는 어머니의 뒤태에서 곧 사라져갈 부족의 그림자를 봤다. 어쩌면 어머니의 말, 한국이라는 작은 나라 사람들 중 더 작은 나라 사람들이 쓰는 그 말 때문인지도 몰랐다. 벵골 호랑이에게는 벵골 호랑이의 말이, 시베리아 호랑이에게는 시베리아 호랑이의 말이 필요하듯. 나이 들어 문득 쳐다보게 되는 어머니의 말. 아름다운 관광지처럼, 나는 그것이 곧 사라질 것 같은 예감이 든다. 대개 어미는 새끼보다 먼저 죽고, 어미가 쓰는 말은 새끼보다 오래되었다. 어머니가 칼을 갈 때면 이상하게 그런 생각이 든다.

내가 끊임없이 먹어야 했던 것처럼 어머니는 끊임없이 무언가를 만들어내야 했다. 딱히 할 일이 없어도 부엌에서 어머

152

니가 이런저런 것을 재우고, 절이고, 저장하는 모습을 보면, 나는 새끼답게 마구 게으르고 건방져지고 싶었다. 그래서 어머니가 바쁘다는 걸 빤히 알면서도, 방바닥에 자빠져 티브이를 보거나 문지방에 기대 잔소리를 했다. 해가 지면 밥 짓는 냄새가 서서히 풍겼다. 도마질 소리는 맥박처럼 집 안을 메웠다. 그것은 새벽녘 어렴풋이 들리는 쌀 씻는 소리처럼 당연하고 아늑한 소리였다. 나는 어머니가 쓰는 칼을 쥐어보곤 했다. 위험한 물건을 쥐고 있단 이유만으로 나는 그것을 통제하고 있다 믿었다. 나무로 된 칼자루는 노란 테이프로 감겨 있었다. 긴 세월, 자루는 몇 번 바뀌었으나 칼날은 그대로였다. 날은 하도 갈려 반짝임을 잃었지만 그것은 닳고 닳아 종내에는 내부로 딱딱해진 빛 같았다. 어머니의 칼에서 사랑이나 희생을 보려 한 건 아니었다. 나는 거기서 그냥 '어미'를 봤다. 그리고 그때 나는 자식이 아니라 새끼가 됐다.

  어머니는 20여 년간 국수를 팔았다. 가게 이름은 '맛나당'이었다. 어머니는 누가 제과점을 하다 망한 것을 인수해 간판을 그대로 사용했다. 손칼국수 가게는 시골서 여자가 소자본으로 쉽게 시작할 수 있는 일 중 하나였다. 칼국수를 만드는 법은 간단했다. 솥에 바지락과 다시마, 파, 마늘, 소금을 넣고 중간에 면을 넣은 뒤 뜸을 들이면 끝이었다. 그러나 쉬운 음식일수록 솜씨에 따라 맛이 제각각일 수 있다는 건 어린 나도 아는 사실이었다. 어머니의 칼국수는 훌륭했다. 여름에 하는 콩국수 역시 그랬다. 한여름, 불가에서 국수를 삶을 때면 어머니는 얼음 뜬 콩국을 한 그릇 떠 벌컥벌컥 들이켰다. 입술 주위의 솜털에는 허연 콩물이 말라붙어 있었다. 그 모습을 멀뚱 쳐다보면 어머니는 콩국에 설탕을 타 내게 먹였다. '맛나당'은 호황을 누렸다. 모처럼 시장에 나온 농부들도, 농협과 수협, 새마을금고 직원들도, 중학교 선생과 속 풀러 온 술집 아가씨도 모두 우리 집에 와 국수를 먹었다. 타지 사람들도 적지 않았는데, 어머니는 밥 먹는 모습만 보고도 그들의 '관계'를 알 수 있다 했다. 나는 홀에 음식을 내간 뒤 "저 사람들, 불륜 아닐까?"라고 말하며 눈을 가늘게 떴다. 어머니는 나를 나무라다가 "사실 불륜 맞다"고 맞장구를 쳤다. 어머니는 자기 음식에 자부가 있었다. 면발도 중요했지만 국수의 관건은 김치에 있었다. 어머니는 나흘에 한 번꼴로 김치를 담갔다. 큰 '다라이' 안에 상체를 박고 양념을 버무리던 어머니의 모습은 가게 앞 오랜 풍경 중 하나였다. 어머니는 '다라이'로 통하는 저 지하 세계에 빠져들지 않으려 버둥대는 것처럼 보였다. 나는 어머니가 잘 익은 배추 한 포기를 꺼내 막 썰었을 때, 순하게 숨죽은 배추 줄기 사이로 신선한 핏물처럼 흘러나오던 김칫국과 자그마한 기포를 기억한다. 어머니가 국수를 삶으면 나는 그 옆에 서서 제비 새끼처럼 입을 벌렸다. 어머니는 갓 익은 면발 한두 젓가락을 건져 주었다. 그런 뒤 맨손으로 김치를 집어 입속에 아무렇게나 구겨 넣어줬다. 김치에선 알싸한 사이다 맛이 났다. 내 컴컴한 아가리 속으로 김치와 함께 들어오는 어머니의 손가락 맛이랄까, 살〔肉〕 맛은 미지근하니 담담했다. 식칼이 배추 몸뚱이를 베고 지나갈 때 전해지는 그 서걱하는 질감과 싱그러운 소리가 나는 참 좋았다. 어둑한 부엌 안, 환풍기 사이로 들어오던 햇빛의 뼈와 그 빛 가까이에 선 어머니의 옆모습, 그런 것도.

부엌에는 칼이 다섯 개 정도 있었다. 어머니는 그중 한 가지 칼로만 국수를 썰었다. 나머지 칼은 과일을 깎거나 바지락을 까고, 김장 때 다른 일손에게 빌려주었다. 어머니는 국수를 눈 감고도 썰 수 있었다. 오른손이 칼질을 하는 동안 왼손 손가락 두 개는 칼 박자에 맞춰 아장아장 뒷걸음쳤다. 어머니의 칼질에는 아무런 망설임도 두려움도 없었다. 그 안에는 오랜 시간 한 가지 기술을 터득한 사람의 자부와 먹고살고 있다는 안도와 단순한 일을 반복할 때 나오는 피로가 뒤섞여 있었다. 어머니는 칼날 위에 들러붙은 반죽을 쇠숟가락으로 쓱쓱 긁어내곤 했다. 나는 아버지의 커다란 체육복 바지를 입고 잔일을 도왔다. 사춘기 땐 쟁반을 들고 배달을 가다, 길에서 좋아하는 남자 애를 만나 다리가 후들거린 적도 있다. 성질 급한 어머니는 잔소리가 심했다. 대파는 가랑이를 잘 씻어야 한다. 대걸레질하라고 했더니 홀에 물만 발라났냐. 식탁 행주질

하는 김에 숟가락 통 닦을 줄도 모르냐. 그건 놔둬라, 내가 한다, 넌 할 줄 모른다. 나도 가르쳐주면 잘할 수 있는데, 어려운 일도 아닌 것 같은데, 어머니는 그 말을 할 때마다 은근 당당함을 비쳤다. "그건 놔둬라, 내가 한다, 넌 할 줄 모른다." 나는 어머니를 도우며 수다를 떨었다. 어머니가 반응하는 게 좋아 부러 까부는 말도 곧잘했다. 어머니가 "장사하기 힘들다"라고 말하면 "그럼 자식 키우는 게 쉬운 줄 알았냐?"며 핀잔하는 식이었다. 그러면 어머니는 상긋 웃은 뒤 재빨리 내게 칼 겨누는 시늉을 했다. "배때기를 쑤셔버리겠다!"는 말도 서슴지 않았다. 부모들이 아이에게 꿀밤을 먹이듯, 어머니가 연극적으로 나를 나무라는 방식이었다. 나는 예고 없이 날아오는 칼날에 소스라치게 놀랐다. 하지만 그 놀람 뒤에는 어머니가 나를 절대 해하지 않을 거라는 안도와 커다란 신뢰가 자리 잡고 있었다. 어머니는 새끼 겁주고 놀리는 걸 낙으로 삼는 여자였다. 내가 여섯 살 때, 어머니는 방 안에서 부르르 몸을 떨다 죽어버리는 시늉을 한 적이 있다. 나는 어머니의 가짜 시신 옆에서 밤새 목 놓아 울어야 했다. 또 한번은 어머니가 내 웃옷에 강낭콩을 넣고 "공벌레다!"라고 사기 쳐 자지러진 적도 있다. 방바닥을 뒹구는 나를 보고 어머니는 한참 깔깔댔다. 나는 늘 크게 울었고, 그런 뒤에는 한없이 평화로운 얼굴로 잠들 수 있었다.

내게 칼을 들이댔음에도, 그 칼에 자주 다친 건 어머니 자신이었다. 바쁠 때 혼자 허둥대다 벤 것이었다. 한번 벌어진 상처는 좀체 아물지 않았다. 손에 물 마를 날이 없고 양념 대부분을 맨손으로 쥐어 양은솥에 뿌린 탓이었다. 어머니는 요리와 서빙, 계산, 청소, 설거지를 혼자서 다 하고 있었다. 그래도 돈 모이는 게 신이 나 하나도 힘든 줄 몰랐다 했다. 어느 날, 어머니는 국수를 썰다 손가락 세 개를 한꺼번에 베었다. 어머니는 괴로운 얼굴로 지혈을 하며 계속 국수를 썰고 서빙을 했다. 피는 멈추지 않고 흘렀다. 엄지손톱은 이미 떨어져나간 상태였다. 곧 홀에 나간 국수에서 문제가 생겼다. 하얀 플라스틱 그릇 옆면에 피가 묻은 거였다. 다행히 그 자리엔 착한 시골 할머니 한 분이 앉아 계셨다. 어머니는 연방 머리를 조아리며 국수를 다시 내오겠다고 했다. 할머니는 나무껍질 같은 손으로 그릇 옆면을 스으 닦아냈다. 그러고는 태연하게 "어이구, 여기 피가 묻었네유" 하고 말했다. 할머니는 조글조글한 입으로 면발을 호로록 빨며 물었다.

"많이 안 다쳤슈?"

어머니는 그날이 장사하며 손님에게 가장 고마웠던 때라고 했다.

어머니가 칼같이 지키는 원칙 중 하나는 음식 나가는 순서였다. 어느 가게라도 마찬가지겠지만. 손님들이 한꺼번에 들이닥쳐도 어머니는 누가 한 발자국이라도 먼저 왔는지 알았다. 손님들이 순서 뒤바뀌는 걸 언짢아하는 탓도 있지만. 오래전 한 여자가 갓 나온 국수를 그대로 들고 나가, 거리에 쏟아버린 일 때문이었다. 어머니에게는 그게 상처가 된 모양이었다. 밥장사를 하다 보면 별일이 다 있지만, 어머니가 기억하는 일은 그렇게 사소한 것이었다. 어머니가 가장 인상 깊게 기억하는 손님이라는 것도 별 특징이 없었다. 어느 날 한 사내가 들어와 국수 두 개를 시켰다. 손님이 방을 원해서 어머니는 안방에 상을 봐줬다. 국수와 고추 다대기, 김치 한 종지가 전부였다. 사내는 빈 그릇을 하나 달라고 했다. 어머니는 왜 그런가 싶어 사내의 행동을 유심히 살폈다. 사내는 자기 맞은편 국수 위에 빈 그릇을 엎어놓았다. 혹여 국수가 식을까 봐 그러는 거였다. 곧이어 한 여자가 나타났다. 여자는 방긋 웃은 뒤 그릇을 걷고 젓가락을 들었다. 두 사람은 머리를 맞댄 채 조용하고 친밀하게 국수를 먹었다. 어머니는 멍한 눈으로 그들을 바라봤다. 그런 일상적인 배려랄까, 사소한 따뜻함을 받아보지 못한 '여자의 눈'으로 손님을 대하던 순간이었다. 밥 잘하고 일 잘하고 상말 잘하던 어머니는 알 수 없는 감정을 느꼈다. 살면서 중요한 고요가 머리 위를 지날 때가 있는데, 어머니에게는 그때가 그 순간이었을 거다.

어머니가 그 칼을 만난 건 25년 전의 일이다. 아버지의 직장이 있던 인천의 어느 재래시장에서였다. 부른 배를 안고 시장에 간 어머니는 채소 가게 모퉁이에서 떠돌이 칼 장수를 만났다. 사내 앞에 놓인 사과 궤짝 위에는 군인들이 쓰는 철모가 바가지처럼 엎어져 있었다. 사내는 칼을 철모 위로 세게 탁! 탁! 내리치며 "이래도 날이 안 나간다"고 외쳤다. 아낙들은 수런거렸다. 어머니도 앳된 새댁의 눈으로 경계하듯 신기하게 칼 장수를 바라봤다. 사내는 칼을 높이 들어 이것이 그냥 '스댕'이 아니라 '특수 스댕'이라고 말했다. 무쇠 칼은 무거운 데다 녹이 잘 슬고 스테인리스 칼은 너무 무른데, 이 칼은 적당하니 딱 좋다고. 칼자루는 둥글고 두툼하니 소나무로 되어 있었다. 어머니는 1천5백 원 주고 그 칼을 샀다. 속는 것 같기도 하고 아닌 것 같기도 했지만 신접살림에 꼭 필요했고, 칼의 어떤 위엄이랄까 단단함에 반했던 것이다. 그날, 마분지에 둘둘 말은 칼을 품고 산동네를 오르던 어머니의 가슴은, 흡사 연애편지를 안고 달리는 처녀처럼 마구 두근거렸더랬다. 그 후로 어머니는 손안에 반지의 반짝임이 아닌 식칼의 번뜩임을 쥐고 살았다.

내가 그 칼에 대해 기억하는 일은 두 가지다. 하나는 여덟 살 때 학교에서 돌아온 후 있었던 일이다. 어머니는 장사를 하느라 정신이 없었다. 나는 좀 시무룩해졌다. 손님들이 홀과 방을 모두 차지했을 경우 밖에 나가 어떻게든 시간을 때우다

들어와야 했다. 하지만 그날은 그러고 싶지 않았다. 나는 어머니 주위를 계속 알짱거렸다. 어머니에게는 내가 보이지 않는 것 같았다. 나는 기어들어가는 목소리로 "엄마 나 배고파"라고 말했다. 어머니는 그 소리도 못 듣는 것 같았다. 나는 '국숫집 딸내미가 배를 곯는 게 말이나 된단 말인가?' 싶어 서러워졌다. 나는 어머니에게 죄책감을 주고 싶었다. 그래서 "엄마는 자식보다 손님이 더 좋아?"라고 외친 뒤 가게를 뛰쳐나갔다. 어디 가서 확 죽어버리려는 심산이었다. 어머니는 나를 쫓아오지 않았다. 나는 고개 숙인 채 거리를 걸었다. 그런데 갑자기 웬 개 한 마리가 나타나 앞을 가로막고 섰다. 덩치가 소만 한 게, 지옥에서 온 양 시커멓고 무시무시하게 생긴 놈이었다. 개는 누런 이빨을 드러내며 '컹!' 하고 짖었다. 쩌렁쩌렁한 소리에 온몸이 얼어붙는 것 같았다. 나는 '으악!' 하고 소리쳤다. 내 몸 어디서 그런 소리가 나왔는지 모를 정도로 날카로운 비명이었다. 그때 어디선가 바람같이 어머니가 나타났다. 앞치마를 두른 채 한 손에는 식칼을 들고서였다. 국수를 썰다 나와서 그런 것인지 부러 들고 나온 건지는 알 수 없었다. 어머니는 내 앞에서 개를 매섭게 쫓아버렸다. 나는 으앙— 하고 울음을 터뜨렸다. 어머니는 다시 가게로 들어갔다. 별일 아니었지만, 시커먼 개 앞에서 칼을 들고 서 있던 어머니의 모습이 그 후로 오랫동안 잊히지 않았다.

또 한 가지 떠오르는 건 최근의 일이다. 내가 서울 소재의 대학에 붙어 세를 얻고 살림을 구하던 날이었다. 어머니와 나는 택시를 타고 인근 대형 마트에 갔다. 쌀과 라면에서부터 화장지, 세제, 생리대에 이르기까지 혼자 살아가기 위해 필요한 물건을 사기 위해서였다. 서울 온다고 말쑥하게 차려입은 어머니는 산더미만큼 쌓인 상품과 미로 같은 통로에서 주눅 들어 있었다. 부모답게 뭔가 주도하고 잔소리도 하고 싶은데 거기에선 자신이 할 일이 별로 없어 보였기 때문이다. 오히려 물건을 신속하게 알아보고 선택한 건 내 쪽이었다. 어머니는 묵묵히 카트를 밀고 나를 따라왔다. 화장을 고치지 않은 어머니의 콧잔등은 번들거렸다. 깔끔하게 올린 쪽머리의 잔털이 하나둘 삐져나와 푸석해 보였다. 우리는 식품 코너에 들러 어묵을 먹었다. 나는 입을 한껏 벌려 어묵을 먹는 어머니를 보고 '아, 엄마는 음식을 저렇게 먹는구나, 늘 저렇게 먹었었구나……' 생각했다. 어머니는 순진한 표정으로 주위를 두리번거렸다. 우리는 다시 카트를 밀고 주위를 헤맸다. 어머니는 초보 운전자처럼 다른 카트에 치이고 밀리며 당황스러워했다. 그리고 얼마 후 주방용품 코너에 섰을 때, 부엌칼을 어떤 걸로 해야 할지 몰라 고민하는 내게, 어머니는 독일제 칼 하나를 불쑥 내밀며 "이걸로 해라"라고 말했다. 내가 칼을 쥐고 갸웃거리자 어머니는 담담하게 한마디 했다.

"내가 칼 볼 줄 안다."

어머니는 처녀 때 인기가 좋았다. 눈이 크고 이마가 잘생겨 총각들에게 잦은 구애를 받았다. 멋 부리는 것을 좋아해, 조개를 캐 번 돈으로 인조가죽 부츠도 사고 롱코트도 사 입었다. 삐뚤삐뚤한 글씨로 펜팔도 하고, 외할머니가 밥하라 그러면 "새끼가 죽은 것도 아닌데 멍하니 동쪽만 바라봤다"라고 했다. 구애의 방식은 여러 가지였다. 철모 가득 딸기를 담아온 군인도 있었고 날마다 물 한 바가지만 달라고 찾아오는 사내도 있었다. 쾌활하고 오만한 어머니에게 단 하나 약한 것이 있었다면 그것은 순하고 내성적인 남자였다. 갖은 추파를 뿌리치고 어머니가 아버지를 선택한 데는 다 그만한 이유가 있었다. 아버지는 어머니를 보기 위해 자기 집에서 어머니가 사는 곳까지 몇십 리 길을 걸어가곤 했다. 용기가 안 나, 양쪽 호주머니에 소주를 넣고 마셔가면서였다. 아버지는 어머니에게 좋아한단 말 한마디 못하고 다시 몇십 리 길을 걸어 집으로 돌아왔다. 도보로 세 시간이 넘는 거리였다. 말하자면 아버지는 그런 사람이었다. 상황은 자신이 만들고 결정은 어머니가 하게 하는. 하여, 칼 잘 쓰는 어머니가 지금까지도 못 자르는 게 있으니 그것은 단 하나 부부의 연(緣)이다.

신혼 초, 두 사람은 인천에 올라와 살았다. 시골서 가마니 쌀만 먹어 버릇하다 됫박 쌀을 받아먹어야 했을 때, 어머니는 새삼 초조하고 서글픈 생각이 들었다. 아버지의 월급이 모자라 1,2킬로씩 봉지 쌀을 사 나르던 시절의 일이다. 시장에서 칼을 산 저녁, 어머니는 아버지에게 답답한 심정을 털어놨다. 배부터 불러, 친정에서 도와주지도 않는데, 살길이 막막하다는 요지였다. 아버지는 어머니를 타이르듯 그리고 그런 건 삶에서 별로 중요한 문제가 아니라는 듯 대꾸했다.

"인생 원래 밑바닥부터 시작하는 거다."

네 살 연상 국졸 남편이, 역시 '국민' 학교밖에 나오지 못한 자신에게 건넨 이 한마디가 멋있고 미더워 어머니는 혼자 이렇게 생각했단다.

'그놈, 말 잘하네.'

그 후로 30여 년이 지난 오늘, 어머니가 신세 한탄을 할 때면 아버지는 곁 담배를 피우며 영화배우처럼 말한다.

"인생 원래 밑바닥부터 시작하는 거다."

국수 가게 전세를 월세로 돌려야 했을 때도, 돈 꿔 간 선배가 잠적했을 때도, 내 대학 등록금 대책이 없었을 때도 아버지는 항상 이렇게 말했다.

"인생 원래 밑바닥……"

그러나 말이 채 끝나기 전에, 어머니는 아버지에게 두루마리 화장지를 집어 던지며 버럭 소리쳤다.

"그놈의 밑바닥!"

살면서 아버지가 부엌칼 든 모습을 딱 한 번 본 적이 있는데, 한밤중 자살 소동을 벌였을 때다. 몰래 쓴 사채 20만 원이 몇 달 새 5백만 원이 돼 험한 사람들이 들락거렸던 밤이다. 우리는 그 돈이 아버지의 유흥비로 쓰였다는 걸 알고 있었다. 아버지는 어머니와 밤새 말다툼을 했다. 해명하고 설득하는가 하면, 뭐라 큰소리치는 것도 같았다. 아버지는 갑자기 부엌으로 뛰쳐나가 도마 위의 식칼을 집어 들었다. 아버지는 씩씩대며 "다 죽여버리겠다"고 했다. 그리고 자신도 "죽어버리겠다"고. 아버지의 눈에서 이상한 빛이 번득거렸다. 아버지는 헐렁한 아이보리 내복을 입고 있었다. 어머니는 아버지가 죽지 않으리란 걸 알았지만, 열심히 아버지를 타일렀다. 아버지는 칼을 쥔 채 두 시간 넘게 인생과 철학에 대해 얘기하다 까무룩 잠이 들었다. 코를 골며 자는 모습은 또 그렇게 안일하고 긍정적일 수가 없었다.

어머니는 내가 여섯 살 때 빚을 얻어 국숫집을 차렸다. 가장으로서 체면이 안 선다고 개업을 반대했던 아버지는 결국 살림이 불어나자 좋아했고, 나중엔 모든 걸 떠넘기려 했다. 그때부터 어머니는 송현동 재래시장서 산 '특수 스댕' 칼을 본격적으로 쓰기 시작했다. 칼 장수의 말대로 그 칼은 좋은 칼이었다. 칼은 도마 위를 뚜벅뚜벅 걸어나갔다. 어머니의 손은 빨랐고 칼 박자는 경쾌했다. 어머니와 칼은 젊고 단단하니 닮

은 구석이 있었다. 어머니가 칼을 쥐고 음식을 만드는 모습에
는 어딘가 신랄한 데가 있었다. 나는 종종 그 신랄함의 정체
가 뭘까 생각하곤 했다. 그러나 생각이 깊어질 만하면 어머니
가 내 입에 먹을 걸 구겨 넣어줬기 때문에 금방 잊어버리곤
했다. 어머니는 소처럼 일했다. 그렇지만 어머니는 민첩하고
활달한 소였다. 적당히 허영심도 있었고, 장사하는 사람은 늘
깔끔해야 한다며 화장품 값도 아끼지 않았다. 어머니는 '사장
님, 미인이시네요'라는 말을 좋아했고, 그때마다 손사래를 친
뒤 광에 들어가 거울을 봤다. 어머니는 현실적인 여자였다.
모든 것은 순서와 계획이 있고 합리적으로 이뤄져야 했다. 어
머니에게는 언제까지 빚을 갚고, 언제까지 집을 사며, 돈을
어떻게 나눠 저금할 것인가에 대한 계획이 있었다. 어머니는
잘 웃고 정이 많았지만 개시 손님이 하나일 때는 대놓고 인상
을 찌푸렸고, 아이 셋을 데려온 부부가 국수를 두 개만 시킬
때도 주방에서 뭐라 시부렁거렸다. 반대로 아버지는 순간을
사는 사람이었다. 자기가 번 돈은 주로 자신을 위해 썼고, 놀
라울 정도로 낙천적이었다. 아버지는 지역 사회에서 인정을
받는 편이었다. 토박이에다 경조 대사를 잘 챙겨 사람 노릇해
온 덕이었다. 그러나 그 인정의 저변에는 아버지가 거절을 못
하는 사람이라는 사실이 깔려 있었다. 말수 적어 착한 사위
소리 듣던 아버지가 가장 잘하는 말은 '그류'였다. '그류'는
충청도 말로 '그래유'의 줄임말이다. 장어 째는 회칼처럼 비

열한 눈매를 가진 선배가 거금을 부탁했을 때도, 동네에서 신용 없기로 유명한 아저씨가 담보를 요구했을 때도, 아버지는 그 말을 묵묵히 듣고 있다 마침내 입을 열어 대답했다.

"그류."

내가 사립대에 간다고 했을 때도 아버지는 선뜻 승낙했다. 어머니가 반대해놓고도 등록금을 대주는 사람이었다면, 아버지는 찬성만 하고 아무 신경 안 쓰는 사람이었다. 말하자면 '나쁘다'기보단 좀 난감한 사람이라 할 수 있었다.

아버지가 어머니를 실망시킨 건 신혼 초부터였다. 아버지는 어머니가 무리를 해 마련해준 금반지를 친구들과 술을 먹다 저당 잡혀버렸다. 결혼한 지 하루도 지나지 않아 있었던 일이다. 몇 번 찾는다, 찾는다 하다 결국 반지는 잃어버리고 말았다. 어머니한테는 구리 반지 하나 못해 준 처지에서였다. 몇 년 후 아버지는 웬 뜨내기 여자와 커플링을 하고 다녔다. 그녀는 나이 많고 몸매 좋은 때밀이였다. 이웃 여자에게 처음 그 얘기를 전해 들었을 때, 어머니는 바가지에 뜨거운 물을 받아놓고 팔뚝에 낀 밀가루 때를 벗겨내고 있었다. 이웃 여자는 말했다. 그 집 아저씨, 때밀이 여자 퇴근할 때마다 문 앞에서 '히야시' 된 바나나우유를 들고 서 있다 하더라고. 어머니는 한 손에 파란 때수건을 낀 채 그 얘기를 들었다. 멍한 얼굴 아래로 김이 무럭 나는 바가지에선 불은 때가 둥둥 떠다니고 있었다. 나는 아버지를 원망하지 않았다. 다만 아버지에게 애인이 있는 것처럼 어머니에게도 남자가 있길 바랐다. 노동 후 잠든 어머니의 잔등을 쓸어주고 주름진 얼굴을 만져줄 수 있는 그런 손길이. 사람에게는 의당 그런 것이 필요하지 않나 하고. 이런 도덕관을 갖게 된 데는 동네 분위기 탓이 컸다. 이상하게 우리 동네 어른들은 전부 애인이 있었다. 중년 아저씨들 사이에서는 대놓고 언급되었고, 없으면 무시당하는 것 같았다. 아주머니들도 별반 다르지 않았다. 아주머니들은 훨씬 영리하게 바람을 피웠다. 그러나 내가 본 시골의 부정은 티브이 드라마처럼 심각하고 치명적인 것이 아니었다. 그것은 자연스럽고 때로 명랑하며, 은밀한 동시에 소란스러운 것이었다. 나는 시골에서 부는 그 바람이 오래전부터 세계를 움직여온 하나의 '운동'처럼 느껴졌다. 누군가는 그것을 실수라, 누군가는 사랑이라, 누군가는 불륜이라 했다. 나는 그것의 온당한 이름을 알 수 없었다. 다만 분명한 건, 당시 동네 주위로 내가 알 수 없는 정념의 에너지가 청어 떼를 살찌우는 오호츠크 해류처럼 도저하게 흐르고 있었다는 점이다. 아버지의 외도가 신경 쓰였던 건 아버지가 우리를 버릴까 봐서도 아니었고, 도덕적 잣대 때문도 아니었다. 나를 침울하게 한 건 언젠가 아버지가 어머니에게 상처를 주지 않을까 하는 예감이었다. 남편이나 아버지가 아닌 사람으로서 일말의 도의 같은 것을 깨뜨리지 않을까 하는. 그러니까 어머니 앞에서 커

플링 같은 건 하고 다니면 안 되는 게 아닌가 하는. 어머니는
자존심을 지키려는 듯 말했다. 데이트, 그거 다 돈이지 않냐.
돈 부을 데가 한두 곳이 아니니 매일 갖다 주는 돈이라도 거
르지 말아달라. 아버지는 부정도 긍정도 하지 않았다. 아버지
의 장점은 궁지에 몰린 순간 아무 말도 않는다는 거였다. 아
버지는 문갑 위에 건설 현장에서 버는 일당을 올려놨고, 며칠
이 지나자 날짜를 거르기 시작했다. 그러다 어머니가 뭐라 하
면 다시 돈을 놓고 금세 마는 식이었다. 어머니는 여자가 일
하는 읍내 목욕탕에 찾아갔다. 그러고는 탕 속에서 고개만 내
민 채 여자의 움직임을, 젖가슴을, 엉덩이와 허벅지를 구석구
석 살펴보고 돌아왔다. 며칠 후, 어머니는 김치를 썰다 말고
'으하하하' 웃으며 말했다.

　"아이고, 야, 그 여자 완전 할매더라, 할매."

　그러더니 이내 시무룩해졌다. 만나도 왜 그런 여자를 만나
는지 모르겠다고…… 그사이, 어머니는 반죽을 개고, 배추를
절이고, 바지락을 까고, 썩은 콩을 골라냈다. 보상 심리 때문
에 화투판에도 곧잘 꼈다. 형님 소리를 듣기 위해 나이를 속
이는 여자들과 함께. 미용실이나 선술집에서 신발을 숨겨놓
고. 그러다 한 아주머니의 애인이 파출소에 신고를 했다. 자
기를 만나주지도 않고 만날 화투만 친다 하여 홧김에 그런 거
였다. 경찰들이 문 두드리는 소리에 '고꾼' 들은 허둥지둥 흩
어지고, 어머니는 양손에 현금을 쥔 채 논둑길을 달려가다 넘

어져 흙투성이로 돌아왔다. 아버지의 여자가 새초롬한 표정으로 바나나우유를 빨고 있을 즈음, 어머니의 판돈은 계속 올라 쩜 500까지 치솟아 있었다. 어쨌든 그 와중에도 어머니가 거르지 않는 게 하나 있었는데, 그것은 밥을 짓는 일이었다. 나는 그게 좀 이상했다. 장사야 그렇다 쳐도, 어떻게 바람난 아버지를 위해 갈치를 굽고, 가지를 무치고, 붕어를 지질 수 있는지. 그것도 모두 아버지가 좋아하는 음식으로만 말이다. 그것은 어머니가 엉겁결에 찾아낸 떳떳함 같은 것인지도 몰랐다. 혹은 나 때문이었는지도. 아니면 뭐든 먹고 봐야 해서였는지도 몰랐다. 어느 날, 나는 내가 진정으로 배곯아본 경험이 없다는 사실을 깨닫고 어리둥절해진 적이 있다. 궁핍 혹은 넉넉함을 떠나, 말 그대로 누군가의 순수한 허기, 순수한 식욕을 다른 누군가가 수십 년간 감당해왔다는 사실이 이상하고 놀라웠던 까닭이다. 오랜 세월, 어머니는 뭘 재우고, 절이고, 저장하고, 크게 웃고, 또 가끔은 팔뚝의 때를 밀다 혼자 울었다. 여자가 칼 갈아 쓰면 팔자가 드세다는데 아직까지 별 큰일이 없는 걸 보면 괜찮은가 보다 능청도 떨면서. 생일이면 양지를 찢어 미역국을 끓이고, 구정에는 가래떡을 뽑고, 소풍날은 김밥을, 겨울에는 동치미를 만들어주었다. 그사이 내 심장과 내 간, 창자와 콩팥은 무럭무럭 자라났다. 음식에 난 칼자국들 역시 내 몸속을 어지럽게 돌아다니며 나를 건드렸다. 나는 그 사실을 몰라 더 잘 자랐다. 한 해가 지나면 어머니는 가래떡을 썰고, 다시 한 계절이 지나면 푸른 콩을 삶아 녹색 두부를 만들었다. 나는 더운 음식을 먹고 자랐고 그 안에선 늘 신선한 쇠 냄새가 났다. 언젠가 어머니께 물었다.

"엄마, 어떤 칼이 좋은 칼이야?"

어머니는 대학까지 나온 녀석이 그런 것도 모르냐는 듯 답했다.

"아니, 잘 드는 칼이 좋은 칼이지 어떤 칼이여!"

어머니는 부엌 옆에 있는 광에 자주 들락거렸다. 나는 광 냄새가 싫었지만 나 먹을 것은 그 안에 다 있었다. 먼지 낀 유리병 속의 마늘장아찌나 숨죽은 파김치, 복수심을 안고 포복해 있는 간장게장과 독 안에서 꿈처럼 출렁이며 익어가는 물김치를 볼 때면, 내가 아주 옛날 사람이 되는 기분이 들었다. 먼지 낀 환풍기는 느릿느릿 돌아갔다. 어머니는 바닥에 구부정히 앉아 칼을 갈았다. 나는 숫돌 앞에서 엉덩이를 들썩이는 어머니를 보며 웅얼거렸다. "어머니는 좋은 어미다. 어머니는 좋은 여자다. 어머니는 좋은 칼이다. 어머니는 좋은 말[름]이다"라고.

*

어머니의 부음을 들었을 때, 처음엔 아무 생각도 나지 않았다. 내겐 어머니가 애초에 존재하지 않았던 것처럼. 어머니가 죽었다는 사실보다 내게 어머니가 있었다는 사실이 낯설고 무섭게 느껴졌다. 남편에게 전화를 했다. 남편은 휴가를 내고 곧장 집으로 오겠다고 했다. 고향에 있는 의료원까지 세 시간 정도면 도착할 수 있을 터였다. 어머니의 사인은 뇌졸중이었다. 몇 해 전부터 어머니는 손가락 마디가 쑤셔 반죽하기가 고되다는 말을 했다. 나는 어머니의 몸이 스스로 정한 눈금에 신호를 보내는 거라 생각했다. 어머니에게는 아마도 그런 것이 있었을 거다. '적어도 언제 언제까지'라는 몸의 시계가. 내가 졸업할 때까지라든가 결혼할 때까지와 같은 경제적인 시간의 마디가. 어머니는 자기가 정해놓은 시간보다 빨리 시들어가고 있었다. 제일 먼저 녹슨 게 손이었고 다음이 무릎이었다. 어머니는 칼슘이 든 건강식품을 부지런히 먹었다. 최근엔 몸도 사리고 운동도 했던 모양이었다. 하지만 혈압 약은 먹지 않았다. 몸에 맞는 약을 찾기 힘들고 한 번에 일주일치밖에 주지 않는 약국 방침이 성가시다 했다. 우리도 어머니의 혈압을 크게 신경 쓰지 않았다. 식구들이 걱정한 건 어머니의 퇴행성 관절염이었다. 웬만해서 엄살을 피우지 않는 어머니가 '아프다'는 말을 하면, 나는 뭘 어찌해야 할지 몰라 대책 없이 낙관적인 말만 했다. 어머니가 신세 한탄을 할 때면 어디서 배우지도 않은 판소리 조가 나오곤 했다. 단어 하나를 길게 끌거나 강조하며 곡하듯 말하는 화법이었다. '맛나당' 경기는 예전 같지 않았다. 동네 석유화학 단지에 투입됐던 노동력

이 썰물처럼 빠져나가고, 정류장 근처에 프랜차이즈 해물칼
국숫집이 들어선 탓이었다. 어머니는 가게에 손님이 없으면
남부끄럽다 했다. 돈을 떠나 동네서 체면이 안 선다는 거였
다. 동네 식당 대부분이 요즘 불황이라 했다. 시골에는 외환
위기 여파가 뒤늦게 찾아온다던데 그게 지금서야 오는 모양
이라고. 나는 그 지금이 '지금'이라 미안했다. 어머니는 곧
나아질 거란 내 말에 위로받는 듯했다. 하지만 내가 어머니를
동정하거나 나무라고, 잔소리라도 할라치면 성질을 낸 뒤 전
화를 끊었다.

"내가 니 새끼냐?"

어머니는 부엌에서 국수를 삶다 쓰러졌다. 제때 불을 못 맞
춘 국수물은 우르르 넘고, 가스 불은 꺼지고, 홀에서 손님들
이 달려왔다고. 바닥엔 숟가락 하나가 떨어져 있었다고 한다.
어머니는 죽기 전, 음식의 간을 보고 있었던 것 같다.

장례식장은 사람들로 북적였다. 집안 어른들은 근심에 잠
겨 있었지만 북적임에 대한 자부의 빛을 감추지 않았다. 소복
을 입은 여자들이 부지런히 음식을 나르고 있었다. 큰어머니
는 장례업체 관계자에게 끊임없이 뭔가를 지시하고 확인했다.
날이 저물자 너무 많은 문상객이 몰려드는 바람에 음식이 모
자랐던 탓이다. 한 상이 차려지고, 치워지고, 다시 차려지고,
걷어지길 반복했다. 나는 사람들이 일제히 입을 벌려 뭔가를

먹고 삼키는 걸 바라봤다. 육개장, 밥, 떡, 오징어포, 땅콩, 동태전, 편육, 과일, 맥주, 소주, 사이다, 샐러드, 김치, 나물…… 문득, 자취를 하며 사소한 난관에 부딪힐 때마다 어머니에게 전화를 걸었던 기억이 났다.

"엄마 된장찌개 어떻게 하는 거야?"

어머니는 진지하게 답해줬다.

"응. 된장 넣고 그냥 끓이면 돼."

"……"

나는 '그렇게 중요한 정보 알려줘서 진짜 고맙다' 는 식으로 건방지게 대꾸했다.

"김치찌개는 김치 넣고 끓이고, 미역국은 미역 넣고 끓이고?"

어머니는 깔깔대며 그제야 상세한 조리법을 알려줬다. 나는 물어본 걸 또 물어보고 정박아처럼 굴었다. 어머니는 내게 질문받는 걸 좋아했다. 나는 마늘을 다지고, 두부를 자르고, 김치를 썰며 이따금 어머니를 생각했다. 어머니가 마트에서 사준 칼을 쥐고서였다. 좋은 칼 하나라든가 프라이팬 같은 것이 자취생을 얼마나 기쁘게 하는지를 깨닫는 데는 오랜 시간이 걸리지 않았다. 장례식장 분위기는 어수선했다. 큰어머니의 지휘에도 불구하고 음식 나르는 여자들은 우왕좌왕했다. 성질 급한 어머니가 이 모습을 봤다면 분명 관 속에서 소매를 걷고 나와 서빙을 도맡으려 했을 것이다. 재빨리 손님들의 상

황을 살피고, 순서를 정하고, 모든 사람이 만족할 만한 순조
롭고 공평한 접대를 하면서. 몰래 부좃돈을 세며 말이다.

나는 임신 중이었지만 아무것도 먹고 싶지 않았다. 남편은
계속 식사를 권했다. 나는 육개장 냄새가 너무 싫다고 했다.
그것은 장례식장 주위를 메우며 나쁜 꿈처럼 둥둥 떠다녔다.
메스껍고 현기증이 났다. 남편은 과일이나 떡이라도 좀 들라
고 했다. 나는 전혀 배고프지 않다고 했다. 남편은 종일 아무
것도 안 먹었는데 그게 말이 되냐며, 아이 생각을 해서라도
한 숟갈 뜨라 했다. 나는 '괜찮다'고 했다. 남편은 부탁하고
애원하다 급기야는 화를 냈다. 어른들이 남편 말을 거들었다.
친정집에 들러 쉬고 오라는 사람도 있었다. 나는 고작 3개월
밖에 안 된 걸 가지고 왜들 수선이냐며 툴툴댔다. 남편은 육
개장 국물에 밥을 말아 내 앞에 갖다 놨다. 마지못해 숟가락
을 입으로 가져갔지만 구역질이 났다. 입을 헹구고 화장실서
나오는데 복도에 선 아버지의 모습이 보였다. 아버지는 큰할
아버지와 장례 일정을 상의하고 있었다. 어머니는 집 근처의
선산에 묻힐 예정이라 했다. 원래 먼 곳에 있던 것을 최근 문
중 어른들이 돈을 모아 좋은 땅으로 옮긴 거였다. 어른들은
선산에 갈 때마다 애도보다 안도의 감정을 느끼는 듯했다. 아
마 '저기, 내 자리도 있다'는 생각 때문이었을 거다. 큰할아
버지는 아버지에게 "그 옆은 나중에 자네 자리로 하고" 어쩌
고 하는 말을 하고 있었다. 아버지는 일생 동안 단 한 개의

히트곡밖에 갖지 못한 가수처럼 결국 울음을 터뜨리며 대답
했다.

"그류."

방갓을 쓴 아버지는 평소보다 훤칠해 보였다. 기다래진 아
버지가 기다래진 손으로 얼굴을 가리고 있는 동안, 나는 어머
니의 영정 사진을 바라봤다. 어머니는 오래전, 내 앞에서 몸
을 떨다 죽는 시늉을 했을 때처럼 묘하게 웃고 있었다. 싱그
럽고 아름답지만 동시에 아주 수상쩍고 괘씸한 웃음이었다.

다음 날, 문상객은 더 늘어났다. 친목회 회원들과 이웃들,
어머니의 화투 멤버들, 알은체를 안 하는 서로의 정부(情夫)
들, 새마을금고와 농협, 수협 직원들 모습도 보였다. 사촌 동
생의 결혼식 때도 그랬지만 나와 비슷하게 생긴 한 무리의 사
람들이 왔다 갔다 하는 모습을 보며 괜한 머쓱함을 느꼈다.
한 가계의 생긴 꼴이랄까 유전자랄까 하는 것 앞에서 느끼는
수줍음이었다. 저 삼촌과 저 사촌과 이 육촌은 아무 데서나
출몰했다. 그들의 얼굴은 곧 내 얼굴이기도 했다. 나는 화장
실에서 내 이마를 만나고, 신발장 앞에서 내 콧잔등을 만나
고, 주차장에서 내 쌍꺼풀을 만났다. 그들은 으레 '우리가 친
척이겠거니' 하고 겸연쩍게 지나쳤다. 아버지의 몰골은 핼쑥
했다. 나 역시 한숨도 못 자 얼굴이 푸석거렸다. 어머니의 동
네 친구들은 마룻바닥에 엎드려 온몸으로 비통함을 토해냈다.

그러곤 눈물을 닦고 재빨리 한쪽에 담요를 깔고 앉아 화투 패를 돌렸다. 나는 어머니의 혼이 화투판 주위에서 뒷짐 진 채 안달하고 참견하는 모습을 상상했다. 남편은 오늘도 음식을 권했다. 물만 마셔도 비위가 상했다. 남편은 애가 타는 모양이었다. 나는 정신이 맑았고 피로하지 않았다. 친척 여자들은 자기들 일에 나를 끼워주지 않았다. 뭔가 도우려 하면 모두들 방긋 웃으며 일을 가로챘다. 나는 슬슬 화가 났다. 밤이 되자 아버지가 나를 주차장으로 불러냈다. 아버지는 내게 집에 가서 눈 좀 붙이고 오라고 했다. 나는 몇 시간 후 발인인데 그냥 여기 있겠다고 했다. 아버지는 네가 뭘 좀 갖다 주었으면 좋겠다고 했다. 나는 그런 건 김서방한테 시키라고 말했다. 아버지는 김서방이 우리 집 사정을 잘 모르지 않느냐며 담배를 피웠다. 속옷이랑 양말 좀 갖다 달라는 거였다. 그런 건 여기서 사면 되지 않느냐고 말대꾸를 하려다 그냥 알겠다고 했다.

'맛나당'의 문은 굳게 잠겨 있었다. 아버지가 준 열쇠로 가게 문을 땄다. 빈약한 철제 미닫이문이었다. 어둠 속에서 스위치를 더듬었다. 버튼을 누르니 홀에 있는 빈 의자들이 순식간에 형체를 드러냈다. 안에서 비릿한 지하수 냄새가 났다. 부엌으로 가 또 다른 스위치를 눌렀다. 천장에 매달린 백열등에 깜빡 빛이 들어왔다. 그 불만 남겨둔 채 나머지 등을 모두 껐다. 집은 적막했다. 방이 너무 차서 을씨년스러운 기운이 돌았다. 기름보일러의 전원을 켰다. 아버지가 돌아왔을 때를 생각해서라도 바닥을 좀 데워놓고 가는 게 나을 것 같았다. 어둠 속에 서서 방 안을 둘러보았다. 티브이 위에 올려진 늙은 호박이며 농협에서 나눠준 달력, 돌하르방과 양초 등 어정쩡한 인테리어 소품까지 예전 그대로였다. 방바닥에 요를 깔았다. 그리고 그 위에 오도카니 앉아 어머니를 생각했다. 처음엔 양반다리를 하고 앉았다가 다음엔 다리를 쭉 폈고 나중엔 아예 등을 대고 누웠다. 이불 위에 꼼짝 않고 있자니 스르르 잠이 밀려왔다. 시골에 온 이래 처음으로 느껴보는 피로였다. 나는 조금만 이렇게 누워 있다 가자고 생각하며 눈을 감았다. 이 방에서 어머니와 함께했던 날들의 풍경이 스쳐갔다. 방바닥은 점점 따뜻해지고 있었다.

내 몸이 제법 어른 꼴을 갖추게 되고부터 어머니는 나를 어디든 데리고 다니려 했다. 어머니가 특히 좋아한 곳은 목욕탕이었다. 어머니는 발가벗겨진 내 육체를, 그러니까 그냥 자식이 아니라 다 큰 자식의 풍성한 육체를 사람들에게 자랑하고 싶어 했다. 한 번도 그렇게 말한 적은 없지만 나는 어머니의 표정에서 그걸 발견할 수 있었다. 봐라, 내 새끼다. 털도 나고 젖도 있고 엉덩이도 크다! 나는 나와 마찬가지로 털도 나고 엉덩이도 큰 아주머니들 앞에서 몸을 웅크렸다. 우리는 목욕탕을 나와 '맛나당'으로 돌아왔다. 그런 뒤 안방 보일러 온

도를 올려놓고 낮잠을 잤다. 어머니와 나는 베개 하나를 같이 베고 누웠다. 어머니의 몸뚱이에선, 계절의 끝자락, 가판에서 조용히 썩어가는 과일의 달콤하고 졸린 냄새가 났다. 세계는 고요하고 몸은 녹진녹진했다. 선잠을 자다 보면 누군가가 꼭 집으로 마실을 왔다. 어머니는 부스스 일어나 아주머니들과 주전부리를 하며 수다를 떨었다. 주로 동네를 떠도는 나쁜 소문에 대한 얘기였다. 나는 방바닥에 누워 아주머니들이 하는 말을 다 주워들었다. 말씨는 투박했고, 잠결에 듣는 추문은 달콤했다. 해가 져서 놀러 온 아낙들도 다 떠나고 혼자 긴 잠에 빠져들어 있을 때면, 어디선가 어렴풋이 도마질 소리가 들려왔다. 다음 날 서울로 떠나는 나를 위해 어머니가 뭔가를 만들고 포장하는 소리였다. 잘 다듬은 갈치와 조기, 얼린 바지락, 어금니 동부, 강낭콩, 한 끼씩 데워 먹기 좋게 포장한 돼지갈비, 달래, 똥을 딴 멸치, 얼린 소족, 열무김치, 햇된장, 멸치볶음, 돌김······

　자리에서 일어났을 때, 나는 땀에 흠뻑 젖어 있었다. 시계를 보니 새벽 3시였다. 온몸이 두들겨 맞은 듯 쑤시고 아팠다. 땀인지 눈물인지 모를 것이 얼굴을 적시고 있었다. 집에 오자, 부엌의 어둑한 어떤 것이 움직여 나를 타이르는 듯했다. 괜찮다고. 괜찮다고. 아파도 괜찮고, 느껴도 괜찮다고. 괜찮으니까, 이제 크게 울고 자도 된다고. 마음이 아픈 건 아니었다. 심장이, 콩팥이, 그리고 창자가 아렸다. 심한 갈증이 났다. 사흘이나 밥을 안 먹은 탓이었다. 신을 신고 부엌으로 나와 냉장고 문을 열었다. 얼굴 위로 냉장고의 네모난 빛이 환하게 쏟아졌다. 빛 사이로, 해파리처럼 투명하게 부유하고 있는 오이짠지와 말린 멸치, 날계란과 반찬 통 몇 개가 보였다. 물을 꺼내 그 자리서 병째 들이켰다. 오금이 시리도록 차가운 보리차가 꿀꺽꿀꺽 각 기관을 타고 내려가는 감각이 생생하게 느껴졌다. 안방 문을 닫고 속옷이 든 종이 가방을 챙겨 들었다. 그런 뒤 가만 부엌을 둘러봤다. 부엌은 어머니가 쓰러지기 전의 모습을 그대로 간직한 양 어수선했다. 개수대 위론 칼국수 그릇이 산더미만큼 쌓여 있고, 시렁에는 시든 양파와 사과 몇 알이 굴러다니고 있었다. 시선은 곧 가판 위의 도마에서 멈췄다. 어머니의 칼 앞에서였다. 칼은 도마 위에 비스듬히 누워 있었다. 그것은 어둠 속에서 조용하게 번뜩이고 있었다. 닳고 닳아 종이처럼 얇아졌지만, 여전히 신랄하고 우아한 빛을 품은 채였다. 갑자기 참을 수 없는 식욕이 밀려왔다. 뭔가 베어 먹고 싶은 욕구. 내장을 적시고 싶은 욕구. 마침 시렁 위에 아무렇게나 굴러다니는 사과 몇 알이 보였다. 나는 한 손에 사과를 다른 손에 칼을 쥐었다. 자루는 손에 꼭 맞았다. 툭— 푸른 껍질 위로 조그마한 상처가 났다. 나는 그 안에 칼날을 박고 돌리기 시작했다. 사각사각, 사각사각, 사각사각…… 어둑한 부엌 안, 사과 깎는 소리가 고요하게 퍼져 나갔다. 사과는 내 손에서 둥글게 자전하며 자신의 우주를 보여주고 있었다. 싱그러운 향기가 났다. 입안에 침이 고였다. 나는 단 한 번의 끊어짐 없이 사과 껍질을 벗겨낼 수 있었다. 둥글게 말린 사과 껍질이 내 구두 위로 툭 떨어졌다. 나는 숨을 깊이 내쉬었다. 그런 뒤 입을 크게 벌려 사과를 한 입 베어 물었다.

서걱—

사과 조각이 내 속으로 들어오는 게 느껴졌다. 축축한 혀를 굴려 그 맛을 음미했다. 씹고 빨고 굴리다 나도 모르게 꿀꺽. 그런 뒤 눈을 감고 중얼거렸다.

"아, 맛있다!"

휴대전화 진동음이 들렸다. 남편이 나를 찾는 듯했다. 나는 한 손에 든 사과를 우적우적 씹으며 '맛나당'을 빠져나왔다. 사과 조각은 우주 멀리 날아가는 운석처럼 뱅글뱅글 돌며 내 안의 어둠을 여행하게 될 터였다. 장례식장으로 걸어가며, 정말이지 그런 예감이 들었다.

기도

신림— 하면 푸른 숲이 떠오른다. 나무가 많은 숲 그리고 젊은 숲. 그 숲의 나무들은 모두 지하철 2호선을 표시하는 연녹색을 띠고 있다. 보통의 나뭇잎은 그보다 짙지만 어쩐지 신림의 나무들만은 꼭 그래야 할 것 같다. 신림, 하고 소리 내면, 먼 곳의 잎사귀들이 우수수 흔들리며 '수풀 림, 수풀 림' 하고 울어대는 것 같다. 신림, 하고 발음할 때 내 혀는 파랗게 물든다. 구파발이라 읊조리면 내 가슴 어딘가에 꽂힌 붉은 깃발이 마구 펄럭이는 것처럼. 그것은 진짜 신림 진짜 구파발과는 아무 상관이 없다.

배개를 안고 한강을 건넌다. 서울대입구 역까지는 열차를 두 번 갈아타야 한다. 지하철 의자 한가운데 앉아 발꿈치를 세운다. 베개는 커다란 비닐봉지 안에 들어 있다. 그것은 작은 덜컹임 한 번에도 예민하고 시끄럽게 바스락거린다. 그 소리가 하도 얇아 나는 베개를 더욱 꼭 끌어안는다. 강 너머, 빌딩 숲이 보인다. 그것은 투명한 살갗 위로 온몸에 볕을 받고 있다. 뭉게구름 사이로 언뜻 비치는 서울 한 시의 표정. 서울 한 시의 반짝임. 세계는 창(窓)이 너무 많아 사람들이 어둡다.

——어디야?

휴대전화 진동음이 울린다. 언니의 물음이 도착 시간을 알리는 숫자와 함께 조그맣게 깜빡인다. 나는 '응봉'이라 답하며 덧붙인다.

——미안해. 조금 늦을 것 같아.

숨을 고른다. 전송 완료를 기다리는 순간에는 이상한 기분이 든다. 제 주소를 찾아가는 활자의 이동이 어떻게 가능한지 감이 오지 않는다. 하루에도 수천만 명이 수천만 개의 문자메시지를 주고받는데. 어째서 이 사람의 '미안하다'와 저 사람의 '괜찮다'는 부딪치지 않고 온전히 상대방의 단말기로 미끄러져갈 수 있는 걸까. 일산화탄소나 질소, 배기가스의 부피만큼 많은 메시지들이 공기 속을 부유하고. 우리는 메시지에 둘러싸인 채 메시지를 마시며 살아가고 있는지 모른다. 언니에게는 아직 답신이 없다.

베개는 역 앞 이불 가게에서 샀다. 신림에서 살까 하다 초행길이라 포기했다. 날도 춥고 길을 헤매느니 번거롭더라도 집 근처 할인 매장에서 사는 게 나을 것 같았다. 베개는 곧 언니에게 건네질 것이다. 사실 언니에게는 언니의 베개가 따로 있었다. 몇 번의 짐을 풀고 싼 객지 생활 동안, 다른 건 몰라도 그 베개만은 늘 갖고 다닌 언니였다. 보기엔 그냥 평범한 솜 베개일 뿐이지만 언니는 세상에서 그 베개가 가장 편하다고 했다. 누군가는 음악을 사랑하고, 누군가는 그림을 애호하는 것처럼, 언니는 자신의 베개를 진심으로 좋아했다. 그런데 언니는 오늘 그 베개를 잊고 온 모양이었다. 엄마는 심란해했다. 언니를 도망치듯 떠나게 한 사람이 자신이라 책하는 듯했다. 언니가 늑장을 부렸는데, 성질 급한 엄마는 그 모습이 영 보기 싫었던 모양이다. 삼촌이 너무 일찍 도착한 탓도 있지만. 허둥대는 언니에게 이런저런 잔소리를 하다 급기야 소리를 질렀다고. 차 앞에서, 토라진 얼굴로 서 있던 언니에게 엄마는 엉거주춤 10만 원을 쥐여줬고, 두 사람은 어색한 작별을 했단다. 어쩌면 둘 다 어떤 표정을 지어야 할지 몰라, 얼떨결에 성난 얼굴을 보였는지도 모른다. 미안할수록 이게 아닌데 싶을수록 얼굴은 굳어졌을 거다. 뒷좌석에 국가고시 문제집을 가득 실은 승용차가 부르릉 동네를 벗어나고. 한참 요 위에 앉아 있던 엄마는 언니의 베개를 발견했다고 한다.

그것은 언니의 뒤통수 모양 그대로 가운데가 오목 패어 있었고, 만져보면 조금쯤 온기가 남아 있을 것도 같았다고. 엄마는 아침부터 통화 내내 언니를 헐뜯다가 시무룩하게 말했다.

"언니, 베개 놓고 갔다. 베개 사 줘라."

휴대전화 진동음이 들린다. 언니인가 싶어 폴더를 열어보니 다른 사람이다.

——서인영 씨, 확인 문자드립니다. 오늘 저녁 7시 회기동에서 뵙겠습니다.

나는 알겠다는 답신을 보낸다. 여전히 망설여지지만 세 번이나 미뤄온 약속이라 어쩔 수 없다. 귀찮은 '설문 조사' 따위를 하겠다고 한 건 순전히 '문화상품권' 때문이었다. 며칠 전 한 여자로부터 전화를 받았다. 노동부에서 실시하는 '대졸자 취업 경로 조사'라 했다. 나는 여느 전화 상담원을 대하듯 피곤하고 미심쩍은 말투로 저쪽을 경계했다. 그녀는 친절하게 설문 취지에 대해 설명한 후, 조사원이 댁으로 찾아갈 수도 있으며, 설문에 응해줄 경우 문화상품권을 준다고 했다. 나는 잠시 고민했다. 설문 한 번에 상품권 세 장이면 어디냐 싶으면서도 선뜻 나가겠다 하면 저쪽에서 나를 '백수'라 짐작하거나 우습게 보지 않을까 걱정됐다. 나는 '돈' 때문에 하는 게 아니라는 듯 교양 있는 말투로 물었다. "언제가 좋을까요?" 저쪽에서 되물었다. "언제가 좋으시겠어요?" 문화상품권으로 즐길 수 있는 '문화'란 게 얄팍하고 보잘것없으리란 걸 알았지만, 실직자가 갖는 하루분의 자책감 정도와는 교환될 수 있지 않을까 싶었다.

열차는 이촌에서 멈춘다. 사람들은 색깔별로 다른 노선을 가리키는 띠를 따라 우르르 이동한다. 마치 밧줄을 잡고 이동하는 중세의 맹인들 같다. 나는 사당행으로 갈아탄다. 열차 문 사이로 더운 공기가 훅― 밀려온다. 재빨리 빈자리로 달려가 앉으니 몸에서 '바스락' 소리가 난다. 금방 건네주고 돌아올 것임에도 불구하고 베개의 부피와 비닐봉지 소리는 계속 신경 쓰인다. 옆 사람과 살이 닿지 않으려 어깨를 움츠린다. 언니는 벌써 도착해 짐을 옮기고 있다 한다. 진동음이 전해질 때마다 나는 깜짝깜짝 놀란다. 휴대전화 크기만큼 작아진 언니가 내 호주머니 안에서 자꾸 울어대는 것 같다. 고시원이 꽤 높은 곳에 있다 들었는데. 혼자 욕보고 있지나 않을지 걱정이다. 처음, 산 밑에 방을 구했다는 소식을 들었을 때 나는 아무렇지 않게 대꾸했었다.

"언니, 산 좋아하잖아."

언니는 멍하니 있다, 으하하 웃으며 내 머리를 쳤다. 아빠가 구치소에 있었을 때도 "아빠, 콩 좋아하잖아"라고 했다가 엄마에게 똑같이 뒤통수를 맞은 적이 있다.

"그러게, 거기 눈 오면 스노보드 타야 된다더라."

언니가 산을 좋아하는 건 사실이었다. 엄마가 끼니때마다 솥 안에 여러 종류의 콩을 넣어온 것도. 얼굴을 빤히 아는 경찰 아저씨가 음주 단속 때 아빠를 몇 번이나 봐줘온 것도 전부 사실이었다. 아빠는 한동안 양심수 같은 얼굴로 읍내 구치소 구석에 웅크려 있었다. 이 시시한 전과범이 수감 기간 내 한 일이란, 반성이나 생계 걱정이 아닌 '동네에서 한 번도 면회 오지 않은 인간들'의 명부를 분노에 떨며 적는 거였다. 아빠는 그 후로 술만 마시면 "내가 다 기억한다!"고 소리치곤 했다. 물론 누구와도 싸우지 않으면서 혼자 그랬다. 아빠가 출감하던 날, 우리 가족은 저녁 밥상 앞에서 서로 못 견디게 쑥스러워하며 순두부를 먹었다. 티브이 드라마에서 감방 장면이라도 한 번 나오면, 너 나 할 것 없이 '하하하하' 웃으며 채널을 돌렸다. 벌써 몇 년 전의 일이다. 그때도 언니는 책가방을 메고 동네 야산에 있는 도서관에 다니고 있었다. 전국에 갑자기 도서관 붐이 일어, 지어진 지 얼마 안 되는 건물이었다. 위낙 시골인지라 도서관에 오는 사람은 대부분 머리에 젤을 바른 청소년들이었다. 쪽지와 음료수가 오가는 칸막이 사이로 시시덕거림과 부산스러움이 끊이지 않았고, 진지하게 공부하는 사람은 언니와 고시생 총각 둘뿐이었다. 고시생 총각은 열람실 구석에 앉아 온갖 소음을 인내했다. 그러고는 참다 못해 "야! 니들 조용히 해!"라고 소리쳤다. 실내는 일순 조용해졌지만, 총각의 굽은 등 뒤론 중학생들의 비난과 무시가 끊이지 않았다. 그가 매일, 유일하게 하는 말은 '조용히 해!'였다. 어느 날 그는 책가방을 메고 야산을 내려가던 언니에게 말을 걸어왔다. 빨간색 티코 창문 너머로 고개를 내민 채였다. "어디까지 가세요?" 언니는 그때 고시생 총각이 웃는 모습을 처음 봤다고 한다. 언니는 그 차를 타지 않았다. 그러고는 곧 읍내에 있는 독서실로 자리를 옮겼다. 비가 오나 눈이 오나 생리통이 오거나 몸살을 앓을 때도 언니는 첫차를 타고 독서실에 가 막차를 타고 돌아왔다. 한번은 심한 기침 감기에 걸렸을 때 익명의 쪽지를 받은 적이 있는데 '아프면 병원에 가거나, 집에서 쉬지 독서실엔 왜 나오느냐'는 말이 적혀 있었단다. 누가 보냈을까 싶어 둘러보니, 주위엔 온통 고개 숙인 수십 개의 머리통뿐이었다고. 언니는 공부하기 좋은 환경을 찾아다녔다. 재작년엔 읍내 독서실에 있었고, 작년에는 노량진 근처의 상도동에, 그리고 올해 마지막으로 신림동이었다. 누구도 '마지막'이란 얘길 꺼내지 않았지만 모두 그렇게 생각했다. 누구보다도 언니 자신이 그러기를 바랐다.

지방에서 수학과를 나온 언니와 달리 나는 몇 년 전부터 서울에 살고 있었다. 언니가 상경할 마음을 먹을 수 있던 것도 멀리서나마 내가 함께 있다는 사실이 컸다. 언니는 엄마와의 잦은 다툼이나 동네 사람들의 시선으로부터 벗어나고 싶어 했다. 도서관에서 우연히 친구를 만났을 때도 서로 같은 처지라 어색하고 불편했다던데. 그 먼 노량진에서도 동창 몇을 더 봤다고 한다. 언니에겐 꽃 같은 이십대를 칸막이 안에서 보내는 것보다, 지인들의 환한 안부보다, 자신이 매일 맞닥뜨려야하는 소읍의 추상적인 '시선'이 더 곤욕스러운 듯했다. 시골의 무책임하면서도 집요한 시선 말이다. 한 아저씨는 합격자 발표가 날 때마다 우리 집에 들러 꼬박꼬박 결과를 물어왔다. 이미 소식을 들었으면서 부러 집까지 찾아와 "어떻게 됐냐?" 물었고, 한참 자식 자랑을 한 뒤 사라지곤 했다. 언니의 얼굴은 어른을 대하는 예의와 낭패감, 미소, 수치심이 섞여 형태를 갖추지 못한 반죽처럼 흔들렸다. 명절 때도 친구 결혼식 때도, 비슷한 얼굴을 본 적이 있다.

나는 막내와 작은 원룸에 살고 있었다. 언니가 같이 지내자는 말을 못 하는 이유는 그 때문이었다. 언니는 한 달에 두어 번씩 우리 집에 들렀다. 딱히 약속을 정하고 오는 건 아니었고, 노량진에서 문득문득 찾아왔다. 언니는 한밤중 홀연히 나타나 새까매진 얼굴로 현관문을 두드렸다. 그러고는 적당히 달궈진 온돌 위로 고꾸라져 사정없이 잤다. 마치 우리 집에 온 이유는 딱 하나 '깊은 잠'을 자기 위해서였다는 듯. 그렇게 자니 참 좋다는 듯. 오래, 꼼짝 않고. 언니가 오면 이불을 가로로 펴고 잤다. 이불 밖으로 우리의 발목과 머리통이 튀어나왔다.

몇 해 전 나는 화장품 회사에서 일했었다. 사보와 팸플릿을 만들고, 언론사에 샘플과 초청장 따위를 보내는 일이었다. 입사 후 나보다 더 기뻐한 사람은 엄마였다. 엄마는 합격 소식을 듣자마자 나를 읍내로 끌고 가 40만 원짜리 정장을 사줬다. 읍내의 모든 옷 가게를 돌아본 후, 모든 옷가게에서 '우리 애가 취직을 해서'라고 시작되는 사연을 일일이 풀어놓은 후, 또 그 얘기를 듣지 않는 자에겐 절대 지불할 수 없다는 듯 호쾌하게. 변호사비 몇백을 융통하기 어려워 아빠를 구치소에 뒀을 때니까, 당시 우리에게 큰돈이었다. 나는 커다란 쇼핑백을 들고 서울로 올라와, 다음 날 정장을 입고 출근했다. 다음 날엔 망설이다 같은 옷을 입었고, 다다음 날엔 결국 입지 못했다. 나는 엄마의 '자부'를 걸치는 게 좋았지만 그것이 우스워질까 움츠렸다. 며칠 후, 집으로 녹차 성분이 든 클렌징 샘플 한 박스를 보냈다. 일회용 샴푸처럼 비닐에 포장된 거였다. 엄마는 그걸 온 동네에 자랑하고 다녔다. 그 샘플 더미가 자식의 사회적 지위, 혹은 권력처럼 느껴져 좋았던 모양이다. 회사에서 공짜로 준 거였지만 우리에겐 그런 구체적인 증거와 실감이 절실하던 때였다. 1년 후, 나는 그곳을 그만두었다. 취업을 준비하는 시간이 너무 길어 뭔가 보여줘야 한다는 사실에 쫓기듯 선택한 직장이었다. '모두가 잘하고 있다'는 소문은 나를 더 움츠리게 만들었고. 정말로 모두가 잘하고 있을까 봐, 건강한 얼굴로 내 안색에 주의를 기울이고 있을까 봐 불안했다. 그러다 잡지사 기자에게 푸념처럼 말한 정보가 기사화됐고, 나는 자의 반 타의 반으로 사표를 냈다. 소송 얘기까지 오갔을 때는 얼마나 겁이 났는지 모른다. 회사를 관둔 지 3년이 넘었는데 엄마는 지금도 내가 갖다 준 클렌징을 쓴다. 그리고 밤마다 욕실에서 가위로 샘플을 오릴 때마다 가슴이 아프다고 한다. 내가 "화장품 오래되면 못 쓴다"고 버리라는 얘길 하면, 또 엄마는 "형제들 중 네가 공부를 제일 잘했는데" 하고 말을 흐린다. 대화는 반복적이고 희망 역시 마찬가지다. 우리는 몇 년간 '올해는 잘될 거다' 란 얘길 처음 해보는 소리인 양 한다. 내가 공사에 떨어졌을 때도, 언니가 공무원 시험에 낙방했을 때도 그랬다. 우리는 낙관의 근거를 속속들이 찾아냈다. 올해는 선거철이니까 '티오'를 많이 내지 않을까, 올해는 국가유공자 가산점이 줄어드니까 유리하지 않을까, 올해는 학원에 다녔으니까 좀 낫지 않을까, 올해든 내년이든 이만큼 했으니까 이젠 좀 돼야 하는 게 아닐까. 직장을 그만두고도 내겐 항상 얼마간의 돈이 있었다. 틈틈이 번역 아르바이트를 하거나 과외로 벌어들인 돈이었다. 한번은 비슷한 처지의 친구들을 만나 '대한민국 사교육 무너지면 우리 다 죽는다' 고 농담한 적이 있다.

　지하철 안내 방송이 들린다. 사당에서 2호선으로 갈아탄다. 서울대입구 역까지는 두 정거장, 5분 후면 도착할 수 있다. 나는 '신림' 하고 중얼거린다. 흔들리는 푸른 잎 사이로 풍경 하나가 보일 듯 말 듯 어른거린다.

　오래전 언니와 함께 낯선 동네를 걸은 적이 있다. 언니가 임용 고시에서 교육행정직으로 진로를 바꿨던 해의 일이다. 언니는 굳이 서울까지 올라와 헌책방에 들르겠다고 했다. 교재비만 몇만 원인데, 이왕이면 싸게 사는 게 좋지 않겠냐고. 언니는 인터넷을 뒤져 약도까지 뽑아왔다. 서울 역이나 청계천에도 헌책방이 있지만, 고속터미널과 가까운 신림과 사당 쪽을 둘러보기로 했다. 대학교 주위에 있는 책방이니 다른 곳보단 낫지 않을까 하는 마음에서였다. 우리는 찌푸린 눈으로 지도를 살피며 헌책방을 돌았다. 이 책방에서 갸웃거린 뒤 저 가게로 가고, 책이 다 나갔나 싶어 또 다른 곳으로 옮겼다. 하지만 반나절도 지나지 않아 우리는 불현듯, 그리고 부끄럽게 서울대학교 근처 헌책방에서는 9급 공무원 책을 팔지 않는다는 걸 깨달았다. 국가고시 문제집 중 사법·외무 고시를 비롯해 5급·7급 공무원 책은 많았지만, 9급 관련 교재는 거의 찾아볼 수 없었다. 우리는 우리의 불찰과 빈손을 어찌할지 몰라 서둘러 양손을 호주머니에 넣은 채 그곳을 빠져나왔다. 그러곤 어디로 가야 할지 몰라 잠시 보도에 서 있었다. 땡볕 아래서 비지땀을 흘리며 우물쭈물하는 언니의 얼굴은 몹시 못생겨 보였다. 나보다 세 살이나 많은 언니는 늘 세 배는 더 세련되고 세상 물정에 밝았었는데. 학창 시절 언니가 가진 물

건은 언제나 내 것보다 좋아 보였는데. 언니의 초라한 입성이
문득 낯설게 느껴졌다. 언니는 민망한 얼굴로 밥을 먹자 했
다. 우리는 뭔가 보상받고 싶은 마음에 이탈리아 음식점에 들
어가 스파게티를 시켰다. 한참을 실랑이한 끝에, 언니는 계산
대에서 체크카드를 긁었다. 그날 언니는 밥값과 차비를 비롯
해, 본래 아끼려던 금액보다 많은 돈을 쓴 뒤 낙향했다.

　　──어디야?
　나는 다 왔다고 한다. 언니가 일러준 대로 역 앞 정류장에서
5515번을 탄다. 버스 안에는 사람이 별로 없다. 대부분 젊은
사람들인데, 왠지 모르게 그들 모두가 서울대학교 학생처럼
느껴진다. 존경하면 안 되는데 나도 모르게 자꾸 존경심이 일
어난다. 창밖으로 보이는 신림은 생각만큼 푸르지 않다. 2호
선 색깔처럼 연한 초록빛을 하고 있을 것 같던 나무들은 모두
앙상하게 헐벗어 있다. 은행 앞에 서서 주위를 둘러본다. 거
리는 지방 소도시 몇 개를 기워놓은 듯하다. 낡고 일관성 없
고 잡지처럼 산만하다. 그리고 왠지 시간이 고여 있는 느낌이
다. 신림뿐만 아니라 서울 대부분의 거리가 그랬다는 기억이
난다. 이것저것을 오려다 마구 붙여놓은 느낌. 한 남자가 '섹
시바'의 만 원권 할인 쿠폰을 나눠주고 있다. 거리에는 남자
들이 많다. 대부분 이십대 후반에서 삼십대 초중반의 사내들
이다. 나는 막연히 그들의 생활, 그들의 식사, 그들의 가족,

그들의 섹스에 대해 생각한다. 언니에게 주위들은 말도 일조하지만, 어쩐지 이 도시가 하나의 거대한 풍문처럼 느껴진다. 언니가 달려오는 모습이 보인다. 허리둘레에 붙은 군살이 눈에 띈다.

"언니!"

언니의 표정이 밝다. 나는 늦어서 미안하다고 한다. 언니는 괜찮다고 한다. 사실 뭐가 미안하고 뭐가 괜찮은지 둘 다 모르면서 만나면 자꾸 그런 얘기를 한다. 언니가 나를 보자마자 말한다.

"그 옷 예쁘다."

나는 겨자색 조끼를 만지며 변명한다.

"응. 인터넷에서 싸게 파는 거 샀어. 만 원도 안 해."

그리고 불쑥 꾸러미를 내민다.

"참, 언니 베개 놓고 갔대. 엄마가 베개 사 주래."

언니의 낯빛이 흐려진다.

"그래?"

베개를 두고 온 것과 엄마와 다툰 것 중 무엇이 더 마음을 어지럽히는지 알 수 없다. 우리는 의당 그래야 하는 듯 고깃집에 간다. 둘 다 아는 곳이 없어 눈앞에 보이는 가게에 들어간다. 가게 간판에 '서울대학교 연구팀이 인증한 인진쑥을 먹여 키운 돼지'라는 문구가 크게 씌어 있다. 서울대와 돼지는 아무 상관없어 보이지만 왠지 학구적인 식당에 들어온 기분

이다. 나는 언니가 소고기를 좋아한다는 사실을 떠올리며 샤
브샤브를 시킨다.

"노량진하고는 분위기가 다르네?"

"그렇지?"

"응. 연령대가 달라서 그런가 차분한 느낌도 나고."

언니가 덧붙인다.

"노량진에 아침마다 교인들한테 밥 주는 교회가 있었거든?
거기로 그냥 밥 먹으러 가는 고시생도 꽤 있었어."

사장으로 보이는 남자가 식탁 위로 찬을 나른다. 나는 둥글
게 말려 나온 살코기를 보며 갸웃거린다. 고기 색이 너무 연
하다.

"저기, 이거 쇠고기 아니에요?"

사장은 전골 그릇에 채소를 넣어주며 방긋 웃는다.

"네. 돼지고깁니다. 아주 맛있어요."

나는 돼지고기를 샤브로 먹어본 적이 없어 당황한다. 돼지
는 살짝 익히면 안 되는 거 아닌가? 나는 언니에게 "돼지라서
미안해"라고 한다. 사장이 나를 흘깃거린다. 언니는 상관없다
며 물수건으로 손을 닦는다.

"여기서는 술 먹다 말썽 피워도 잘 안 잡아간대. 사람들이
경찰보다 법에 대해 더 잘 알고 있어서 취조할 때 난감한가
보더라."

나는 "정말?" 하고 웃으며 언니에게 고기와 채소를 건져준

다. 그러고 보니, 거리에서 가장 많이 본 글자가 '법(法)'이었던 듯싶다. 학원에도 고시원에도 피시방과 식당 간판에도 '법' 자가 즐비했다.

"방은 괜찮아?"

언니는 데친 미나리 잎에 돼지고기를 말며 대꾸한다.

"응. 주인아주머니가 아까 김빠진 콜라 한 잔 갖다 주더라. 고시원 구하던 날도 느꼈는데, 안 좋은 집일수록 주인이 친절한 것 같아."

방을 구하던 날이란 보름 전을 말하는 거였다. 그때 언니는 막내와 함께 이 일대를 돌았다. 그날도 인터넷에서 뽑은 약도와 자료를 들고서였다. 고시촌은 도로를 기준으로 9동과 2동으로 나뉜다. 9동은 주로 학원과 허름한 고시원이, 2동에는 고급 원룸텔이 많다. 9동 내에도 새로 지어진 원룸텔이 꽤 있어 가격대가 다양하다. 언니는 여학생 전용 고시원을 계약했다. 월 14만 원에 공동욕실과 PC실이 있는 방이었다. 요즘 인터넷을 할 수 없는 고시원은 웬만해서 잘 나가지 않는다 했다.

식사를 마친 후 설탕이 잔뜩 들어간 인스턴트커피를 마신다. 나는 현관을 나서며 카드 명세서에 재빨리 사인한다. 카드의 안 좋은 점은 현금을 낼 때보다 누군가를 뒤에 오래 세워둬야 한다는 게 아닐까 하며.

길은 생각보다 험하지 않다. 산이라 해서 정말 산인 줄 알

기도 197

았는데, 그저 고시원과 슈퍼가 많은 평범한 주택가다. 곳곳에
선 아직도 원룸을 짓고 있다. 언니가 숨을 헐떡이며 말한다.

"원래, 여기도 죽어가고 있었는데, 요 몇 년 외환 위기 이
후로 다시 활성화되는 분위기래."

그 때문이 아니더라도 언제는 우리 세기가 '공사 중'이 아
니었나 싶다.

"저기, 울타리 슈퍼 넘어가면 신림동 다 봤다는 얘기가 있어.
저지선이라고. 정상이랑 가까워서인데. 내 방도 그 근처야."

"그럼 언니 갈 데까지 간 거야?"

언니가 내 머리통을 친다. 나는 껄렁대며 언니를 따른다.
언니는 내게 자꾸 이야기해주려 한다. 아마 내가 그런 생소한
이야기에 흥미를 느낀다고 생각해서이리라. 언니는 어릴 때
부터 우리에게 뭔가 주는 걸 좋아했다. 필요하다 싶으면 사서
줬고, 살 수 없을 땐 자신이 갖고 있는 매니큐어나 색조 화장
품 따위를 줬다. 최근에도 내 방에 찾아와 수만 가지 잔소리
를 하며 냉장고 청소도 해주고, 오랫동안 방치해둔 싱크대 문
짝도 달아주었다. 그리고 지금은 줄 게 없자 내게 '이야기'를
주려는 것이다.

"여기 사시 1차 시험보는 날, 요 앞에 관광버스 수십 대가
모였다 일제히 떠나는데 그 모습이 꽤 장관이래."

언니는 또 말한다.

"방 보던 날. 어느 고시원 방문을 열었는데, 사람은 없고

방 한가운데 옷걸이만 휑하니 걸려 있는 거야. 거기 삼각팬티 한 장이 널려 있는데, 밴드에 '브레이브 맨'이라고 씌어 있어서 얼마나 민망했나 몰라."

언니는 쉴 새 없이 얘기한다. 나는 묵묵히 언니의 말을 듣다 산 중턱에서 멈추어 선다.

"언니."

언니가 벌게진 얼굴로 나를 돌아본다. 숨이 가빠 보인다. 나는 '그렇게 많이 주지 않아도 돼'라고 말하려다 딴 소리를 한다.

"그거 이리 줘."

언니가 나를 빤히 쳐다본다. 눈이 작고 말갛다.

"응?"

나는 베개 봉지를 빼앗는다.

"내가 들게."

봉지가 건네지며 '바스락' 운다. 그 소리가 하도 얇아 봉지를 꼭 감아쥔다.

4층짜리 주택 앞에 다다른다. 딱 봐도 개조한 티가 나는 기형적 건물이다. 신림동의 고시원은 그렇게 가정집을 뜯어내고, 고치고, 붙이고, 증축한 게 대부분이다. 건물 내부는 의당 벽 속에 들어갔어야 할 전선들이 튀어나와 있어, 짐승의 기관처럼 보인다. 고시원은 현관에서부터 적의와 비슷한 정적의 에너지를 강하게 쏘고 있다. 현관문은 건물 나이에 비해 이상하리만치 현대적인 유리문이다. 언니가 비밀번호를 누른다. 나는 언니를 따라 고시원으로 들어간다. 신발장 발판 아래, 충치를 앓는 환자처럼 빨간 리본을 동여맨 삼선 슬리퍼 한 짝이 보인다. 멋을 부렸나 싶어 살펴보니, 밑창이 떨어진 걸 끈으로 고정시켜놓은 거다. 건물 앞에는 작은 정원이 있다. 언니가 얘기해주지 않았다면 정원인지도 몰랐을 손바닥만 한 공간이다.

"나, 처음에 저거 보고 반했잖아."

인조 잔디 위로 플라스틱으로 된 조그만 제비꽃이 쫑쫑 솟아 있다. 나는 "정말 여학생을 고려해서 만든 집인가 봐" 하고 맞장구를 친다. 언니가 속삭인다.

"고시촌을 돌다 보면 알겠지만, 저런 공간 하나가 특별하고 소중하게 느껴지게 돼."

1층 복도를 지나 계단을 오르니 게시판에 붙은 포스트잇이 보인다.

—통행 시 반드시 뒤꿈치를 들고 다닙시다. 주인백.

그리고 또 한 장이 보인다.

—제 지갑 가져가신 분, 죽어버리세요.

언니의 방은 3층 복도 끝에 있다. 수십 개의 똑같은 문이 잔혹 동화처럼 펼쳐져 있다. 그러려니 했는데도 막상 그 앞에 서니 숨이 막힌다. 어느 방 문고리에 흰색 보자기를 덧씌워놓은 게 보인다. 분홍 자수가 놓인 수예품이다. 문득 그 방 학생은 어디에서든 자기 마음에 정원 한 뙈기는 떼어놓고 살 것 같단 생각이 든다. 언니가 방문을 딴다. 방 구조가 한눈에 들어온다. 두 평 남짓해 보이는 공간 위로 창문과 책걸상이 보인다. 그리고 그게 전부다. 한쪽 구석에는 언니가 가져온 세간이 옹기종기 쌓여 있다. 가장 많은 게 책이고 나머지는 세제, 두루마리 화장지, 이불, 실내화, 우산 등이다. 거처를 자주 옮기는 동안 짐을 최소화하는 법을 터득하기도 했겠지 만, 언니가 가진 것 혹은 가질 수 있는 것이 점점 작아져간 탓이리라. 나는 방 한쪽에 다리를 모으고 쪼그려 앉는다. 언 니도 똑같은 자세로 웅크려 앉는다. 바닥이 차다. 외풍을 막 으려 문틈 사이로 붙여놓은 청 테이프가 보인다. 벽면 위로 나무로 된 시렁과 빛바랜 인터폰도 보인다. 나는 가격에 비해 방이 깨끗하고 괜찮다고 속삭인다. 언니는 자신의 자세만큼 한껏 낮춘 목소리로 대꾸한다. "그치?" 책상 아래로 콘센트 구멍 두 개가 보인다. 벽을 아무렇게나 오려낸 탓에 비죽 나 온 스티로폼이 흉하다. 언니가 속삭인다.

"누가 숨어 몰래 쳐다보는 것 같아."

언니는 살면서 저것과 자주 눈을 맞추게 될 것이다.

"그래도 방이 환해서 다행이다."

창 너머, 방충망 사이로 아파트와 노란 물탱크가 보인다. 언니는 살면서 저것과도 자주 눈을 맞추게 될 것이다. 대화가 끊긴다. 좁은 방에 둘이 쪼그려 있자니 딱히 할 일도 없고 겸연쩍다.

"나갈까?"

문을 닫다 우연히 책장 위에 얹어진 상자 하나를 발견한다. 종이 상자 위로 익숙한 글자가 보인다. 예산 사과. 고향 이름이다.

헤어지기 전, 언니와 고시촌 꼭대기에 가보기로 한다. 커피숍에 가기도 뭣하고 시간이 남아서다. 산 위로 오를수록 건물들의 키는 점점 작아진다. 그중에는 과연 저게 고시원일까 싶은 양옥 건물도 있다. 어느 집 옥상에 그곳 출신 학생의 출세를 알리는 현수막이 걸려 있다.

"요새는 9급도 현수막 올려?"

언니가 "그럼" 하고 대꾸한다. 높이 오를수록 기이한 고요가 몸피를 불리며 우리를 따라온다. 주위엔 인적이 드물다.

"다 왔다."

숨을 몰아쉰다. 저 아래 서울이 있다. 멀리서 보는 서울은 어딘가 더 가난해 보인다. 혹은 가난하기 때문에 멀어 보이는지도 모르겠다. 층층이 내려앉은 고시원과 겨울나무가 보인다. 비디오 정지 화면처럼 탁하고 쓸쓸한 풍경이다. 산자락에 아랫도리가 가려진 63빌딩이 보인다. 산책 나온 고시생들이 우리를 흘깃거린다. 문득 이상한 생각이 든다.

'수도(首都)가 이래도 되나?'

수도니까 그런 것도 같다. 잿빛 나무들은 미동도 않는다. 신림동 고시 인구가 2만 명 정도 된다던데. 여기를 지나간 이들 모두가 일제히 숨죽이며 살았겠구나. 2만 명의 침묵, 2만 명의 뒤꿈치, 2만 명의 불면이 잘 그려지지 않는다. 그게 어떤 공간에서 동시에 일어나고 있다는 것이. 그리고 몇십 년간 반복되었다는 것이. 우리가 오른 산이 관악산인지는 모르겠다. 어디서부터가 신림이고, 어디까지가 9동 혹은 12동인지 모르는 것처럼. 막연히 신림에 있는 산이니까 관악산이겠거니 한다. 나는 어느 양옥 고시원의 옥상을 눈여겨본다. 바람에 나풀대는 빨래 몇 장. 거꾸로 세워진 붉은 '다라이'. 녹슨 역기와 물탱크. 그러다 어느 옥상에선가 언뜻 왔다 갔다 하는 물체를 발견한다.

"언니, 저거 뭐야?"

언니도 나를 따라 눈을 찌푸린다. 검은 물체가 지붕 위로 규칙적으로 오르내린다.

"어머, 뜀뛰기한다, 얘. 저것도 부지런해야 할 수 있는 거야."

자세히 보니 정말 웬 고시생 총각 한 명이 체육복을 입고 쪼그려 뛰기를 하고 있다. 그 모습이 퍽 귀엽고 신산하게 느껴진다. 늦겨울 바람은 차고 건조하다. 옥상 위, 해바라기처럼 노란 베갯잇 몇 장이 햇빛에 바삭 말라가고 있는 모습이 보인다.

산을 내려온다. 올라온 길을 되짚어 슈퍼를 지나고 고시원을 거쳐 수많은 창(窓)과 문, 수많은 고요를 지나 버스 정류장에 도착한다. 나는 언니에게 묻는다. 비타민 먹을래? 사탕 사 줄까? 빵 사 갈래? 쿠션 사 줄게 안고 잘래? 나는 새치기하듯 재빨리 '배려'의 자리로 달려가 풀썩 주저앉는다. 언니는 괜찮다고 한다.

"언니 나 갈게. 더 있고 싶은데 저녁에 약속이 있어."

너무 이른 작별 인사를 한 탓에 어정쩡해져버린 타인들처럼 우리는 버스가 밀려오고 있는 도로를 향해 목을 길게 내민다. 나는 엉거주춤 언니에게 5만 원을 찔러준다. 언니는 기겁하며 손사래를 치고, 나는 받으라고 우기며 우스갯소리를 한다. 이번이 처음이 아닌데 늘 같은 식이다. 그것은 서로 덜 면구스러워질 수 있는 최소한의 연기, 온전히 속아주기만을 위해 고안된 격식과 같다. 언니가 사는 곳 앞에 깔린 인조 잔디처럼 어떤 소중한 가짜. 잠시 후, 5515번이 우리 앞에 선다. 나는 버스 위에 오르다 말고 돌아서서 말한다.

"잘 지내."

언니가 손을 흔든다. 창밖으로 작아져가는 언니의 모습이 보인다. 나보다 키가 작은 언니. 매연 속에 안긴 언니. 멀어져가는 신림. 그곳의 마른나무, 건물, 간판, 불면, 청춘, 겨울이 내 뒤에 있다. 몰랐지만 늘 그랬을 거다.

다시 지하철을 타고 한강을 건넌다. 추위 탓에 피로가 밀려온다. 종아리 아래로 히터 열기가 전해진다. 까무룩 잠이 든다. 누군가의 어깨에 머리를 기댔다 화들짝 일어나고 다시 기댄다. 휴대전화가 울린다. 폴더를 열어 잠긴 목소리로 답한다.

"여보세요?"

"오늘 뵙기로 한 노동부 조사원입니다. 회기동 어디쯤 사시나요?"

뜻밖에 중년의 남자다. 나는 피곤함과 불안감에 싸여 '취소할까?' 망설인다.

"어디서 오시나요?"

그는 고대 앞이라 한다. 그에게 집 근처까지 쉽게 올 수 있는 방법을 알려준 뒤 편의점 앞에서 보자고 한다. 그는 자신이 스포츠머리를 하고 있으며, 쇼핑백을 들고 있을 거라 말한다.

주위엔 어느새 어둠이 내려앉고 지나가는 자동차 불빛은 허기에 차 있다. 버스 정류장에서 한 남자가 쇼핑백을 들고 오는 게 보인다. 검소하고 평범해 보이는 복장이지만 단정하게 구두를 챙겨 신은 것도 눈에 띈다. 그가 손을 들어 반갑게 알은체를 한다. 그가 내 아버지 또래라는 걸 깨닫고 당황한다. 나는 어색하고 공손하게 목례한다. 그가 묻는다.

"서인영 씨 맞으신가요?"

그의 짐은 달랑 쇼핑백 하나다. 노동부에서 나왔다고는 하나 정식 직원은 아닌 듯하다. 오십대 특유의 딱딱함을 풍기고 있지만, 왠지 평생 '죄송하다'는 말만 하고 살아왔을 것 같은 인상이다. 그는 빨개진 한쪽 귀를 만지며 묻는다.

"어디로 갈까요?"

잠시 고민한다. '어디로 가야 하나? 집으로 들이는 건 좀 그렇겠지? 커피숍에 들어갈까? 그럼 찻값은 누가 내지? 이 사람 활동비에 그런 게 포함돼 있으려나? 하루에 만나는 사람이 한둘이 아닐 텐데. 어디로 가지?'

"걸어서 10분 정도 거리에 도서관이 있는데, 그리로 갈까요?"

그는 "그래요?" 하고 반문한 뒤, 재빨리 주위를 살핀다.

"아니요. 저리로 가죠."

그가 삼거리 한가운데 있는 큰 교회를 가리킨다. 나는 그게 좋겠다고 말하며 사내를 따라간다. 수년간 지나친 곳인데 한 번도 들어가볼 생각을 안 했던 곳이다. 교회는 고딕 양식으로 지어져 있다. 어딘가 좀 무겁고 울적한 인상을 주는 건물이다. 나는 검게 코팅된 유리문 앞에 서서 망설인다. 그는 이런 상황에 익숙한 듯 자연스럽게 유리문을 연다. 교인도 아닌데 누가 물어보면 뭐라고 하나 걱정이다. 로비 안은 불안할 정도로 어둑하다. 다행히 평일이라 교회 안엔 사람이 거의 없다.

그는 예배당 입구 앞에 있는 의자 위에 앉는다. 딱딱하고 기다란 나무 의자다. 나는 그와 사이를 둔 채 앉는다. 의자 옆에 작은 크리스마스트리가 세워져 있다. 그가 쇼핑백에서 설문지를 꺼낸다. 나는 설명을 들으려 그에게 조금 가까이 다가간다. 그는 나의 이름과 성별, 거주지, 대학 졸업 연도, 학과명 등 신상 명세를 기록한다. 나는 그가 이 일을 위해 일정 교육을 받았을 거라 짐작한다. 질문은 꽤 세분돼 있다. 전공은 직업 선택에 도움이 됐는가. 구직을 위해 어떤 공부를 했나. 자격증은 있나. 구직을 위해 어학연수를 다녀온 적이 있나. 내가 갖고 있는 건 워드 자격증 정도가 전부다. 오래전, 워드 시험장에서 쩔쩔매며 문제를 푸는 동안, 한 초등학생이 교실 밖을 나가며 크게 외쳤던 기억이 난다.

"야, 좆나 쉽지 않냐?"

그는 내 답변에 따라 번호를 옮겨가며 설문지를 작성한다.

"여기서 이 경우면 밑에 번호로 가고 아니면 3번으로 갑니다."

나는 갸웃거리며 묻는다.

"저기, 저는 앞으로 어떻게 되는 건가요?"

그는 대상자에 한해 같은 조사가 5년간 이뤄질 거라 한다. 나는 대졸자답게, 그럼 내 사적인 정보가 5년 동안 국가에 의해 관리되는 거냐 묻는다. 그는 가만히 웃으며 꼭 그런 건 아니라고, 싫으면 내년에 담당 부처에 의사를 밝히라고 말한다.

"재학 시절부터 지금까지 했던 일을 다 적어보시겠어요?"

나는 볼펜을 쥐고 사내에게 가까이 다가간다. 번역 아르바이트, 커피숍 서빙, 화장품 회사 홍보직, 잡지 교열, 논술 첨삭, 영어 과외…… 사내는 각 직업의 주간 근무 횟수, 시급, 사대 보험 적용 여부를 묻는다. 우리는 같이 번호를 짚어가며 설문지를 넘긴다. 대상자에게 맡기는 것보다 함께하는 편이 더 빠르다는 걸 알고 있는 듯하다. 약간의 농담과 서투른 제스처가 오가는 사이 분위기는 한결 부드러워진다.

"그럼 현재 하고 계신 일은 뭔가요?"

나는 좀 부끄러운 듯 말한다.

"과외를 하고 있습니다."

사내가 묻는다.

"보수는 얼마나 됩니까?"

나는 한 달치 과외비를 시급으로 나눠 계산해본다.

"세 시간당 15만 원입니다."

사내는 굉장히 놀란다. 나는 좀 어쩔 줄 몰라 한다.

"그게 그 집 형편이 좋아 다른 데보다 많이 주는 편이에요."

그는 "네에" 하고 끄덕이며 내게 경외감을 표한다.

"홍보부 일도 하셨네요. 이런 일 하려면 공부 잘해야 하지 않나요?"

나는 그렇지 않다고 변명한다. 뭔가 이런 식의 존중을 받는 게 불안하다. 그는 내가 월 2백만 원을 받는 직장을 그만둔 사실에 의아해한다.

"괜찮은 곳 같은데 왜 그만두셨어요?"

'취업 경로'가 밝혀질수록 나는 좀 쩔쩔맨다. 왜 그런지는 모른다. 내가 그보다 낫다고 느껴서인지, 그가 나를 자신보다 낫다고 느껴서인지. 나 스스로 누군가를 편하게 해줘야 한다는 오래된 배려심이랄까, 그런 습관에 쫓기는 기분이다. 사내가 혹시라도 자기보다 어린 사람에게 무례함을 느끼지 않을까 초조하다. 나는 설문에 열중하고 있는 사내를 가만히 바라본다. 그러는 아저씨는 이 리서치 한 건당 얼마를 받을까. 친구들이 설문지 알바할 때 한 부당 5천 원 받았다던데. 한겨울에 온종일 대졸자를 만나러 다니며 얼마를 벌까. 노동부라지만 이 아저씨도 분명 '알바생'이겠지. 뭔가 측은한 마음이 들면서도 그런 내 시선이 어쭙잖은 것 같아 부끄럽다. 그가 마지막으로 묻는다.

"앞으로 뭘 하실 생각이세요?"

나는 망설이다 대학원에 갈 거라고 말한다. 꼭 그럴 생각은 아니지만 계획이 없는 사람처럼 보이고 싶지 않다. 사실 '안 되면 대학원이라도 가지' 하는 생각도 있다. 학위란 몇천만 원짜리 자격증 같은 거니까 따놔서 나쁠 게 없다고. 다행히 사내는 더 이상 아무것도 묻지 않는다. 사내가 서류를 내밀며 서명을 부탁한다. 컴컴한 교회 로비 안에는 철 지난 크리스마스트리가 느릿느릿 깜빡이고. 함께 긴 의자 위에 앉아 머리를 맞대고 있는 우리의 모습은 마치 기도하고 있는 사람들처럼 보인다. 고개 숙인 사내의 얼굴이 크리스마스트리 전구의 깜박임을 따라 천천히 환해졌다, 어두워졌다, 환해지길 반복했다. 빛의 세기와 얼굴 음영에 따라 사내의 표정은 물 위에 뜬 물감처럼 엉겼다 풀어지며 복잡한 인상을 만들어낸다. 사내가 봉투를 내민다. 5천 원짜리 문화상품권 세 장이다. 나는 고맙다고 말하며 코트 주머니에 봉투를 구겨 넣는다. 교회 문을 열자 찬바람이 들어온다. 사내가 묻는다.

"회기 역까지 가려면 어떻게 합니까?"

나는 "이곳에서 쭉 직진한 뒤 횡단보도를 건너, 다시 5분쯤 걸어가다 보면 나온다"고 말한다. 사내는 고맙다고 하며 돌아선다. 어느새 거리는 컴컴해져 있다. 공복감이 밀려온다. 집에 가 뭘 좀 먹어야겠다. 나는 사내와 반대 방향으로 몸을 돌린다. 그러다 문득 멈춰 서서 사내를 부른다.

"저기요."

사내는 계속 걸어간다. 좀더 큰 소리로 그를 불러본다.

"잠깐만요."

사내가 고개를 돌린다. 돌아보는 두 눈이 작고 말갛다. 나는 망설이다 묻는다.

"다음엔 어디로 가세요?"

사내가 말한다.

"성대로 갑니다."

나는 잠깐 궁리하다 말한다.

"그럼 회기 역으로 가지 마시고요, 바로 요기 버스 정류장 앞에서 273번 타세요. 지하철역은 여기서 멀고, 273은 성대 바로 앞에 서요."

사내의 얼굴이 밝아진다.

"저 정류장 말인가요?"

"네. 30분 안에 도착하실 거예요."

사내는 고맙다고 말하며 방향을 튼다. 나도 다시 가던 길을 간다. 그러다 잠시 후 걸음을 멈춘다. 273번이 혜화동까지 가기는 하지만 성균관대학교 바로 앞에 서는 건 아니라는 걸 깨닫는다. 돌아보니 사내는 너무 멀리 가 있다. 혜화 역에서 성대까지는 또 한참인데. 초행길이라면 못 찾을 수도 있는데. 혹 나의 선의가 사내를 더 헤매게 만든 건 아닌지 걱정이다. 나는 휴대전화를 든다. 그러고는 사내에게 문자를 보낼까 말까 보낼까 말까 고민하다 결국 보내지 않는다.

네모난 자리들

단 한 번, 어머니의 손을 잡고 올라가본 마을이 있다. 그곳은 켜켜이 쌓인 지붕과 골목으로 인해 내부로 깊은 주름이 나 있던 동네였다. 마침 근처에서 친척 결혼식이 있었고, 어머니는 신혼 때 나를 키운 집에 들러 주인아주머니께 인사를 하고 싶다 했다. 내 나이 열 살 때니까, 10여 년 전 즈음의 일이리라. 시골서 자란 내가, 버스에 오르고 지하철을 탄 뒤, 다시 택시로 갈아타 도착한 곳에서, 처음으로 산동네 풍경을 바라봤을 때— 나는 그것이 언덕이나 마을이 아닌 하나의 '더미'처럼 느껴졌었다. 우리는 택시가 들어가지 않는 동네 입구에서부터 계단이 끝나는 곳까지 걸어 올라가야 했다. 계단 너머, 스모그를 뚫고 솟은 마을의 꼭짓점이 보였다. 거기 꼭대기에 있는 집 중 한 곳이 내가 태어난 곳이라 했다.

먼 곳에서, 나이를 많이 먹은 해가 또 한 번의 나이를 잡숫느라 고꾸라지는 동안, 산동네 위론 그림자가 드리워졌다. 지구 어디선가 어둑함이 몸을 불려가는 속도와 함께 땅 식는 소리가 들려왔다. 나는 세상에서 가장 건강한 서른 몇 살의 촌부, 어머니를 따라 계단을 오르기 시작했다. 마을은 폐활량을 늘리기 위한 허파꽈리처럼 구겨져 있었다. 많은 골목과 계단이 구부러지고 꼬였다가 다시 펴진 뒤 알 수 없는 길들로 이어졌고, 하나의 길로 좁아지는가 하면 폭죽처럼 무수한 길 다발을 쏟아냈다. 어머니는 10년 전에 오른 길을 하나도 까먹지 않았는지, 오른쪽으로 갔다 왼쪽으로 갔다, 오르내렸다 나타났다 사라지길 반복하며 미로 같은 길을 더듬어 갔다. 나는 어머니를 따라 오른쪽으로 갔다 왼쪽으로 갔다, 오르내렸다 나타났다 사라지길 반복하며 하얗게 질려가고 있었다.

갈래마다 다른 묽기를 가진 골목 안으로— 여러 겹의 시간이 흐르는 동안, 어머니는 저녁 빛의 그 다채로운 농담(濃淡) 속을 재빨리 들어갔다 나왔다 하며 말을 걸어왔다. 나는 어머니의 목소리가 들릴 만한 거리를 유지하며 걷느라 종종거려야 했다. 어머니의 이야기는 대부분 내 어린 시절에 관한 것이었다. 내가 무엇을 먹고, 어디서 다치고, 부모를 어떻게 웃

겼으며, 얼마나 많은 물건들을 망쳐놓았는가 하는. 어머니는
셋방의 주인아주머니가 우리에게 얼마나 잘해주었는가에 대
해서도 설명했다. 갚을 순 없어도 잊어선 안 되는 일들이 있
다고. 어머니는 무릎에 힘을 주며 계단을 올랐다. 그러고는
곧 우리가 다다르게 될 방에 관한 얘기를 들려주었다. 그곳은
어머니가 나를 낳아 키운 방이었다. 그 방에서 나는 많은 잠
을 잤다고 한다.

　어느 날 오후. 기저귀를 갈아주자 방긋거리던 나는 이내 깊
은 잠에 빠져들었다. 어머니는 시장 볼 채비를 했다. 나를 업
고 계단을 오르내리는 일이 고되었던 탓이다. 어머니는 방을
나서기 전, 내 머리맡에 바나나킥 한 봉지를 갖다 놓았다. 옆
에는 빨대 꽂은 요구르트를 놓는 일도 잊지 않았다. 어머니는
방문을 잠근 뒤, 몇 번이나 뒤를 돌아보며 시장에 갔다. 그러
고는 장을 보는 내내 초조해했다. 그새 사고가 나지는 않았는
지, 애가 방문을 두드리며 울고 있지 않은지 별생각이 다 들
었다고. 어머니는 양손에 부식 꾸러미를 들고, 열대 과일이
무더기로 그려진 월남치마를 휘날리며 계단을 뛰어올랐다.
계단 아래로 감자 한 알이 떨어져도, 건성으로 받은 인사에
이웃 여자가 서운해해도, 어머니는 뛰고 또 뛰었다. 그러나
터질 듯한 가슴을 안고 후닥닥 문고리를 잡아당겼을 때— 방
안에선 잠에서 막 깬 아기가 아무 일 없다는 듯, 세상에서 가

장 시건방진 표정을 한 채 바나나킥을 먹고 있었다고 한다.

나는 곧 도착하게 될 셋방과 바스락— 하는 소리, 말 못 하는 아이가 잠 묻은 얼굴로 뜯었을 과자 봉지 터지는 소리가 순간 펑— 하고 들려오는 것 같아 움찔거렸다. 펑— 하는, 시끄럽고 가볍고 맛있는 소리.

물론 나중엔 아이 하나가 더 생겼고, 그때부턴 먼저 깬 아이가 요구르트를 다 먹어치운 뒤 바나나킥을 부수며 놀고 있는 바람에, 늦게 깬 녀석 혼자 울음을 터뜨리고 있었다지만…… 어머니는 골목 안으로 사라졌다. 나는 다음 이야길 듣기 위해 어머니를 쫓아갔다. 해는 느리게 기울었고, 계단은 끝날 것 같아 보이지 않았다.

산 중턱에 이르러 숨을 돌렸다. 어머니는 투피스 차림에도 개의치 않고 다리를 벌리고 앉아 땀을 닦았다. 나는 까치발을 들어 마을을 내려다보았다. 멀리 손잡고 늘어선 전신주와 매연 속에 잠긴 도시의 윤곽이 보였다. 우리는 계단에 앉아, 한참 말이 없었다. 어디선가 바람이 불어왔다. 누군가 광둥어로 부르는 노래처럼 아련하고 서정적인 바람이었다. 어머니의 플레어스커트가 분 냄새와 함께 펄럭거렸다. 치마 사이로 판탈롱 스타킹의 살색 밴드가 함부로 보였다. 나는 그 옆에 잠자코 앉아, 어머니의 어깨에 내 조그마한 머리통을 기댔다. 1980년대 말 사람들은 1980년대적 풍경 속을 바삐 오갔고,

그날도 아마 땅속에선 수십 대의 지하철이 물뱀처럼 허리를 틀며 부드럽게 헤엄치고 있었으리라. 지금도 나는 그 고요한 휴지(休止) 속에 앉아, 어머니와 말없이 맞았던 바람을 생각할 때면— 이상하게 조금, 가슴이 아프다.

한참 후 우리는 정상에 올랐다. 어머니는 오렌지 주스 상자를 들고 녹색 대문 앞에 섰다. 어떤 집이라고 할 수 없는, 그곳에 있는 많은 집들과 비슷한 집이었다. 어머니가 고개를 디밀자 넓적한 얼굴의 아주머니 한 분이 뛰어나왔다. 어머니는 새댁이라도 된 양 공손한 인사를 건넸다. 아주머니는 환하게 웃으며 반가운 마음을 표했던 것 같은데……

생각나는 것은 거기까지이다. 문 앞으로 뛰어나온 아주머니의 미소. 거기까지. 내가 태어난 방에 대해서는 별다른 기억이 없다. 그곳까지 가, 들르지 않았을 리 없는데 그 후의 일이 떠오르지 않는다. 방문을 연 순간 서너 해의 시간이 쏟아져 내리기라도 한 것처럼. 다만 지워지지 않는 것은, 거기까지 가기 위해 힘겹게 오른 길들, 기다랗고 복잡하며 꼬불거리던 괴상한 길 다발들뿐인 것이다. 내 옆을 지나가던 바람, 골목 안에 쌓여 있던 층 많은 빛과 어둑함, 그런 것들만이.

오랫동안 나는 그런 곳에 가본 적이 있다는 사실을 잊고 살았다. 그러다 어느 날, 내가 그렇게 힘들게 찾아간 곳이, 애쓰며 보고자 했던 것이, 고작 어느 작은 방, 어두운 '빈방'이었다는 것을 깨달았다. 저기 꼭대기에 떠 있는 빈 곳. 사각의 텅 빔을 찾아 그렇게 길고 굽이진 길을 헤매 올라갔구나 하고. 나는 그 '네모난 부재'가 지금도 섬처럼 떠 있지 않을까 생각해보곤 한다. 혹은 내 머리 위를 따라다니며 먹지처럼 출렁이고 있지 않을까 하고. 셋방에서 때가 되면 터지곤 하던 펑— 소리, 그 깜짝 놀랄 만큼 맛있는 소리 역시 거기서 아직 저 혼자만 살고 있을지 모른다. 그러고 보니 문득 펑—이라는 말은 뻥—이라는 말과 닮았다는 생각이 든다. 세상 모든 기분 좋은 소리 안에는 바람이 들어 있다. 바람 '풍(風)'자의 날렵한 꼬리 안에 매달린 어머니의 말들이, 낱말의 풀씨들이, 골목 같은 내 핏속을 돌아다니다 어느 순간 툭— 하고 발아하는 소리처럼. 내 입속말들이 세계를 떠돌다 당신 안에 들어가 또 다른 말을 틔우는 소리처럼 말이다. 그러니 어쩌면 나는— 사라진 말과 사라진 기억, 끝끝내 알 수 없거나 애초에 가져본 적 없는 장면, 그러면서도 오래전부터 알고 있던 것같이 느껴지는 풍경과 함께, 무언가 실종된 것들 사이로 불어오는 시원한 바람을 먹고 자란 것은 아니었을까.

*

　사람들은 그곳을 지날 때마다 그 사람 이름을 불렀다. 그 사람은 학교 앞 대로변에 있는 허름한 건물에 살았다. 모두가 등하교를 하는 길 앞에, 기우뚱 서 있는 건물은 하루에도 몇 번씩 수천 명의 시선을 받느라 늙고 피로해져 있었다. 거기 3층 꼭대기에 그가 산다 했다. 그곳은 식당과 전당포가 뒤섞인 벽돌집이었다. 1층에는 낡은 통닭집이 있었다. 매일 밤 건물 주위론 참을 수 없이 맛있는 통닭 냄새가 풍겨났다. 한밤중, 계단을 오를 때마다 그는 무척 배가 고팠다고 한다.

그 사람은 자기 방 등을 켜고 다녔다. 불 꺼진 방에 들어가고 싶지 않기 때문이라는 소리도, 사용량과 상관없이 매달 같은 금액의 세금을 내는 탓이라는 얘기도 있었다. 그 집 창문은 여름이고 겨울이고, 낮이고 밤이고 밝혀져 있었다. 창 사이로 얼비치는 등(燈)의 밝기는 해가 뜨고 기우는 속도에 따라 어두웠다 환해지며, 지구의 운동과 함께 시시각각 변해갔다. 물론 그 빛은 그의 부재나 존재에 대해 아무것도 알려주지 않았다. 그런데도 사람들은 언제나 그 앞을 지나야 했고, 그때마다 창문을 올려다봤고, 그럴 때면 어쩐지 그가 꼭 거기 있을 것만 같다는 생각을 하게 되었다. 사람들은 자꾸 그 사람 이름을 불러댔다. 그도 가끔 창밖으로 손을 흔들며 알은체를 했다. 긴 시간이 지나고, 사람들은 그가 거기 있고 없음에 상관없이 그냥 그의 이름을 불러댔다. 나는 그 사람 얼굴도 보기 전에 먼저 그 사람 이름을 알았다. 그곳을 지날 때마다 나는, 저렇게 모두가 '보는' 곳에 사는 일이란, 그늘 한 점 없는 운동장에서 땡볕을 받고 있는 기분과 같지 않을까 생각했다. 그의 형편은 어렴풋이 짐작되는 것이 아니라 습관적으로 상기될 터였다. 그건 가난보다 좋지 않은 일일 수 있다고, 나는 걸음을 멈춘 채 수심에 잠겼다. 그에게 관심이 있었던 것은 아니다. 내가 아는 것은 그가 나의 선배라는 것, 그리고 그 사람 이름이 두식이라는 것이 전부였다. 초저녁부터 만취한 선배들이 그의 이름을 부를 때도, 나는 무심히 그곳을 지나쳐오곤 했다.

그해 나는 개봉역 근처의 이모 댁에 살고 있었다. 나는 밤마다 이모 댁을 찾지 못해 동네를 빙빙 헤맸다. 내게 같은 동선으로만 다니는 습관이 생긴 것도 아마 그즈음부터였으리라. 도시에는 뭔가 표지로 삼고 움직이기에 비슷하게 생긴 건물이 너무 많았다. 그해에는 혼란스러운 것이 많았다. 신학기의 낯선 질문 앞에서 당황하거나, 뭔가 고백하고 해명하지 않으면 누군가 나를 비난하지 않을까 조바심 낸다거나 하는 일들로 말이다. 우리가 하는 말은 대부분 할 말이 없어서이거나 침묵을 견딜 수 없어 하는 것들임에도 불구하고. 또 우리는 우리가 언제 어떤 말을 하며 살아왔는지 쉽게 잊어버리는 존재들임에도 불구하고 말이다. 나는 그 말들 안에서 자주 달뜨고, 아프고, 우왕좌왕했다.

그러니까 1999년의 여름이었다. 나는 학교 정문에서 지하철역까지 이어진 긴 아스팔트 위를 걷고 있었다. 가방 속엔 누구나 알지만 나는 잘 몰랐던 작가들의 책이 담겨 있었다. 나는 보도 위를 걸으며 이러저러한 생각을 했고, 더 이상 생각할 것이 없으면 조금 전에 한 생각을 다시 했다. 그리고 훗날, 이런 밋밋한 순간이나 어서 지나가주었으면 하는 시간들이 닥쳐올 때— 홀로 그 시간을 견디며 떠올려보기에 딱 좋은, 내 생애 가장 에로틱한 경험을 반드시 가져보고 말리라 결심하고 있었다. '그런 순간에 나, 추잡한 말을 아주 잘할 수 있을 것 같은데' 하고. 어쩌면 처음 해보는 남의집살이가 불편해 최대한 천천히 걸음을 옮기고 있었는지도 몰랐다. 그것은 누구의 잘못도 아니었고, 누군가와 함께 산다는 건 서로를 조금씩 견디는 일이라는 걸 알고 있으면서도. 아침이면 서둘러 학교에 갔고, 밤이면 막차에 몸을 싣곤 했다. 그때 내게 유일한 즐거움이 있었다면 하루 두 번 한강을 볼 수 있다는 거였다. 의자에 기대 있거나 내가 가질 수 없는 얼굴을 한, 1960년대 한국 작가들의 글을 보며 가슴을 쓸어내리다가도, 열차가 전속력을 다해 한강을 지나는 찰나, 창문 안으로 20세기 풍경이 박살 난 채 쏟아지는 순간이 올 때면 재빨리 몸을 틀어 창밖을 내다보곤 했다. 다리 아래서 고요하게 빛나던 강…… 서울의 큰 강. 그걸 볼 때마다 나는, 뜨거운 차를 마셨을 때와 같이 정갈한 고독이 가슴 아래로 내려가는 기분과 함께, 내가 떠나온 사람이라는 걸 느낄 수 있었다. 그리고 반짝이는 것들이 그렇듯, 그것은 늘 금방 지나갔다.

　재개발 아파트 단지 너머로 저녁 해가 기울고 있었다. 나는 지난한 하굣길을 걸어나갔다. 어쩌면 새로운 환경과 스무 살에 답할 수 없던 질문 앞에서, 내 속에 있는 문법들을 새로 뜯어고치고 있었는지도 몰랐다. 새 말이 외롭고 분주하게 만들어지고 있던 몸속 사정과 달리, 사방은 고즈넉했던 것도 같은데. 그러다 문득 고개 들었을 때 그 방 창문이 있었다. 여느 때와 같이 불이 켜진 상태였다. 나는 그 앞에 멈추어 섰다. 그것은 늘 거기 있었고, 그것이 거기 있는 데는 전혀 이상할 이유가 없었다. 그런데 그날, 하늘 위에 뜬 창을 본 순간, 책처럼 펼쳐진 네모난 빛 앞에 선 순간, 갑자기 그의 이름을 불러보고 싶어졌다. 그냥 한번 그래보면 어떨까 하고. 통닭집 앞, 오토바이가 부르릉— 배달 떠나는 모습이 보였다. 나는 물끄러미 하늘을 바라보았다. 안테나 위를 지나가는 양 떼구름이 보였다. 그것은 마치 우르르— 계절을 따라 이동하는 지구의 거대한 사유처럼 보였다. 그 이동의 그림자 아래 젊고 겁 많은 내가 있었다. 나는 높은 봉우리에 올라 '아버지! 노래 한 곡만 틀어주세요!' 라고 외치고 싶었다. 그러면 하늘에서 양 떼들이 일제히 입을 벌리며 산울림의 「너의 의미」 같은 노래를 합창할 것 같았다. 아니, 10여 년 전 이범학이 부른 「이별 아닌 이별」이 더 나을까. 그를 만나기 전 나는 시원한 이별 노래부터 부르며, 한 손을 높이 들어, 내 사랑 굿바이, 굿바이, 해도 좋지 않을까. 마침내 나는 힘을 모아, 그러나 아주 작게 그 사람 이름을 불러보았다.

"두식아!"

……목에서 쉿소리가 났다. 나는 갈라지는 음성이 난처해 헛기침을 했다. 나의 목소리는 「너의 의미」 근처에도 얼씬거려보지 못한 것 같았다. 별생각 없이 한번 불러보려 한 이름을 나는 한 번 더 불러봐야 할 것 같았다. 어쩌면 통닭 냄새 때문에 배가 고팠던 탓일지도 몰랐다. 나는 침을 삼켰다. 그리고 다시 그 사람 이름을 불러보았다.

"두식아!"

……기척이 없었다. 내 몸은 가볍게 바들거렸다. 조금은 장난인데 그가 정말 대답해버리기라도 하면 어쩌나 두려웠다. 구름을 몰고 가는 바람은 저만치 앞서가고. 더 이상 아무것도 모르겠으니 내가 마지막으로 불러보는 이름.

"최두식!"

……이마 위에 뜬 220볼트짜리 달. 사방은 죽은 듯 조용했고, 그의 부재가 주는 고요가 온 세상을 빵빵하게 채우고 있었다. 그리고 순간, 나는 그가 좋아졌다.

*

　지구는 돌고 지하철도 돈다. 바람은 불고 또 불어와, 세상에서 가장 기분 좋은 바람은 지하철 6호선에서 부는 에어컨 바람이라고, 그는 웅얼거리듯 말했다.

　"왜요, 선배?"

　그가 '메로나'를 빨며 시큰둥하게 대꾸했다.

　"쾌적하잖아."

　"그래요?"

　"그래."

　"저도요."

　"뭐가?"

　"바람이요. 땅속에서 불어오는 지하철 바람 같은 거요. 그걸 온몸으로 맞고 있을 때는요, 내 속에 있는 어떤 게 마구 흔들리는 기분이 들어요."

　나는 난데없는 달변이 민망해 앳된 소리를 냈다.

　"그 바람은,"

　선배가 말했다.

　"몸에 나쁜 바람인데."

　걸음을 멈췄다. 우리 앞에 두 갈래 골목이 나왔다. 선배와 나는 눈이 나빴고 둘 다 안경을 쓰고 있지 않았다. 선배는 갈등하더니 길도 모르면서 당당하게 한쪽 길로 들어섰다. 나는 선배를 졸래졸래 쫓아가며 종알거렸다.

"그래서요, 이렇게 아무 때고 걸어가다가, 지금도 내 발밑에서 수십 대의 지하철들이 유영하고 있겠구나 하는 느낌이 들면요."

"응."

"그것들이 결국 도시의 음악을 만들어내고 있는 게 아닐까 하는 생각이 들어요."

선배가 가만 나를 바라보았다.

"그러니까, 지하철은 턴테이블 같아요. 땅속에서 온종일 빙글빙글 돌며, 고독과 신산함의 음악을 만들어내는."

선배가 짧은 소릴 냈다. 음. 내 손에는 국물이 뚝뚝 녹아내리는 '죠스바'가 쥐여져 있었다. 조금 전 선배가 사준 것이었다.

"풍차구나?"

"네?"

"지하철 말이야."

나는 고개 들어 굴다리를 쳐다봤다.

"여기도."

선배도 나를 따라 고개 들었다.

"역 근처이지요?"

음. 선배는 덤덤하게 날름 '메로나'를 핥았다. 나는 그 모습이 멋지다고 생각했다.

"선배는요?"

"뭐가?"

"6호선 바람이요."

선배는 잠시 생각하다가 대수롭지 않게 답했다.

"그냥. 사람이 별로 없어서."

나는 풀이 죽었다. 선배는 자신의 대답이 무성의했나 싶었는지 덧붙였다.

"한여름, 사람이 거의 없는 시간에 지하철 안에 들어가면 말이야,"

"네."

"자동문 안으로 발을 디딘 순간, 온몸의 열이 휘발되면서 체온이 확 떨어지잖아."

"네."

선배는 막대를 입에 문 채 부끄러운 듯 중얼거렸다.

"나는 그때의 너무나 사실적인 쾌적함이 좋아."

"그 바람도,"

나는 말했다.

"몸에 나쁜 바람인데."

지구는 돌고, 지하철도 돌고 돌아 굽이쳐, 우리들 마음속에 살고 있는 골목 역시 그날 밤 몹시 어그러져 있었는지 모른다. 우리 앞에 펼쳐진 골목은 글자 사이로 의도를 잔뜩 숨긴 연애편지처럼 명백하면서도 모호했고, 시시한 듯 아름다웠다. 선배는 바지런히 이쪽으로 갔다 저쪽으로 갔다, 오르내렸다 나타났다 사라지길 반복하며 미로 같은 길을 더듬어 갔다. 나는 선배를 따라 이쪽으로 갔다 저쪽으로 갔다, 오르내렸다 나타났다 사라지길 반복하며 새처럼 지저귀고 있었다. 골목은 구부러지고 꼬였다가 다시 펴진 뒤 알 수 없는 길들로 이어졌고, 하나로 좁혀지는가 하면 무수한 길 다발을 쏟아냈다. 우리 앞으로 또 다른 갈림길이 나타났다. 선배는 한쪽 길로 들어섰다. 선배의 뒷모습은 오래된 이야기 속으로 뚜벅뚜벅 걸어가는 사람의 실루엣처럼 황홀하고 위태로워 보였다. 나는 선배와 발 박자를 맞추려 종종거렸다. 선배가 말을 이었다.

"그렇게 나른하게 6호선 한 귀퉁이에 앉아 땅 밑을 돌고 있을 때면,"

"네."

"머리를 기대고 앉아 온도가 잘 맞춰진 에어컨 바람을 맞고 있을 때면 말이야."

"네."

선배가 걸음을 멈추고 나를 바라보았다. 나도 선배를 따라 멈추어 섰다. 선배는 내 눈을 똑바로 바라보며 나지막하게 말했다.

"서울에 오길 참 잘했다는 생각이 들어……"

굴다리 위로 전속력을 향해 달려오는 지하철 소리가 들렸다. 나는 마른침을 삼킨 후, 서걱, '죠스바'를 베어 먹었다.

손톱만 한 상어 한 마리가 가슴 위로 파드득 뛰어오른 뒤 꼬리지느러미를 틀며 사라졌다. 우리는 잠시 말이 없었다.

"선배!"

"응?"

"있잖아요."

"그래."

선배는 뭐든 물어보라는 듯 당당한 표정을 지었다.

"선배 방 더워요?"

선배는 주춤하더니 의젓하게 대꾸했다.

"그럼."

달빛은 밝고 마음은 사사로운 밤이었다. 저기 보이는 두번째 길은 조금 전 지나온 그 길인지도 몰랐다. 골목은 퍽 눅눅했고, 추억이란 의당 그래야 하는 듯 노란색 가로등 불빛을 가득 받고 있었다. 때문에 그날 밤 우리는 다른 때보다 좀더 무거운 그림자를 몸에 달고 있어야 했다.

"아! 술 마신 뒤 하드 먹으니까 정말 맛있네요!"

나는 색소에 물든 까만 입술로 활짝 웃었다. 한쪽 손이 끈적거려 어디서든 씻어내고 싶었지만 조금만 더 이렇게…… 선배와 길을 헤매도 좋을 것 같았다.

"내 방에서 말이야. 한여름에도 장마철만 되면 주인아주머니가 군불을 때는 날이 있었는데, 그런 날에도 그녀와 나는 부둥켜안고 있었던 기억이 나."

그다음 선배의 말은 나를 몹시 슬프게 했다.

"그때는, 어떻게 그럴 수 있었는지 모르겠다."

"……"

선배가 많이 했던 말 중 하나는 연애 얘기였다. 그런 말을 들을 때마다 나는 시무룩해져서 모래에 머리를 처박고 죽어버리고 싶었다. 나는 왜 선배의 '처음'일 수 없는지 억울하고 섭섭했다. 선배를 만나기 전, 나는 왜 머리에 이상한 핀을 꽂고 '야자'나 하고 있었는지, 선배가 그녀를 안는 동안 나는 왜 선생들을 헐뜯거나 단체 기합을 받고 있었는지 말이다.

"벌써 30분째구나."

"그렇죠?"

"그래."

"그런데 말이다."

선배가 내게 걸어왔다. 나는 물러섰다.

"왜, 왜요?"

선배가 좀더 가까이 다가왔다.

"그게 말이야."

나는 어깨를 움츠리며 불안과 기대에 찬 목소리로 대꾸했다.

"뭐가요?"

달빛은 흐릿했고 쥘 수만 있다면 나는 그것을 으스러뜨리고 싶었다. 선배가 딴청을 피우며 말했다.

"출구는 대체 어디 있는 것이냐?"

그날 나는 초저녁부터 학교 사람들과 놀고 있었다. 우리는 취해 있었고, 아무도 돈을 갖고 있지 않았으면서 누구도 걱정하지 않은 채 2차에 갔다. 그러고는 더 이상 갈 곳이 없자 학번이 가장 높은 선배를 따라 그녀 집으로 향했다. 선배 언니의 집은 학교에서 꽤 떨어진 곳에 있었다. 글이 아니었으면 결코 만날 일이 없었을 우리는, 문학 따윈 까맣게 잊은 채, 서로 맘에 둔 사람이나 곁눈질하며 호기롭게 골목을 걸어나갔다. 이제 막 친밀감을 갖게 된, 그리하여 거기서 조금만 더 서로를 좋아하고 싶은 마음이 생긴 인간들이 만들어내는 온갖 우스갯소리와 거짓말이 골목을 소란스럽게 만들었던 기억이 난다. 선배 언니의 방은 7층 빌라 꼭대기에 있는 옥탑이었다. 우리는 까치발을 든 채 하나둘 계단을 기어올랐다. 어둠 속, 일렬로 선 채 부딪치고 엉키며 까마득한 계단을 오르고 있는 취객들을 상상해본다면 그들이 바로 우리였으리라. 누군가 '아야' 소리를 내자 모두가 일제히 주의를 줬다. 선배 언니가 이런 일로 번번이 이웃에게 미움을 받으리란 건 안 봐도 빤한 사실이었다. 나는 수줍은 척 소극적으로 선배들을 따랐다. 술 맛을 모르기도 했고, '모두가 취해 있을 때 재빨리 어른이 돼야지' 다짐했던 탓이다. 선배 언니가 문을 열었다. 방으로 들어선 우리는 일순 조용해졌다. 그곳은 책이 많아 신성한 느낌을 주는 방이었다. 어린 취객들은 죄책감을 느꼈다. 그러나 그것도 잠시, 우리는 다시 말도 안 되는 얘기를 떠들어대고, 술을 마시고, 말싸움을 하며 시시덕거렸다. 누군가 화장실에 들락거리는 사이, 누군가는 라면을 끓이고, 시집을 꺼내 읽고, 집값을 물었다. 두식 선배는 누군가를 웃기고 있는 모양이었다. 그는 사람들에게 늘 인기가 있었다. 저쪽 행거 아래서 동기 녀석 하나가 옷걸이를 머리에 쓰는 모습이 보였다. 녀석의 이마엔 물음표 모양의 고리가 뿔처럼 돋아 있었다. 만취한 녀석은 곧 중요한 메시지가 도착할 거라며 문밖으로 뛰어나갔다. 몇 명이 신이 난 듯 녀석의 행동을 따라 했다. 세탁소용 옷걸이는 각자의 머리통에 맞게 쉽게 구부러졌고 꼭 들어맞았다. 곧이어 두식 선배가 옷걸이를 머리에 쓰고 뛰어나가는 모습이 보였다. 나는 자리에서 벌떡 일어나 재빨리 옷걸이를 쓰고 선배를 쫓아 나갔다. 시멘트 바닥 위에 신문지를 깔고 둥글게 모여 앉은 사람들의 모습이 보였다. 그들은 이교도처럼 두 팔을 올린 채 메시지를 기다리고 있었다. 나는 슬그머니 그들 틈에 섞여 앉아 동기 녀석을 나무랐다. 동기 녀석은 내게 옷걸이를 들이대며 장난을 쳤다. 나 또한 지지 않으려 옷걸이 고리로 녀석을 찔렀다. 뿔을 겨누는 아름다운 코뿔소들처럼 최선을 다해 쓸데없는 짓을 하는 사이, 두식 선배가 술을 따르려 상체를 기울이는 모습이 보였다. 나는 동기 녀석을 향해 한 번 더 머리를 디밀었다. 그런데 순간 몸이 말을 듣지 않았다. 내 물음표와 두식 선배의 물음표가 맞물려버린 것이었다.

나는 얼굴이 빨개져서 꼼짝할 수 없었다. 나는 높은 곳에 올라 손나발을 만든 뒤 '아버지! 노래 한 곡만 틀어주세요!' 하고 외치고 싶었다. 그러면 왠지 하늘에서 해금으로 연주하는 「러브 미 텐더」가 구슬프게 흘러나올 것 같았다. 두식 선배와 나는 이마를 맞댄 채 쩔쩔맸다. 누구든 옷걸이를 벗어던지면 될 텐데 그 생각을 하지 못했다. 사람들은 웃기만 할 뿐 아무도 우리를 도와주지 않았다. 선배와 나는 이리저리 고개를 움직여 겨우 매듭을 풀 수 있었다. 그런 뒤 함께 김빠진 맥주를 마셨다. 머리 위로 여름 바람이 지나갔다. 사람들은 하나둘 옷걸이를 벗고 딴 얘기를 했다. 나는 맥주를 홀짝이며 선배의 눈치를 살폈다. 선배는 여전히 하늘을 올려다보고 있었다. 중요한 메시지라도 기다리는 표정이었다. 나는 하늘을 향해 고갯짓을 하며 물었다.

"뭐래요, 선배?"

선배가 말했다.

"궁금해?"

나는 고개를 끄덕였다. 선배는 "기다려봐" 하고 말한 뒤 뜸을 들였다. 그러고는 이제 막 하늘에서 도착한 메시지를 전하듯 선하게 중얼거렸다.

"마음만큼 형편없는 게 또 있을까."

선배 언니는 사람들 잠자리를 살펴준 뒤, 조용히 자기 방에 들어갔다. 나는 턱밑까지 이불을 끌어당긴 채 천장을 바라봤다. 그러고는 어서 시간이 지나가주길 기다렸다. 가만히 누워 무언가를 견디는 일은 내가 가장 잘하는 일 중 하나였다.

얼마 후, 나는 그곳을 몰래 빠져나왔다. 곧 첫차가 다닐 시간이었다. 나는 더듬더듬 긴 계단을 내려왔다. 그리고 현관 앞에 섰을 때, 신발 끈을 묶고 있는 두식 선배와 마주쳤다. 선배가 당황하며 물었다.

"왜 나왔니?"

"집에 가려고요. 선배는요?"

선배도 집에 가는 길이라 했다. 자기는 낯선 데서 잠을 잘 못 잔다고. 선배는 역까지 가는 길이면 같이 가자고 했다. 나는 기쁘게 고개를 끄덕였다. 길눈이 어두워 안 그래도 불안하던 참이었다. 그때까지만 해도 선배만 따라가면 어디든 쉽게 찾아내고 도착할 수 있을 것 같은 느낌이었다. 선배가 반 발자국 앞장서서 나갔다. 나는 선배의 뒷모습을 보며 중얼거렸다. "선배는, 그림자도 참 잘생겼네요."

그리하여 한 시간째, 우리는 골목을 미친 듯이 헤매고 있었다. 선배는 자꾸 변명을 늘어놨다. 어, 이상하다? 여기가 아닌가? 저기가 맞았나? 하는 말을 반복하며. 가끔은 다리가 아프지 않냐고 물어보기도 했다. 나는 괜찮으니 어서 길이나 좀 찾아보라고 핀잔을 줬다. 선배는 자기만 믿으라며 이상한 길로 들어섰다. 그러면서 자꾸 옛날 얘기를 했다. 선배는 오래전 누군가를 퍽 좋아했던 모양인데, 지금도 그녀를 위해 방 열쇠를 어딘가에 숨겨놓는다 했다. 나는 선배가 생각보다 말이 많은 것에 혼자 실망하고 있었다. 조금은 성질을 부리고도 싶었다. 선배는 이 좋은 시절에 왜 뒤만 보고 있느냐고, '죠스바'만 사주면 다냐고.

"그래서 어디까지 얘기했더라?"

나는 심드렁하게 대꾸했다.

"선배가 그녀를 바래다준 데까지요."

선배는 "그렇지" 하며 말을 이었다.

"어릴 때부터 나는 길눈이 어두웠어. 한 번 간 길은 절대 기억 못하고, 두세 번 간 곳도 잊어버리고 말이야."

나는 말 안 해도 잘 알겠다는 표정을 지었다. 선배가 연애를 막 시작했을 때, 그녀는 선배의 집에서 도보로 30분 정도 거리에 살았다고 한다. 그녀는 서울 지리를 잘 모르는 선배를 위해 선배의 집에서 자기 집까지 가장 빨리 갈 수 있는 동선을 알려주었다 한다. 오랫동안 두 사람은 그 길로만 함께 걸어 다녔었다고. 선배는 머뭇거리듯 말했다.

"그런데 그녀와 헤어지고 한참이 지나서야,"

나는 땅바닥을 쳐다봤다.

"그녀가 가르쳐준 그 길이 결국 내 방에서 그녀 방까지 가는 수많은 길 중 가장 먼 길이었다는 걸 깨달았어."

236

"……"

나는 그게 무슨 얘기인지 몰랐다. 그저 선배 방의 형광등은 지금도 켜져 있을까, 선배가 좋아한 여자의 생김새는 어땠을까, 내가 전형적인 북방계 몽골로이드 얼굴이니 그녀는 분명 세련된 남방계가 아니었을까 하는 추측을 하고 있을 뿐이었다. 밤을 새운 내 얼굴이 번들거리지는 않은지, 머리가 좀 가려운데 긁어도 상관없을지 하는 걱정을 하면서, 나는 먼지가 들러붙어 끈적이는 손바닥을 자꾸만 쥐었다 폈다 했다. 선배 얘길 좀더 듣고 싶었지만, 이제 다른 이야길 하자고 말하고 싶었다. 하지만 그 이야기가 어떤 이야기여야 좋을지 알 수 없었다. 나는 무언가 표현하고 싶었다. 혹은 전달이라도 좋았다. 무안하고 부끄러울지 모르지만, 우리가 걷는 이 길은 그런 낯 뜨거운 말을 하기에 매우 적당하게 생기지 않았느냐고.

"선배."

선배가 고개를 돌렸다. 막상 선배를 불러놓고 보니 무슨 얘기를 해야 할지 몰랐다. 좋아한다고 할까? 너무 투박하지 않을까? 일본 만화의 여학생처럼 '사귀어주세요, 선배' 하고 수줍게 말해볼까. 그보다는 지금이 그런 얘기를 하기에 적당한 때인가? 이 사람, 자꾸 옛날 얘기를 하는 걸 보니 나를 부드럽게 밀어내고 있는 것은 아닐까? 그만큼 내가 편하다는 뜻일까? 내일 영화를 보자고 해볼까? 그건 너무 상투적이지 않을까? 그러나 이럴 때일수록 상투적인 게 최고가 아닐까? 결국 나는 한 가지 결심을 했다. 오래전, 그의 창 앞에서 그랬던 것처럼, 이곳에서 한 번만 더 선배의 이름을 불러보자고.

"저기요."

"……"

나는 양손에 힘을 주었다.

"저 선배."

선배가 나를 빤히 바라보았다. 선배의 동공이 크게 벌어졌다. 그리하여 천천히 내 입술이 열리는 순간 선배가 황급히 먼 곳을 가리키며 외쳤다.

"저기!"

나는 움찔 놀라 선배가 가리키는 곳을 바라봤다. 멀리 하나둘 지나가는 자동차 불빛이 보였다. 고개를 돌리자 선배가 안도하는 표정으로 말했다.

"저기. 보인다, 출구."

그러니 우리가 다시 어느 길에서 만나 어떤 분노와 망설임을 가졌었는가에 대한 얘기는 잠시 미뤄두기로 하자. 대신 선배와 내가 헤매고 있는 저 길, 저 기다랗고 복잡하며 꼬불거리는 골목을 조금만 더 바라보고 있기로 하자. 어쩐지 나는 나이를 먹지 않은 두 사람이 지금도 그 골목을 헤매고 있을 것만 같은 기분이 든다. 아직 그 안에서 빠져나오지 못한 채, 해가 뜨고 기우는 속도에 따라 옅어졌다 진해지는 그림자의 묽기를 발끝에 달고. 여기인가 저기인가, 기웃거리면서 말이다. 지구는 돌고, 지하철도 돌고 돌아 긴 시간, 어그러진 시간 속을 계속 걸어 나가며, 내가 모르는 이야기를 만들어가고 있는지도. 수많은 길 다발 중에는 20년 전 산동네로 이어지는 골목이 뿌리 뻗고 있을지 모른다. 그들은 바나나킥 봉지 휘날리는 폐허에서 빈방을 발견한 뒤, 컴컴한 빈방, 그 네모난 부재 한가운데 서서 그때 못한 입맞춤을 오랫동안 나누게 될지도 모른다. 그리고 아마 그 순간에는 아무런 음악도 필요하지 않으리라.

*

나는 하루 두 번 한강을 건너 학교에 갔다 집으로 돌아왔다. 더 이상 이모 댁을 찾지 못해 동네를 돌진 않았지만, 앞으로 내가 헤매야 할 길들은 수백 개도 넘게 남아 있었다. 나는 선배의 소식을 몰랐다. 내가 알고 있는 것은 선배가 휴학계를 냈다는 것, 그리고 연락이 되지 않는다는 것이 전부였다. 나는 표 안 나게 선배의 안부를 묻고 다녔다. 사람들은 "글쎄, 지방에 가지 않았을까" 혹은 "힘든 일이 있었나 보지. 전화도 안 되는 것 같던데" 하고 얼버무렸다. 대학에서 휴학은 대수로운 일이 아니었다. 사람들은 선배의 안부를 궁금해했지만, 그사이 우리에겐 중간고사가 있었고, 잘 안 되는 연애가 있었고, 각자의 생활고가 있었다. 한 1년 후 선배가 돌아온다면 모두 기쁘게 악수를 청할 테지만. 선배는 잊혀갔다. 선배가 어떤 시시한 이유로 사라졌건, 선배가 보이지 않는다는 사실은 나를 초조하게 만들었다. 나는 학교 앞을 지날 때마다 선배 방 창문을 올려다보았다. 그것은 여느 때처럼 고즈넉하게 빛나고 있었다. 물론 그 빛은 그의 존재나 부재에 대해 아무것도 알려주지 않았다. 나는 그 앞에서 몇 번 그의 이름을 부르려다가 풀이 죽어 지나쳤다. 그리고 문득, 누군가를 만나기 전 그 사람 이름을 먼저 알게 되는 건 위험한 일이라는 걸 깨달았다.

나는 조금씩 서울 생활에 적응해갔다. 어머니를 설득해 조그만 자취방을 구하고, 아르바이트를 해 돈을 벌고, 친구들과 맥주를 마시고, 자연스러운 화장술에 대해 조언을 받아가면서 말이다. 나는 내 머리 위로 지나가는 시간을 물끄러미 쳐다보며 학교에 가고, 밥을 먹고, 셋방에 몸을 뉘었다. 그리고 더 이상 선배의 일을 궁금해하지 않게 되었다. 그런 식으로 왔다 가는 사람은 미움을 받아야 된다고 생각했다.

어느 저녁, 나는 학교 앞 언덕을 천천히 내려가고 있었다. 하늘엔 오랜만에 양떼구름이 흘러갔고, 은행나무 사이로 바람이 지나갔다. 상가 주위를 기웃거렸다. 만만한 가격대의 음식을 골라 어서 끼니를 때우고픈 마음이었다. 저기 통닭집이 눈에 들어왔다. 선배가 살고 있는 건물에 있는 가게였다. 나는 통닭집과 선배의 방을 번갈아 쳐다봤다. 건물 주위로 '후라이드' 냄새가 그리움처럼 무럭무럭 피어났다. 허기가 밀려왔다. 한동안 보지 않으려 애썼는데. 그 빛 아래 서자 어쩐지 그가 꼭 거기 있을 것 같다는 예감이 들었다. 그동안 왜 그 생각을 못했는지 모르겠다고, 그는 여전히 그곳에서 밥을 먹고, 잠을 자고, 일하러 나갔을지도 모르는데, 나는 그가 사라진 자리만 바라보고 있었구나 하고. 나는 용기 내어 그의 방에 올라가보기로 했다.

닭 한 마리를 주문했다. 양념과 후라이드를 반반씩 섞었다. 가게 주인에게 선배의 안부를 물었다. 그는 "아, 윗방 총각?" 하더니 고개를 갸웃거렸다. 방에 불이 켜져 있는 걸로 봐서 거기 있는 게 아니겠냐는 거였다. 나는 닭튀김 봉지를 들고 계단 아래에 섰다. 눅눅하고 길쭉한 어둠이 입을 벌린 채 뻗어 있었다. 숨을 고르며 하나둘 계단을 올랐다. 선배에게 어떤 인사를 건네야 할지 몰랐다. 화를 낼 수도 있지만 어쩌면 반갑게 손잡아줄지도 몰랐다. 선배 방은 3층 복도 끝에 있었다. 낡은 현관 앞에 섰다. '탕 탕' 나무 문을 두들겼다. 안에선 아무 기척이 없었다. 다시 방문을 두들겼다. 대답이 없었다. 문고리를 잡았다. 손바닥 위로 섬뜩한 알루미늄 감촉이 둥글게 감겨왔다. 순간, 서늘한 요의와 함께 오랫동안 잊고 지낸 장면 하나가 떠올랐다. 어머니와 오른 산동네의 모습이었다. 좁고 구불거리는 길과 문 앞으로 뛰어나온 주인아주머니의 환한 미소, 그런 것들이.

어머니가 철문 사이로 고개를 디밀자 넓적한 얼굴의 아주머니 한 분이 뛰어나왔다. 어머니는 새댁이라도 된 양 공손한 인사를 건넸다. 어머니와 아주머니는 마루에 앉아 담소를 나눴다. 아주머니는 자꾸 내 머리를 쓰다듬었다. 나는 지루한 듯 다리를 떨며 주위를 두리번거렸다. 마당 어디선가 비릿한 화장실 나프탈렌 냄새가 풍겨왔다. 어머니가 물었다. 저 방이지요? 아주머니가 말했다. 그래. 새댁 처음 올라왔을 때, 내가 새댁 보고 "저 방 총각이 만날 얘기하던 아가씨가 바로 아가씨구만?" 했잖아. 어머니는 사연 있는 미소를 지었다. 그런데 사람 안 사는가 봐요? 응. 여기도 하나둘 없어져가니까. 나는 슬그머니 마루를 빠져나와 집 구경을 했다. 어머니는 내게 눈길 한번 주지 않고 대화에 열중했다. 나는 붉은 '다라이' 안에 심어놓은 꽃과 상추를 구경하는 척하면서 어머니가 가리킨 방으로 걸어갔다. 그 방은 주인집 좌측 안쪽에 깊숙이 박혀 있었다. 주위를 살피며 셋방 문고리를 잡았다. 섬뜩한 쇠 느낌 때문에 설핏 요의가 느껴졌다. 콩닥이는 가슴을 안고 문고리를 돌렸다. 삐그덕— 문이 열렸다. 젖은 시멘트 냄새와 함께 컴컴함이 훅— 밀려왔다. 뜯어진 벽지 사이로 파란색 분홍색 자주색 곰팡이 꽃이 어지럽게 만개한 모습이 보였다. 나는 그 자리에 뻣뻣이 서 있었다. 그 방이 우리들의 방이었다는 게 믿기지 않았다. 어느새 어머니가 나를 찾아 그 앞까지 와 있었다. 나는 하얗게 굳은 얼굴로 물었다.

"여기는 왜 이렇게 어둡고 아무것도 없어요?"

어머니가 내 어깨를 잡으며 말했다. 그건, 네가 있기 위해서였다고.

방문은 단단히 잠겨 있었다. 나는 선배가 열쇠를 두었을 만한 곳이 없을까 두리번거렸다. 그대로 돌아가기에 아쉬운 마음에서였다. 그러다 문득, 선배와 골목을 헤매었던 날의 기억이 떠올랐다. 선배는 그녀가 언제든 돌아올 수 있도록 집 근처에 열쇠를 숨겨둔다는 말을 했었다. 무심히 흘려들었는데 어딘가 정말 열쇠가 있을지도 모른다는 생각이 들었다. 요행을 바라는 마음으로 방문 앞에 있는 두꺼운 깔판을 떠들어보았다. 아무것도 없었다. 문고리에 걸린 우유 가방 안도 뒤져보았다. 역시 아무것도 없었다. 가만 궁리하다, 까치발을 들어 방문 윗부분을 더듬어보았다. 두껍게 쌓인 먼지 사이로 차갑고 납작한 물체가 손에 잡혔다. 혹시나 했는데 가슴이 내려앉았다. 침을 삼킨 뒤 열쇠를 구멍 안에 집어넣었다. 문틈 사이로 형광등 불빛이 아찔하게 쏟아져 나왔다.

방에 들어서자마자 문을 잠갔다. 작은 앉은뱅이책상 하나와 책장, 벽에 박힌 못이 보였다. 서랍장과 라면 박스 몇 개도 눈에 들어왔다. 방 안은 놀라울 정도로 깨끗했고, 그렇기 때문에 더욱 폐허 같았다. 선배가 멀리 가버린 것은 아니라는 확신이 들었다. 잠시 무엇을 해야 할지 몰라 주춤거렸다. 그러다 한쪽 벽에 걸려 있는 옷걸이를 발견했다. 어디서나 볼수 있는 흔한 세탁소용 옷걸이였다. 그것은 누군가 남기고 간 깨끗한 뼈처럼 허공 위에 걸려 있었다. 나는 무심히 옷걸이를 집어 들었다. 그런 뒤 그것을 머리에 걸쳐보았다. 뜻밖의 메시지가 전달될지도 모른다는 기대에서였다. 눈을 감고 고개를 들었다. 이마에 돋은 허약한 물음표가 하늘을 향해 솟아났다. 선배와 걸었던 길과 함께 맞았던 여름 바람이 떠올랐다. 그러나 그뿐이었다. 아무리 기다려도 중요한 메시지 따위 전해질 리 없었다. 한참 후 나는 포기한 듯 눈을 떴다. 천장 위에 뭔가 보였다. 쉽게 눈에 띄지 않는 어떤 흔적이었다. 나는 미간을 찌푸려 천장을 살펴보았다. 두식 선배의 글씨였다. 그것은 선배가 좋아했던 시의 마지막 구절이었다.

　　—가엾은 내 사랑 빈집에 갇혔네.

　　갑자기 얼굴 위로 주르륵 눈물이 흘러내렸다. 왜 그런지는 나도 알 수 없었다. 나는 옷걸이를 벗어 원래 자리에 걸어놓았다. 방을 나서기 전, 주위를 살펴보았다. 그러고는 벽면에 붙은 형광등 스위치를 만지작거렸다. 뭔가 대단히 '낭비' 되고 있다는 생각 때문이었다. 나는 결심한 듯 스위치를 내렸다. 또각— 소리와 함께 주위는 어두워졌다. 나는 문을 닫고 건물을 빠져나왔다. 멀리 그의 방 창문과 입 다문 어둠이 보였다.

얼마 후, 나는 그 안으로 다시 들어갔다. 나무 문이 보였다. 까치발을 들어 열쇠를 찾았다. 열쇠를 꽂고 손목을 틀었다. 철컥— 나무 문이 열렸다. 문틈 사이로 어둠이 아찔하게 쏟아져 나왔다. 손을 뻗어 벽면을 더듬었다. 형광등 스위치의 돌출 부분이 손에 잡혔다. 결심한 듯 다시 스위치를 올렸다. 또각— 전구 속 필라멘트가 가늘게 흔들렸다. 형광등은 불안하게 몇 번 몸을 떨더니 다시 예전처럼 환하게 주위를 밝혔다. 나는 그 빛을 확인한 뒤 문을 닫았다.

플라이데이터리코더

봄볕에 달구어진 이 섬 어딘가, 듬성듬성 돋은 초록 너머에
는 일상적이고도 유구한 노동, 알 수 없는 소문과 권태, 혹은
누군가의 이름을 불러봐도 좋을 만큼 시원하게 불어오는 바
람 속에서, 아이를 낳고 또 아이를 낳는 사람들이 살고 있다.
섬의 이름은 플라이데이터리코더. 원래는 반도와 이어진 땅
이었는데, 후빙기에 해수면이 상승하면서 섬으로 떨어져나가
게 되었다. 당시 섬 주위에는 바다 외엔 아무것도 없었다. 우
주가 이 섬에게 준 유일한 선물이란 게 있다면 그것은 시간,
그뿐이었다.

긴 시간이 흐르고. 수만 번의 계절과 계절, 또 한 번의 계

절을 지나 한 무리의 사람들이 이곳에 도착했을 때— 그들이 제일 먼저 한 일은 섬의 이름을 짓는 것이었다. 그들은 지도자를 따라 섬의 가장 높은 곳을 찾았다. 구름 너머 거대한 봉우리 하나가 보였다. 그들은 어깨에 짐을 이고 절벽과 언덕, 들판을 지나 산 위로 기어올랐다. 섬 주위는 양수처럼 붉게 일렁이고 있었다. 그들은 가까스로 정상에 올랐다. 그리고 눈앞에 펼쳐진 광경을 보고 넋을 잃었다. 그들이 지나온 구덩이와 협곡, 들판 모두가 선을 이뤄 하나의 모양을 만들고 있었다. 그것은 오직 높은 곳에서만 볼 수 있는 거대한 그림, 스스로 어떤 질서를 가지고 있다는 사실만으로도 아름다운 고대 상형문자였다. 그들은 알 수 있었다. 그 뜻을 모른다 하더라도 그들이 그것을 읽어낼 수 있으리라는 것을. 무리의 지도자는 불안과 경이의 눈으로 문자를 바라봤다. 그러고는 마침내 입을 열어 발음했다. 플라이데이터리코더. 사람들도 그를 따라 조용히 합창했다. 플라이데이터리코더. 그래서 이 섬은 플라이데이터리코더다. 수천 년이 지난 오늘, 이가 빠진 노인들은 지금도 조상 이야기를 한다. 그 문자가 왜 그곳에 있고, 누가 만든 것인가에 대한 의견은 분분하지만, 섬은 번성하여 하나의 마을을 이뤘다. 지금 그 문자는 사라지고 없다.

플라이데이터리코더엔 육지 사람들의 왕래가 드물다. 관광지도 아닐뿐더러 반도에서 가장 멀리 떨어져 있는 섬 중의 하나이기 때문이다. 이곳엔 많지도 적지도 않은 사람들이 살고 있다. 그들이 누리는 일상이란 보통 우리가 '삶'이라 부르는 그것과 비슷하다. 봄이 되면 사내들은 실치 잡이를 하러 바다로 나간다. 사내들은 그물 속 빛을 길어 올리며 눈부시게 일한다. 이곳엔 있을 만한 것은 다 있고, 없어도 좋을 것들 역시 사이좋게 그러나 숨죽여 공존하고 있다. 섬 안엔 학교도 있고, 텔레비전도 있고, 다방도 있다. 한땐 천연기념물인 수리부엉이도 있었다. 이곳이 부엉이의 중요한 서식지라는 게 밝혀졌을 때, 플라이데이터리코더는 1만 년 전 후빙기 이래 처음으로 육지와 문화재관리국의 관심을 받았다. 하지만 그것도 잠깐이었을 뿐, 지금은 단 한 마리의 부엉새도 남아 있지 않다. 주민들은 사람이 한 명씩 죽을 때마다 부엉이가 섬을 떠난다고 믿었다. 어느 날 밤 누군가 숨을 거두면 망자는 꺼이꺼이, 부엉이는 부엉부엉 울며 달빛 속을 날아간다고. 섬엔 아직 산 자들이 많지만 수리부엉이들은 모두 그렇게 떠났다. 섬 어귀에는 파란색 등대도 하나 있다. 밤마다 섬은 등대를 비롯해 집집마다 켜놓은 작은 불빛들로 환해지는데, 그 총총거리는 모습을 하늘에서 보면 구멍 속에서 빛이 새는 노란 곰보 별처럼 보인다. 검게 출렁이는 바다 한가운데 물에 잠긴 별을 상상해본다면, 그 별이 바로 플라이데이터리코더이다. 굽이진 길 위로 50시시 오토바이가 다니고, 아이들이 다니는 분교에는 '미' 음이 고장 난 풍금이 불안한 반주를 하고, 여염

집 마당엔 바람보다 키 큰 바지랑대가 서 있는 섬. 플라이데이터리코더. 이 섬은 이제 고대 문자가 새겨진 옛날의 플라이데이터리코더도 아니고, 수리부엉이가 사는 천연기념물 보호구역도 아니다. 이곳에선 오랫동안 아무 일도 일어나지 않았다. 그러나 오랜 시간 그토록 일관되게 시시할 수 있었다는 점 역시 이 섬이 갖고 있는 기적 중의 하나다.

이것은 플라이데이터리코더 37번지, 파란색 슬레이트 지붕 아래 살고 있는 한 아이에 관한 이야기다. 이야기는 며칠 전 추락한 비행기와 대마 밭의 화재로 시작된다. 어느 날 하늘을 날던 노란색 경비행기 하나가 방향을 잃고 우왕좌왕하다가 마을로 고꾸라졌다. 비행기 몸체는 등대 위에 꽂혔다. 꼬리는 불길에 싸여 야생 대마 밭으로 떨어졌다. 순식간에 수천 평에 달하는 대마 밭이 활활 타들어갔다. 섬은 무럭무럭 피어오르는 알싸하고 자욱한 연기에 휩싸였다. 이틀 뒤 큰 비가 내릴 때까지 식욕 좋은 불길은 멈추지 않았다. 대마 연기에 취한 섬사람들은 밤새도록 춤을 추고 노래를 불렀다.

*

플라이데이터리코더의 봄은 늦어서, 서늘한 봄바람이 휘이
─ 하고 지나가면 섬 위의 풀들이 소름 돋듯 일제히 쭈뼛하고

252

일어섰다 스러진다. 사내들은 등허리에 볕을 인 채 그물을 고르고, 봄날, 섬 그림자 아래 시커먼 바다 속에선 물고기들이 머리를 식히고 있다. 그날, 37번지 파란색 슬레이트 지붕 아래서의 일상도 다를 게 없었다. 그 집에는 섬 밖으로 나가보지 않은 일곱 살 난 아이와 그의 무서운 할아버지, 책을 많이 읽어 모르는 게 없는 삼촌이 살고 있었다.

그날 오후, 노인은 마당에 쪼그리고 앉아 담배를 입에 문 채 고기 배를 따고 있었다. 대충 시멘트를 깔아 만든 마당 한쪽엔 빨간 '다라이' 두 개가 있었다. 아이는 마루에 누워 굴회에 들어간 배를 건져 먹고 있었다. 노인은 긴 호스를 꺼내 한 손으로 아가리를 살짝 틀어막은 뒤 마당에 고인 핏물을 씻어냈다. 노인은 무지갯빛 물방울 사이로 흘깃 아이를 쳐다보며 말했다.

"일어나서 먹지 못해!"

아이는 봄바람에 실려오는 나른한 피 냄새를 맡으며 한껏 늘어져 있고 싶었지만, 노인의 지청구를 듣고는 벌떡 일어날 수밖에 없었다. '에미 애비 없는 자식'을 '싸가지 있게' 키우는 것은 노인의 오랜 바람 중 하나였다. 노인은 아이가 젖먹이였을 때부터 '다라이'에 아이를 담아 밭일을 나가곤 했다. 노인은 아이의 고추 위로 날아드는 파리를 쫓아가며 김을 매고, 아이를 반듯하게 키우겠다 결심하곤 했다. 하지만 아이에게 할아버지와의 동거란 세 명의 생부(生父)를 데리고 사는 것만큼 피곤한 일이기도 했다. 아이는 목청 좋은 할아버지가 소리를 지를 때마다 찔끔찔끔 오줌을 지렸다. 똥오줌 가린 지가 오래전인데, 요즘 들어 부쩍 바지를 버리는 일이 잦았다. 그때마다 노인은 화를 냈고 아이는 자꾸 오줌을 쌌다. 아이는 잘 울지 않았다. 노인은 신경질이 나는 모양이었다. 노인은 할아비보다 더 할아비 같은 표정을 짓는 아이에게 자꾸 소리를 질러댔는데, 그것을 멀리서 보면 어쩐지 진화가 덜 된 동물이 바위에게 구애하고 있는 모습처럼 보였다. 뒤란에선 빨랫줄에 걸린 아이의 팬티가 바람에 펄럭이고 있었다. 아이는 분홍색 목젖 안으로 생굴을 꼴깍 넘겼다. 굴에서 시원한 그늘맛이 났다. 마당 한쪽엔 노인이 깎아 만든 장대가 세워져 있었다. 장대 끝에는 모기장을 씌운 순진한 망둥이들이 일제히 허공을 올려다보고 있었다. 아이의 시선이 하늘 어디 한 점에 찍혀 멈추었다가 점점 이동했다. 아이가 어리벙벙한 표정으로 외쳤다.

"할아버지!"

노인은 광으로 들어가 기척이 없었다.

"할아버지!"

노인이 칼을 쥔 채 고개를 내밀었다. 아이의 동공은 활짝 벌어져 큰 바람이 드나들고 있었다.

"저거!"

노인은 아이의 손끝을 바라봤다. 청명한 하늘 위로 노란색 비행기 하나가 빙글빙글 돌며 추락하고 있었다. 꼬리에 긴 연기를 달고, 플라이데이터리코더의 무뚝뚝한 평화 속으로 어쩔 수 없이 안겨드는 비행기의 모습은 꽃이 지고 바람이 부는 일처럼 자연스러워 보였다. 노인은 어리둥절한 눈으로 비행기의 움직임을 좇았다. 아이가 "어어?" 소리를 냈다. 그물을 낚거나 밭을 매고 있던 섬사람들도 허리를 편 채 하늘을 바라봤다. 잠시 후 '쾅!' 하는 소리와 함께 비행기가 추락했다. 플라이데이터리코더의 풀들이 일제히 쭈뼛 솟았다 스러졌다. 아이의 바지 앞섶은 울컥하고 젖어들며 가슴속 사랑처럼 진하게 물들었다. 노인은 한 손을 이마에 댄 채 언덕을 바라봤다. 등대 위에 비행기가 처박혀 있었다. 등대는 키가 커 마을 어디서나 보였다. 언덕 위로 무럭무럭 연기가 피어올랐다.

　　"할아버지, 저게 뭐예요?"

　　"나도 잘 모르겠다만…… 비행기 같구나."

　　노인은 이상한 표정을 지었다.

　　"그런데 저건 꼭,"

　　노인은 뭔가 기억해내려는 듯 미간을 찌푸렸다.

　　"마치……"

　　아이도 얼굴을 찡그렸다.

　　"마치 뭐요?"

　　노인은 생각난 듯 대수롭지 않게 말했다.

"수리부엉이 같구나."

어디선가 애틋하고 쩽한, 아니 달달하고 칼칼한, 기분이 막 나빠질 듯 좋아지는 대마 냄새가 물씬 풍겨왔다. 아이도 노인도 처음 맡는 냄새였다. 반바지를 입은 아이의 다리 사이로 뜨뜻한 소변이 눈물처럼 뚝뚝 흘러내렸다.

*

두 밤이 지나고, 큰비가 그치자 사람들은 다시 일터에 나갔다. 노란색 경비행기는 식어버린 빵처럼 담담하게 굳어 등대 위에 꽂혀 있었다. 플라이데이터리코더의 봄날은 여느 때와 같이 아늑하고 평화로웠다. 육지에선 별다른 소식이 없었다. 화재가 나던 밤, 노인은 아이 앞에서 춤을 추었다. 노인은 "네 애비 얼굴도 보이고, 나비야 청산 가자 청산도 보이고, 죽은 할매 어여쁜 똥구멍도 보인다"며 마당에서 세 번 재주를 넘었다. 아이는 손뼉을 쳤다. 신이 난 노인은 마루에 누워 두 발에 아이를 올려놓은 뒤, 번쩍번쩍 '비행기'를 태워주었다. 조부의 발바닥 위에서 비상할 때마다 "하하하하" "하하하하" 미친 듯이 웃던 아이는 지난밤 너무 웃은 탓에 얼굴이 병자처럼 헬쑥해졌다. 다음 날 제정신이 들었을 때, 아이와 노인은 서로의 얼굴을 쳐다보며 어색해했다.

아이의 삼촌은 비가 그친 뒤 집에 들어왔다. 큰비 때문에 뱃길이 막혀 섬에 들어올 수 없었다고 했다. 노인은 여느 때처럼 밭일을 하고 고기를 말렸다. 노인은 부엌이나 뒷간에서 아이와 마주쳤다. 노인은 아이 앞에서 수줍어했다. 아이는 자신의 눈도 못 마주치고 색시 같아져버린 조부를 보며 '이런 느낌, 너무 부담스럽다'고 생각했다. 아이는 등대 주위를 돌아다니며 온종일 비행기 파편과 부속품들을 만지고 놀았다.

셋째 날, 저녁상 앞에 앉았을 때 텔레비전에서 마침 사고 소식이 전해지고 있었다. 자원도 풍광도 그저 그런 '별 볼일 없는' 플라이데이터리코더라는 섬에 정체를 알 수 없는 비행기가 추락했다는 내용이었다. 아이는 밥을 먹다 말고 딸꾹질을 했다.

"엄마야!"

노인은 수저질을 멈추고 아이를 쳐다봤다. 아이는 '자기도 모르는 일'이라는 듯 고개를 저었다.

"너 지금 뭐라고 했니?"

"……"

비행기와 대마 밭의 모습이 보였다. 대마 밭은 커다란 하트 모양으로 그을려 있었다. 취재진은 마을 사람 모두가 취해 있던 시간에 헬리콥터를 이용해 현장에 다녀간 모양이었다. 뭍 사람들은 생각보다 훨씬 빠르고 영민한 듯했다. 사내가 밥그

롯을 밀며 말을 돌렸다.

"아버지, 진지 드시죠."

방송 기자의 목소리가 들렸다.

"추락 현장에서는 사체가 발견되지 않았으며, 비행자의 국
적도, 추락 이유도 모두 불분명한 상태입니다. 정부는 이것이
단속을 피해 총기나 마약 밀수를 하는 국제 마피아 집단의 비
행기가 아닐까 의심하고 있습니다. 블랙박스의 발견이 시급
한 때입니다."

노인은 참게를 넣어 지진 배추를 씹으며 말했다.

"쟤는 어쩜 가르쳐주지도 않은 말을 하는가 모르겠다."

사내가 가만히 노인을 바라봤다.

"……"

노인은 그 침묵이 아들의 비난처럼 느껴져 그 비난을 더 비
난하는 말투로 따져 물었다.

"왜?"

사내가 고개 숙인 아이를 바라보며 말했다.

"오줌 싼 것 같은데요."

*

아이는 사내 곁에 누웠다. 마당에서 호스로 몸을 닦은 뒤라
아랫도리가 개운했다. 사내는 진지한 표정으로 시사 주간지

를 읽고 있었다. 아이는 신기한 듯 물었다.

"재밌어?"

사내가 말했다.

"이런 건 재미로 읽는 게 아니야. 세상 돌아가는 걸 알기 위해 읽는 거지. 너도 크면 다른 건 안 봐도 시사지만큼은 꼭 읽도록 해."

아이는 방긋 웃으며 요 위로 드러누웠다. 그런 뒤 흥얼흥얼 콧노래를 부르며 딴생각을 했다. 섬마을의 초저녁, 사내의 책장 넘기는 소리가 바스락바스락 정겹게 들려왔다.

"삼촌."

"응?"

아이는 천장을 바라보며 해맑은 목소리로 말했다.

"나는 가끔 죽고 싶어요."

언제였을까? 아이가 '엄마'라는 말을 해본 것은. 아이에게 '엄마'는 드네프르콤비나트나 나트륨아미드, 셀룰로이드라는 말만큼 낯설고 어려운 말이었다. 동시에 그것은 '설명'이 필요한 말이기도 했다. 오래전, 아이가 엄마에 대해 문자 노인은 화를 내며 말했다.

"너희 엄마는 사람도 아니었다."

사람도 아니었다는 것, 그것이 아이가 엄마에 관해 알고 있는 전부였다. 37번지 파란색 슬레이트 지붕 아래 그녀에 관한 것은 아무것도 없었다. 사진도, 옷가지도, 이 빠진 참빗 하나 남아 있지 않았다. 그녀는 플레이데이터리코더의 고대 문자처럼 어느 날 사라져버렸다. 노인은 아이에게 '엄마'라는 말을 꺼내지 못하게 했다. 아이의 삼촌은 알고 있었다. 결혼 한 지 몇 달 안 돼 과부가 된 그녀가 얼마나 시리게 고왔는지, 미역을 무치는 손끝이 얼마나 야무졌고, 아픈 시아버지를 업 고 선착장으로 뛰어갈 땐 또 얼마나 빨랐는지, 노인이 그녀를 얼마나 귀애했는지 말이다. 그녀는 친정에 다녀온다 말하고 타지에서 죽었다. 화재가 난 여관방에서 벌거벗은 사내와 함 께였다. 현장에는 그녀의 소지품 몇 개와 타다 만 빨간색 브 래지어의 둥근 와이어만 덩그러니 남아 있었다. 노인은 아이 를 업은 채 "아직 내 아들 뼈도 썩지 않았는데"라며 오열했다. 그 후로 아이가 엄마를 찾을 때마다 노인은 옆집 기와가 들썩 거릴 정도로 야단을 쳤다.

삼촌은 아이의 우상이었다. 사내는 한때 플라이데이터리코 더에서 제일 잘나가는 초등학생이었다. 물론 전교생이 열두 명밖에 안 되는 분교 안에서였지만. 사내가 성장할 수 있었던 건 모두 백과사전 덕분이었다. 사내가 초등학교 3학년이 되 던 해, 노인은 큰돈을 들여 집에 백과사전 한 질을 들여놓았 다. 먼 곳에서 배를 타고 온 방문 판매원이 두 시간 넘는 회 유 끝에 올린 실적이었다. 백과사전은 출처가 불분명한 유령 회사에서 나온 것이었다. 그래서 종이 질도 나쁘고 사진이나 도판도 엉망이었다. 백과사전 1권의 주제는 '우주'였다. 사내는 자기 가슴팍보다 넓은 책을 끙— 하고 펼쳐보았다. 순간 책장 위로 환하게 우주가 열렸다. 사내는 성운과 항성, 태양계가 찍힌 사진 앞에서 충격을 받았다. 그 흔들리는 빛이 자신에게 뭔가 말을 걸고 있는 것처럼 느껴졌다. 사내는 백과사전을 정독하기 시작했다. 잘못된 정보도 많았지만, 아무도 사내에게 반론하지 못했다. 왜냐하면 플라이데이터리코더에서 백과사전을 가지고 있는 사람은 오직 37번지 파란색 슬레이트 지붕의 사내밖에 없었기 때문이다. 사실 노인이 백과사전을 산 이유는 부록으로 주는 성인용 '부부백과' 때문이었다. 사내는 우연히 장롱 속을 뒤지다 커다란 부부백과를 발견했다. 책 속에는 온갖 우스꽝스러운 체위를 한 남녀가 벌거벗은 채 뒤엉켜 있었다. 사내는 진짜 부록은 부부백과가 아닌 백과사전이었다는 사실을 깨닫고 울며 집을 뛰쳐나갔다. 그러고는 가출한 지 이틀 만에 어른이 된 얼굴을 하고 돌아왔다. 사내는 점점 똑똑해졌다. 사내는 청소년을 대상으로 한 우주인 선발 대회에서 2만 명이 넘는 지원자 중 최종 후보로 거론된 적도 있었다. 그것은 먼 대륙에 있는 우주 기구에서 공모한 것으로, 선발되면 1년 동안 70가지가 넘는 훈련을 받고 우주선에 탑승할 수 있는 프로그램이었다. 섬사람들은 모두 사내를 응원했다. 어떤 어르신은 우주에서 꼭 자기 이름을 세 번

외쳐달라고 부탁하며 용돈을 찔러주기도 했다. 사내는 우주인 선발 최종심에서 2등으로 떨어졌다. 그리고 그즈음 사내의 형이 바다에서 죽었다. 사내는 살면서 일이 잘 안 풀릴 때마다 "그때 내가 공모에서 떨어지지만 않았어도!"라고 한탄했다. 사내는 지금 선착장에서 뭍으로 오가는 선박의 차표 끊는 일을 하고 있다. 별다른 기술은 필요 없고 배에 오르는 사람들의 차표에 구멍을 뚫어주면 그만인 일이다. 그런 사내가 여전히 왜 '전교 1등'의 표정을 짓고 사는지 알 수 없지만, 사내는 지금도 백과사전을 읽고, 아이가 물어보는 것이 있으면 뭐든지 척척 대답해준다. 아이에게 삼촌은 영웅이었다. 삼촌이 하는 말은 무슨 말인지 알아들을 수 없는 것들이 많아 왠지 더 신뢰가 갔다.

아이는 여전히 말간 눈으로 천장을 보고 있었다. 사내는 할 말을 찾지 못해 눈만 끔뻑거렸다. 아이에게 타다 만 빨간 브래지어에 대해 말해줄 수는 없는 일이었다.

"삼촌이 우주인 대회 나갔던 얘기 다시 해줄까?"
아이가 대답했다.
"응. 나중에."
사내는 풀이 죽었다. 아이가 백과사전을 가리키며 물었다.
"삼촌, 이거 정말 다 읽었어?"
사내는 세상에서 가장 듣기 좋은 질문을 받았다는 듯, 그리

고 제발 누군가 그것을 영원히 물어봐줬으면 좋겠다는 듯 활
짝 웃으며 대답했다.

"그럼."

아이가 그렁그렁한 눈망울로 말했다.

"삼촌은 정말 모르는 게 없겠다."

사내는 비질비질 새어 나오는 거만한 미소를 겨우 삼키며
다정하게 말했다.

"그럼."

아이는 어렵게 입을 열었다.

"그럼, 내가 뭣 좀 보여줄게, 뭔지 얘기해줄래?"

사내는 고개를 끄덕였다. 아이가 말했다.

"그렇지만 비밀이야."

사내는 약속했다. 다시 잘난 체를 할 수 있는 기회가 왔다
니 너무 기뻤다.

*

아이가 보여준 것은 주황색 상자였다. 그것은 선착장에 있
는 차표 통과 비슷하게 생긴 물건이었다. 아이는 그것을 뒤뜰
대숲에서 꺼냈다.

"이게 뭐야?"

사내는 당황했다. 자신도 처음 보는 물건이었다. 사내는 지

금까지 아이에게 '모른다'는 대답을 해본 적이 없었다. 사내는 아이의 눈치를 보며 상자 주위를 맴돌았다. 표면은 매끈한 금속성 물질로 이루어져 있었고 그을음이 묻어 있었다. 사내는 상자에 코를 댄 채 킁킁 냄새를 맡고 흔들었다. 사내는 어디선가 그것을 본 적이 있다고 생각했다. 그리고 어디선가 봤다면 그건 분명 백과사전에서일 것이었다. 사내는 기억을 더듬어 마침내 그것의 이름을 떠올릴 수 있었다.

"블랙박스!"

"응?"

"블랙박스."

"그게 뭔데?"

사내가 어깨를 으쓱하며 말했다.

"검은 상자란 뜻이지."

아이는 갸웃거렸다.

"근데 왜 주황색이야?"

사내는 움찔 뒤로 물러서며 당황했다. '왜, 주황색이냐니, 왜 주황색일까? 왜 주황색인 것이지?' 사내는 재빨리 말을 꾸며냈다.

"너, 이름 뜻이 뭐야?"

"응, 할아버지가 그러는데 지혜롭고 용감하다는 뜻이래."

사내가 물었다.

"너, 그래서 니가 지혜롭고 용감하니?"

아이는 뭔가 깨달은 듯 크게 고개를 주억거렸다.

"아아."

아이가 물었다.

"그래서 이게 뭔데?"

"이건……"

사내는 망설였다. 문득 엉뚱한 생각이 들었다.

"그러니까 이건……"

아이가 기대에 찬 얼굴로 사내를 바라봤다. 사내가 진지하게 말했다.

"이건, 네 엄마야."

아이의 고추에서 찔끔 오줌 한 방울이 흘러나왔다.

"뭐라구?"

"엄마."

아이는 삼촌이 하는 말은 모두 믿었지만, 이번만은 도저히 이해가 되지 않는다는 표정을 지었다.

"뭐?"

사내의 머리 위로 온갖 지식이 빅뱅처럼 스쳐갔다. 사내는 차근차근 말을 이어나갔다.

"봐봐. 처음 지구에 아무 생물도 살지 않았을 때, 메탄과 타이탄, 질소 등 이상한 기체로만 가득 찬 공기만이 있었어. 내 말 이해하겠니?"

"아니."

"그래, 여하튼 그런 공기들이 있었다고. 그런데 그게 자기들끼리 막 섞여 전기를 일으켜, 물고기도 만들어내고, 공룡, 그래 너 공룡 알지? 그것도 만들어내고, 나무도 만들고 그랬다고."

"응."

"그러다 사자도 생기고 원숭이도 생기고, 많은 것들이 나타났어. 그러니까 사람은 나중에 정말 나중에 생긴 거지. 자, 그럼 사람의 조상은 누구겠니?"

아이는 삼촌에게 주워들은 얘기가 떠올라 자신 있게 말했다.

"원숭이!"

"그렇지, 원숭이. 그럼 원숭이의 조상은?"

아이는 고민에 빠졌다.

"공룡이지, 인마! 원숭이 전에 공룡이 있었으니까. 공룡의 조상은 물고기고, 물고기의 조상은 메탄, 질소 뭐 그런 공기인 거야. 그러니까 사람도 결국 그런 '공기'며 '바람'이며 '햇빛'에서 나온 거야. 그게 바로 우리의 진짜 조상이라고. 알겠니?"

아이는 고개를 갸웃거렸다.

"그런데 이 공기랑 바람이 별걸 다 만들어놨잖아, 지금. 그러니까 우리 조상은 남태평양 참치일 수도 있고, 의자일 수 있고, 스테인리스 압력 밥솥일 수도 있고, 말하자면 이 블랙박스일 수도 있는 거야."

"왜?"

"조상이 같으니까."

사내는 확신을 주듯 물었다.

"너, 할아버지가 만날 엄마보고 뭐라고 그래?"

아이가 시무룩하게 답했다.

"너희 엄만 사람도 아니었다고."

"그치?"

아이는 고개를 크게 주억거렸다.

"아아."

"알겠지?"

아이는 이해하는 체했다. 조금쯤 삼촌의 체면을 세워주려는 마음도 있었다. 블랙박스 따위가 엄마라니 사실 말도 안 된다고 생각했다. 사내가 슬며시 아이의 등을 떠밀었다.

"자, 이제 엄마라고 불러보렴."

아이는 블랙박스를 가만히 바라봤다. 직육면체의 블랙박스는 달빛을 받아 얌전하게 빛나고 있었다. 아이가 사내를 돌아보자, 사내는 누군가는 꼭 해줘야 할 허락을 내려주듯 고개를 끄덕였다. 아이가 떨리는 목소리로 말했다.

"엄마……"

블랙박스는 아무 대답이 없었다. 아이는 한 번 더 소리 내어 불러보았다.

"엄마……"

아이의 눈망울이 잘못 찍은 사진처럼 흔들렸다. 사내가 아이의 어깨를 감싸 안았다.

"옳지."

아이가 떨리는 목소리로 물었다.

"근데 엄마는 왜 말 안 해?"

"그게, 서로 다른 종으로 태어날 경우 대화를 할 수 없게 돼 있어. 그래도 몸을 기울이면 알아차릴 수 있는 것들이 있을 거야. 방법은 우리가 발견해내면 돼. 지금 엄마랑도."

"왜?"

"그게 우주의 윤리야."

아이는 여전히 모르겠다는 표정이었다. 하지만 이렇게 자기를 찾아와준 엄마가 고마워서 그리고 삼촌의 말이 미더워서, 조금 가슴이 아팠다. 아이는 블랙박스 앞에 쪼그려 앉았다. 그러고는 알을 품듯 가만히 블랙박스를 감싸 안았다. 처음엔 차가운 듯했는데, 오래 안고 있으니 엄마의 철제 표면에 자신의 체온이 닿아, 함께 따뜻해지는 기분이었다. 아이의 작은 심장이 콩닥거렸다. 아이가 물었다.

"방에 갖고 가면 안 될까?"

사내는 손사래를 치며 안 된다고, 할아버지가 바다 속에 집어던져버릴 거라고 말했다. 아이의 얼굴이 먹먹했다.

"왜 그래?"

아이가 답했다.

"좋아서."

두 남자 사이로 부드러운 갯바람이 지나갔다. 사내는 그 바람이, 오래전 누군가가 막 좋아지려 할 때 집으로 돌아오는 길, 온몸으로 맞았던 그 바람을 닮았다고 생각했다. 아이는 오래도록 그 자리에 서서 엄마를 불렀다. 블랙박스는 조금 수줍어하는 눈치였다. 돌아가는 길, 아이가 물었다.

"춥지 않을까?"

사내가 속삭였다.

"괜찮아, 블랙박스는 내성적이고 신경이 예민해서 누군가 자신에게 신경 써주는 걸 별로 좋아하지 않거든."

두 사람의 등 뒤로 고독하게 솟은 푸른 등대가 보였다. 등대는 작고 따뜻하게 빛나며 깜빡이고 있었다. 멀리, 꼬리 잘린 노란색 경비행기 한 대가 그들을 굽어보고 있었다. 경비행기 사이로 양 날개를 훑고 지나가는 바람의 소리가 웅웅 아득하게 들려왔다. 그것은 마치 망자를 두고 '부엉부엉' 울며 떠나는 수리부엉이 소리를 닮아 있었다.

*

며칠 뒤, 헬기 한 대가 요란한 프로펠러 소리를 내며 착륙했다. 안에는 푸른 제복을 입은 정보원들과 연구원, 방송 기자 등이 타고 있었다. 그들은 섬에서 가장 높은 봉우리 위에 천막을 치고 식료품과 접이침대, 책상과 살충제, 선크림 등을 들여놓았다. 정보원 한 명이 망원경을 들어 플레이데이터리코더를 내려다보았다. 대마 밭에 커다란 하트 모양의 자국이 남아 있는 게 보였다. 정보원은 발그레 얼굴을 붉혔다. 이들이 섬에 온 이유는 블랙박스를 찾기 위해서였다. 뭍사람들은 무척 불안해하는 눈치였다. 군사적인 경고를 하는 이도, 과학적인 분석을 하는 이도, 외계인의 존재를 주장하는 이도 '우리는 블랙박스를 찾아야 한다'고 소리 높여 말했다. 그것은 추락 사고 이후 당연한 절차로 소리 높여 말할 만한 것은 아니었으나, 그들이 그렇게 목청을 돋운 건 달리 할 말이 없기 때문이기도 했다. 그들 모두가 동의하는 사실 중 하나는 블랙박스 안에는 진실이 담겨 있을 거라는 점이었다. 그들은 흰 장갑을 낀 채 며칠 동안 사고 현장을 조사하고, 단서가 될 만한 것을 수집하고 인가를 방문했다. 그런 뒤 저녁이 되면 언덕 위에 올라 붉게 일렁이는 바다를 보며, 감상적인 마음이 되어 글썽이기도 했다.

아이는 밤낮 없이 뒤뜰에 가 놀았다. 노인은 별로 신경을 쓰지 않는 눈치였다. 아이는 블랙박스와 이야기를 나눴다. 자신이 좋아하는 것과 그렇지 않은 것, 아침상에 오른 반찬, 할아버지의 잠꼬대, 요즘 보는 만화, 체중의 변화에 대해서 새처럼 지저귀었다. 블랙박스는 아이 말을 조용히 경청했다. 맞장구를 쳐주는 것도, 야단을 치거나 참견을 하는 것도 아니었지만 대화는 편안하고 자연스러웠다. 사내는 아이가 걱정됐지만 한동안 모른 척 일터에 나갔다. 아이에게 조금만 더 시간을 주고 싶은 마음에서였다.

　얼마 지나지 않아 37번지 파란색 슬레이트 집에 정보원들이 찾아왔다. 그들은 노인에게 몇 가지 질문을 했다. 그런 뒤 장독 뚜껑을 열고, 창고 안을 살펴봤다. 아이는 숨죽여 그들의 움직임을 주시했다. 노인은 뒷짐 진 채 정보원들을 따라다니며 "그게 어느 나라 비행기냐" "왜 떨어진 것이냐" 등을 꼬치꼬치 물어봤다. 정보원들은 자기들도 아는 게 없다며 "근데 좀 저리 가실 수 없냐" 했다. 아이는 슬그머니 뒤뜰로 걸음을 옮겼다. 정보원 하나가 아이를 불러 세웠다.
　"애!"
　아이는 그 자리에 서서 주르륵 오줌을 지렸다. 노인이 혀를 차며 고개를 젓자 정보원이 당황하며 물었다.
　"왜 저러지요?"
　"에구, 원래 저래요. 몸이 약해서리."
　정보원은 수첩 위에 '몸이 약해서리'라고 적은 뒤, 볼펜을 주머니에 넣었다. 그런 뒤 가장 중요한 질문은 따로 있었다는 듯 물었다.
　"그런데 여기, 회 잘 뜨는 집이 어디입니까?"

정보원은 37번지에 자주 들렀다. 그들은 예전에 물었던 것을 똑같이 묻고 개운치 않은 얼굴로 돌아갔다. 아이는 그때마다 식은땀을 흘렸다. 정보원은 아이를 쳐다본 뒤 수첩 안에 다시 뭔가를 적었다. 사내가 일찍 퇴근한 날에도 정보원들은 아궁이의 솥을 열어보고 있었다. 그들은 이렇게 작은 섬에서 블랙박스가 사라졌을 리 없다, 분명 어딘가에 있을 것이다, 우리가 찾지 못한다면 누군가 숨겨두고 있는 것이다, 그 사람은 부도덕한 조직과 연계되어 있을 것이다, 무사하지 않을 거란 말을 내뱉고 사라졌다. 그것은 37번지에만 해당되는 일이 아니었다. 일이 진척되지 않자 정보원들은 마을 사람들을 집요하게 추궁했다. 사내는 뭐 저런 자식들이 다 있냐며 혼자 화를 냈다.

*

넓은 놋그릇 위로 망둥이들이 일제히 머리를 모은 채 누워 있었다. 비늘 위로는 고춧가루가 뿌려져 있었다. 노인이 앙상한 손가락으로 생선을 발랐다. 창밖으론 낮은 구름이 빠르게 흘러갔다. 아이는 생선 대가리를 빨며 뉴스를 경청했다. 뉴스의 내용은 비행기의 추락 사건이 미궁에 빠졌다는 것이었다. 화면 위로 마을 사람들의 얼굴이 지나갔다. 그들은 인터뷰 중

늘 딴 얘기로 빠지며 횡설수설했고, 대부분 블랙박스가 뭔지도 모르는 사람들 같았다. 방송 기자가 말했다.

"곧 정부에서 블랙박스의 구성 원료인 특수 합금을 추적하기 위해 플레이데이터리코더에 고성능 X-50S 탐지기를 보낼 예정입니다."

사내가 아이의 얼굴을 바라봤다. 아이는 아무 생각 없이 자기 얼굴보다 큰 그릇을 들어 숭늉을 들이켰다. 아이는 숟가락을 놓자마자 "잘 먹었습니다" 하고 후다닥 나가버렸다. 사내와 노인은 일렁이는 텔레비전 불빛 앞에 앉아 나머지 뉴스를 보았다.

노인은 자리를 털며 일어났다. 뒷간에 다녀오겠다며 상은 네가 좀 치우라고 했다. 노인은 손전등을 들고 진흙이 묻어 있는 고무신을 꺾어 신었다. 사내는 불안한 눈으로 노인을 바라봤다. 아니나 다를까 노인은 대문 밖을 나서며 이상한 기척을 느꼈다. 어디선가 바람 소리 같기도 하고, 누군가 웅얼대는 듯하기도 한 소리가 난 것이다. 노인은 까치발을 든 채 소리가 나는 곳으로 향했다. 대숲이 있는 뒤뜰이었다. 노인은 짐승처럼 밝은 밤눈으로 어둠을 응시했다. 장독 옆에 붙어 혼잣말하는 아이의 모습이 보였다. 노인이 손전등을 비췄다. 아이가 놀라 뒤로 자빠졌다.

"여기서 뭐 하는 거냐?"

아이는 벌떡 일어나 몸으로 블랙박스를 가렸다.

"예? 아무것도요."

노인은 전등을 들고 아이에게 다가갔다. 아이는 뒤로 물러
섰다. 아이의 다리 사이로 얼핏 주황색 물체가 보였다.

"그게 뭐냐?"

아이가 가랑이를 오므리며 말했다.

"아무것도 아니에요."

"비켜봐라."

아이는 꼼짝 않고 버티었다. 노인은 아이를 밀쳐냈다. 노인
이 블랙박스를 건드리려 하자, 아이가 "안 돼요" 하고 달려들
었다. 노인은 그것이 뭇사람들이 찾고 있는 그 '블랙' 무엇과
관련이 있을 거라는 걸 알았다.

"안 돼요. 이리 주세요."

노인은 블랙박스를 두 손에 든 채 아이를 내려보았다.

"이놈의 자식! 뭔 짓을 한 거냐? 이런 짓 하면 무서운 데
잡혀가는 거 모르냐? 응?"

노인은 블랙박스를 땅에 내동댕이칠 기세로 아이를 꾸짖었
다. 안방에서 소리를 듣고 달려온 사내가 노인의 팔을 잡았다.

"아버지! 참으세요."

노인은 과장되게 삽이며 괭이며 찾는 시늉을 하더니 "다 부
숴버리겠다!"고 소리쳤다.

"물건을 훔쳐? 응?"

흠뻑 젖은 아이의 아랫도리 사이로 두 다리가 후들거렸다.
사내는 아이 앞을 가로막으며 노인에게 사정했다.

"아버지, 이거 제가 오늘 선착장 근처에서 주워 온 겁니다.
이상한 물건 같아서 뭍사람들한테 갖다 주려 했어요."

노인이 미심쩍은 얼굴로 아들을 쳐다봤다.

"애가 아마 신기해서 그랬나 봐요. 제가 내일 반드시 제자
리에 갖다 놓을게요. 역정 푸세요."

노인은 사내와 아이를 번갈아 쳐다본 뒤 못마땅한 얼굴로
방에 돌아갔다. 사내가 아이의 어깨를 잡았다.

사내와 아이는 나란히 이불 위에 누워 있었다. 건넛방에선
노인이 쭈그리고 앉아 졸며 바지락을 까고 있었다. 사내는 아
이의 머리칼을 만지며 괜히 딴소리를 했다.

"너 좋아하는 애 있니?"

아이가 맥없이 대답했다.

"응? 예전에."

"그럼 뽀뽀해봤어?"

"아니. 삼촌은?"

"해봤지. 어른이니까."

사내가 말을 이었다.

"좋아하는 사람과 입을 맞출 때는 말이야, 꽹장한 느낌이
들어."

아이는 조금 호기심이 생기는 듯했다.

"어떤?"

"그게 말이야, 대기권에 무거운 물체를 놓으면 지구의 중력으로 인해 무서운 속도로 낙하하면서 흔적도 없이 사라지게 되거든? 음, 그러니까 다 타버려 땅에 닿기도 전에 사라져버린다고."

"응."

"말하자면 그런 느낌이야, 입맞춤이란."

아이가 감탄하며 말했다.

"아름다운 거구나. 입맞춤이란."

사내가 미소 지으며 말했다.

"그럼. 그런데 가끔은 우주에서 고장 난 우주선 조각 같은 게 우주를 떠다니다가, 지구의 끌어당기는 힘에 잡혀서 그 주위를 영원히 돌게 되는 경우도 있대."

"영원히?"

"응. 지금도 우리 머리 위에서 아주 많이 돌고 있어. 보이진 않지만 멀리서."

아이가 턱밑으로 이불을 끌어당기며 말했다.

"힘들겠다."

사내가 속삭였다.

"우리, 블랙박스 보러 갈까?"

"왜?"

"엄마에게 입 맞춰드리려."

뒤뜰에서 우수수 바람에 휘청이는 대숲 소리가 들려왔다. 아이가 가만 사내를 바라봤다. 도대체 어떤 예감을 담고 있는지 알 수 없는, 저 스스로도 모르는 아득한 눈빛이었다.

사내와 아이는 살금살금 노인의 방을 지나 뒤뜰에 도착했다. 노인은 칼을 쥔 채 바지락이 쌓인 '다라이' 앞에 앉아 꾸벅꾸벅 졸고 있었다. 사내는 블랙박스를 아이 앞에 내려놓았다. 블랙박스는 피곤해 보였다. 우수수— 대숲이 바람에 흔들렸다. 바람은 물에 젖은 천처럼 무겁고 축축했다. 사내가 망설이다 입을 열었다.

"곧 뭍사람들이 올 거야. 너도 알지?"

아이가 불안한 눈으로 고개를 끄덕였다.

"그러곤 엄마를 데려갈 거야. 어딘가에 꼭 필요한가 봐."

아이가 고개를 숙였다.

"그 전에 우리가 엄마를 다른 곳으로 보내드리자."

아이가 말했다.

"싫어."

"그럼 그 사람들이 데려갔으면 좋겠어?"

"……"

"엄마가 여기 있으면 잡혀가게 돼. 그러니까 우리가 보내드려야 하는 거야."

"어디로?"

"저기."

사내가 하늘을 가리켰다.

"그러면 엄마는 지구가 잡아당기는 힘 때문에 하늘 위를 영
원히 돌며 네 곁에 머물 수 있게 돼. 정말이야. 삼촌이 약속
할게."

아이의 얼굴이 흐려졌다. 아이는 한쪽 발로 계속 땅바닥을
비벼댔다.

"싫어?"

"……"

한참 후, 아이가 마지못해 말을 이었다.

"어떻게 하면 되는데?"

"그냥 입 맞추면 돼. 그런 뒤 눈을 감고 기다리는 거야. 대
신 그 전에 엄마와 먼저 인사를 나눠야 해."

아이는 고개를 끄덕였다. 사내는 물러서며 말했다.

"하고 싶은 말 있으면 해도 괜찮아."

블랙박스는 침묵하고 있었다. 아이가 입을 열었다.

"엄마."

"……"

아이가 갈라지는 목소리로 외쳤다.

"엄마."

둘 사이로 힘센 바닷바람이 지나갔다. 아이가 더듬더듬 말

을 이었다.

"엄마는 내 이름을 불러준 적도 없고, 나를 업어준 적도 없고, 내가 아플 때 만져준 적도 없고, 내가 늦었을 때 찾으러 나온 적도 없고, 필요할 때 내 옆에 항상 없었어요. 그러니까 엄마는 내 책가방을 싸주지도 않을 거고, 내 충치를 뽑아주지도 않을 거고, 내가 맞고 돌아와도 쫓아가주지 않을 거고, 나와 소풍도 가지 않을 테고, 내 입학식 때도 오지 않을 거고, 나랑 같이 자지도 않을 테고, 내가 상을 타도 머리를 만져주지 않을 테고, 언제고 내가 부를 때마다 대답하지 않을 테지만, 그렇지만, 그렇지만……"

아이는 울음을 터트렸다.

"그렇지만……"

아이의 얼굴이 눈물로 뒤덮였다. 아이는 목 놓아 울었다. 바람은 자꾸 불고, 어둠 속, 블랙박스 위로 댓잎 하나가 팔랑하고 떨어졌다.

"엄마가 인사한다."

아이가 딸꾹질하듯 물었다.

"뭐라고 하는데?"

사내가 말했다.

"잘 있으래."

"……"

"잘 있으래. 어디서든 잘 있어달래. 그러면 자기가 무척 기뻘 거래."

아이가 다시 '으앙' 하고 큰 소리를 냈다. 사내는 아이가 마음 놓고 울 수 있도록 말없이 곁에 서 있었다. 한참 후 사내가 아이의 귀에 속삭였다.

"자, 너도 인사해야지."

"뭐라고?"

"엄마도 잘 있으세요, 하고. 잘 가세요, 하고."

아이가 손으로 눈물을 훔쳐냈다. 아이는 덤덤하게 웅크리고 있는 블랙박스를 향해 말했다.

"잘 가요, 엄마. 잘 있어야 해요."

아이는 말을 이었다.

"어디서든 잘 있어주세요. 그러면…… 나도 무척 기쁠 거예요."

사내가 아이에게 말했다.

"자, 이제 엄마에게 입 맞춰드리자."

아이는 천천히 블랙박스를 향해 다가갔다. 그러고는 두 손으로 블랙박스의 차가운 볼을 만졌다. 아이는 한참 동안 그것을 바라보다가 눈을 감고 고개 숙여 블랙박스에게 입 맞췄다. 다음 생엔 좀더 부드러운 물건으로 태어나길 기도하면서. 아이의 눈물이 오렌지색 합금 위로 뚝뚝 떨어졌다. 하늘에선 구름 속에 잠긴 달이 하얗게 퉁퉁 불어가고 있었다.

같은 시간, 노인은 까무룩 얕은 잠이 들어 꿈속에서 새를 보고 있었는데, 그 새는 웬일인지 가슴에 빨간 브래지어를 하고 있었다. 노인은 문득 "저거, 수리부엉이를 닮았네, 수리부엉이를 닮았어"라고 중얼거리며 하늘을 올려다보았다. 노인은 오래도록 브래지어를 한 채 날아가는 새를 바라보았다. 그러다 어느 순간 자신도 모르게 얼굴 위로 주르륵 눈물이 흘러내리는 것을 느낄 수 있었다. 노인은 하늘을 향해 큰 소리로 "훠이—" 하고 소리쳤다. 그러곤 성이 안 차는지 한 번 더 "훠이—" 하고 외쳤다. 노인은 젖은 눈으로 밤하늘을 보며 중얼거렸다.

"다시 태어난다면, 사람 같은 거, 너무 좋아하지 마라."

새는 큰 날개를 펄럭이며 달빛 속을 날아 부엉부엉 하늘 끝 먼 곳으로 사라졌다.

*

다시, 플라이데이터리코더의 여름. 봄볕에 달구어진 이 섬 어딘가, 초록 너머로 일상적이고도 유구한 노동, 알 수 없는 소문과 권태, 혹은 시원하게 불어오는 바람 속에서, 사람들은 여전히 아이를 낳고 또 아이를 낳는다. 섬의 이름은 플라이데이터리코더. 사내들은 고무장화를 신은 채 생선을 말리고, 한여름, 섬 그림자 아래, 시커먼 바다 속에선 물고기들이 머리를 식히고 있다. 37번지 파란색 슬레이트 지붕 아래서의 일상도 비슷하다. 노인은 고기 배를 따며 하늘을 보고, 사내는 아침마다 선착장에 나가 차표에 구멍을 뚫는다. 아이의 키는 무럭무럭 자라 예전의 팬티가 맞질 않고, 이제는 오줌도 지리지 않게 되었다. 섬 어귀에는 마을에서 제일 높은 등대가 있다. 등대 위에는 파랗게 이끼 긴 경비행기 하나가 유물처럼 박혀 있다. 깨진 유리창 안에는 이따금 새들이 날아와 알을 까고 간다. 뭍사람들은 모두 떠났다. 그들은 누군가 등대 아래 갖다 놓은 블랙박스를 들고 요란한 프로펠러 소리를 내며 사라졌다. 추락 전, 30분간의 녹음 내용은 블랙박스 부품의 손상과 잡음 때문에 대부분 해독되지 못했다. 조종자도 사라지고 국적도 불분명한 비행기의 추락 사고는 몇 가지 의문점만 남긴 채 사람들 기억에서 잊혔다. 다만 그들은 블랙박스 안에서 들릴 듯 말 듯 녹음된 조종자의 마지막 메시지 하나를 간신히 건질 수 있었는데, 그것은 단 한마디, '안녕'이었다고 한다.

나만의 방, 그 우주 지리학

이 광 호

1. 김애란이라는 방

다시, 김애란이다. 김애란이라는 이름의 '특선'이 예기치 않은 선물처럼 2000년대 문학에 당도했을 때의 매혹을 기억한다. 그 매혹은 가족사적 결핍과 도시 변두리의 누추한 생을 상상적 공간으로 전이하는 투명한 감성, 위트 넘치는 문체, 그리고 일상의 비루함을 지상 위로 띄우는 청신한 상상력에서 나왔을 것이다. 그 매혹이 추억이 아니라 한국 문학의 현재로서 살아 있는 지금, 김애란은 다시 새로운 특선을 선물한다. 기대와 조바심으로 그 특선을 열어보면, 거기에는 당신과 내가 살았던, 혹은 살고 있는 이 도시의 그 작은 '방'들이 숨겨져 있다.

'방'이라니? 동시대의 젊은 작가들이 탈현실적인 상상력으로 재무장하고 있는 것과는 달리, 이 작가는 더 낮고 누추한 자리에서부터 다시 소설적 상상력을 가동시킨다. 등단작 「노크하지 않는 집」에서부터 그 단초를 보여주었던 것처럼, '방'을 둘러싼 유폐와 소통의 위상학을 심화시키면서, 그것을 새로운 '우주 지리학' 위에 위치시키는 것이다. 그의 방들은 '신림동 고시원'(「기도」), '4인용 독서실'(「자오선을 지나갈 때」), '반지하 방'(「도도한 생활」)처럼 좁고 누추한 공간 속에 자리하거나, '지상에 방 한 칸'을 구하는 일 자체가 절실한 고투가 되는 상황(「성탄특선」) 속에 놓여 있다. 중요한 것은 방이라는 공간에 연루되어 있는 개인 서사, 그 개인 서사의 상상적 지리학이다. 이제 김애란의 서사는 가족 로망스의 변주에서 방의 지형학에 대한 동시대적인 탐색으로 성큼 나아간다.

'집'과 달리 '방'은 개인의, 혹은 개별성의 상징 공간이다. '내' 방은 휴식, 내밀성, 은밀하고 사소한 행복의 의미 작용을 가진다. 방은 개인에게 있어 비밀스러운 닫힌 공간인 것이다. 집에 관한 바슐라르의 명제를 변형한다면, '방은 인간 존재 최초의 세계'라 할 수 있다. 그런데 김애란의 '자기만의 방'은 이보다 더 절실한 사회적 차원이 개입되어 있다. 그곳은 '신빈곤' 시대의 20대들이 청년 실업과 비정규직 양산이라는 엄혹한 시대 상황 속에서 처절하게 입사식(入社式)을 준비하는 공간이다. 이들이 잠시 머무르는 '노량진'과 '신림동,' 혹은 서울 변두리의 지명들은 이들의 시대적인 존재 위치를 말해준다. 불안정한 사회적 지위를 가진 '취업 준비생' '재수생' '아르바이트생' 혹은 '변두리 학원 강사'의 신분을 가진 인물들은 제도권 정규 사회로의 진입의 지난함을 그 공간에서 감내해야 한다. 그들은 '계급'조차 갖지 못한 존재들, 제도권에서 사회적인 성인으로 공인해주지 않는 존재들이다. 그래서 이들의 사회적 진입과 그 입사의 '성인식'은 끊임없이 유예된다. 이들의 방은 창백한 청춘들이 자신의 신체적·정신적 개별성과 자존을 보존하기 위해 확보해야만 하는 최소 공간, 혹은 깊은 곳으로부터 타자와의 소통과 연대를 꿈꾸거나 그 꿈이 배반당하는 공간이다.

그러나 김애란의 방이 동시대의 젊은 세대들이 처한 사회적 상황을 확인시켜주는 공간으로만 해석된다면 안타까운 일이다. 김애란 소설의 문학적 성취는 동시대 젊은 세대의 사회문화적인 궁핍을 사실적으로 드러내면서 그 개인성의 균열과 심연을 탐사하고, 그 안에서 실존의 지리학과 우주적 공간을 발견하는 상상적 모험을 펼쳐 보인다는 데 있다. 그리하여 김애란의 방들은 방의 사회학에서 방의 지형학으로, 혹은 방의 기호학에서 방의 우주 지리학으로 움직인다. 김애란의 방은 2000년대 문학의 한 주제인 작고 고립된 주체들의 몸이 거처

하는 최소 공간이고, 그곳에서 꾸는 꿈들의 표지이다. 혹은
그 작은 주체들의 몸 그 자체이거나, 그 몸이 간직한 우주이
다. 세상의 모든 몸들이 조금씩 상처 나 있는 것처럼, 그 방
들은 조금씩 아프다. 그 방들의 우주 속으로 들어갈 준비가
되어 있다면, 이제 김애란의 방들을 엿볼 수 있다.

2. 여자들의 방

버지니아 울프는『자기만의 방』에서 여성이 픽션을 쓰기 위
해서는 '돈'과 '자기만의 방'이 있어야 한다고 말한다. 여성
작가가 '자유의 문'을 열기 위해서는 고정적인 소득과 자기만
의 방이 필요하다는 이 전언은, 물론 매우 정치적인 것이다.
이것은 여성의 사회적 생존에 대한 조건을 명시적으로 드러
낸다. 하지만 이 조건이 '픽션을 쓰는 여자'에게만 해당되는
것은 아니다. 픽션을 쓰는 여자란 넓은 의미에서 말한다면,
'여성'이 되려는 여자, 혹은 글을 쓰려는 여자, 혹은 무엇인
가를 창조하려는 여자일 것이다. 김애란의 소설 속 여자들은
여성 정체성에 대한 날카로운 자의식을 가졌다기보다는 다만
최소한의 자존을 위한 공간을 확보하려 한다. 하지만 그 공간
을 확보하는 것은 언제나, 여러 장애에 직면하게 된다. 그들
은 아직 '계급'과 '제도'에 소속되지 못한, '비정규적 여자

들'이기 때문이다.

「도도한 생활」에서 '나'에게 피아노는 자존의 상징이다. 만두 집을 했던 엄마는 '나'에게 피아노를 가르침으로써 '보통의 기준' 속에서 딸을 교육시키려 했다. 피아노는 '거실'이 아닌, 엄마의 만두 가게 안에 놓이게 된다. 엄마의 '만두'와 '나'의 피아노는 그렇게 생존의 공간과 중산층의 표준 교육 프로그램이라는 허영의 자리에서 마주 보고 있는데, 그것들이 한 공간 안에 위치한다는 사실은 더 근원적인 '현실'을 보여준다. 피아노는 '나'와 엄마의 사회적 '구별 짓기'의 욕망을 상징한다. "체르니란 말은 이국에서 불어오는 바람 같아서, 돼지비계나 단무지란 말과는 다른 울림을 주었다. 나는 체르니를 배우고 싶기보단 체르니란 말이 갖고 싶었다"(p. 15). 문제는 '체르니'라는 시니피앙이 주는 감각과 취향의 울림이다.

성장하면서 '나'는 더 이상 피아노를 치지 않게 되었지만, "세상 사람들은 가끔 아무도 모르게 도— 도— 하고 우는 것이 아닐까 하고. 사람들 저마다 자기도 모르게 까닭 없이 낼 수 있는 음 하나 정도는 가지고 태어나는 게 아닐까 하고"(p. 19) 생각하게 된다. 피아노는 개인이 지닌 최소한의 자존의 상징이며, 동시에 채울 수 없는 것들에 대한 저마다의 슬픔이다. 어느 날 갑자기 집이 망하고 집에서 값나가는 물건을 팔아버려야 할 상황에서, 엄마는 피아노를 서울의 반지하

자취방에 가져가도록 한다. 반지하 자취방의 피아노란 마치 만두 집의 피아노처럼 궁핍한 생활과 심미적 취향의 낙차를 드러내준다. 주인은 피아노를 치지 못하게 했고, 아무 쓸모없는, 치지도 못할 피아노는 그렇게 서울 반지하 방에 입성한다. "계급을 나누는 건 집이나 자동차 이런 게 아니라 피부하고 치아"(p. 26)인 시대. 이미지와 스타일과 취향이 계급을 결정하는 세계 속에 피아노는 불편하게 놓여 있는 것이다. 그건 마치 언니가 고른 투박한 컴퓨터 본체 케이스의 느낌과 비슷하다. "언니는 가장 21세기적인 컴퓨터와 함께 반지하에 살게 되었다. 21세기가 얼마나 '슬림'한 것인지를 알게 되는데는 많은 시간이 필요하지 않았겠지만. 그것은 방 한쪽에 불룩하게 자리 잡았다"(p. 29).

반지하의 공간은 "어쩐지 여기 서울 같지 않아"(p. 28)라고 말하게 만드는 곳이다. 그 눅눅한 공간에 비가 쏟아져 들어오는 마지막 장면, "검은 비가 출렁이는 반지하에서" 피아노를 치는 '나.' 이 장면은 주인집의 금기를 어기는 행위라는 차원을 넘어, 반지하 공간으로 상징되는 사회적 궁핍의 공간을 다른 상상적 차원으로 이동시킨다. 이 강렬한 장면에서 만나는 것은 차라리 불우와 불행에 대한 투명한 심미적인 대응 방식이다. 불행의 극복을 위해 적극적으로 노력하거나, '피아노'라는 취향의 세계에 탐닉하는 것과는 조금 다른 차원의 투명한 체념의 미학. 불행에 대해 주인공은 이렇게 말한다. "다만 그것이 아주 투명한 불행처럼 느껴진다고, 실감이 안 난다고 덧붙였다. 그것은 당장 내가 내일부터 아르바이트를 하고 어마어마한 피로감을 느낀다 해도, 저 너머 도미노의 끝을 상상할 수 없고, 원망할 수 없는 것과 비슷한 느낌이었다"(pp. 25~26). 이 소설의 제목인 '도도한 생활'의 절묘한 아이러니를 빌려, 이런 투명한 체념의 미학을 도도함의 미학이라고 부르면 어떨까? 사람들이 저마다의 '도— 도—' 하고 울고 있다는 것을 알고 있는 자의 쓸쓸한 '도도함.' 체념의 방식으로 자존을 유지하는 그 무심하고 투명한 '도도함.'

이 반지하의 공간은 자매가 생활하는 공간이다. 자매는 "구인 광고란에 적힌 '준수한 외모'라는 말의 진정한 뜻을" 알아야만 하는 사회를 함께 견뎌야만 한다. 그녀들의 삶의 태도와 대비되는 것은 이 소설 속의 남자들이다. 김애란의 다른 소설에서 나타나는 것처럼, 아버지는 여전히 무능하고 즉흥적이고 대책이 없다. "내가 집을 떠나던 날, 아빠는 오토바이 '쇼바'를 잔뜩 올린 채 도로 위를 달리며 울고 있었다. 아빠는 오토바이 속도가 최절정에 다다랐을 때, 앞바퀴를 들며 "얘들아 너흰 절대 보증 서지 마!"라고 오열했고, 비닐하우스 옆에서 머리를 조아리며 속도위반 딱지를 뗐다고 했다"(p. 22). 김애란 특유의 유머가 돋보이는 이 에피소드에서 집안의 경제적 붕괴의 원인을 제공했던 아버지는 그런 상황에 대한 슬픔의 표출마저 즉흥적인 방식으로 '스타일'을 만든다. 물론 그것의 수습은 또다시 엄마의 몫이다. 마지막 장면, 물이 들어찬 반지하 방에 찾아온 언니의 옛 애인 역시 "누르스름하고 고르지 않은, 작고 오래된 이들"을 가진, "조그마한 체구에 순한 얼굴을 가"진, 술에 취해 옛 애인의 집을 찾아와 몸을 가누지 못하는 그런 종류의 남자이다. 언니처럼 '나' 역시 그 사내의 이를 보고 싶다는 충동을 느끼는 것도, 이들의 여성성이 엄마의 그것처럼 '결핍'으로서의 남성을 수습해줄 수밖에 없는 그런 실존적 상황에 처해 있기 때문이 아닐까? 투명한 체념의 미학은, 그래서 어떤 '여성적'인 수행 방식의 하나를 드러내는 것이 아닐까?

여자들의 방이라는 공간에 대한 풍요로운 소설적 시선을 드러내고 있는 작품은 「침이 고인다」이다. 학원 강사로 일하며 혼자 살고 있는 그녀에게 어머니에게 버림받은 기억을 가진 후배가 찾아온다. 후배의 엄마는 도서관에서 딸에게 껌 한 통을 쥐여준 뒤 사라진다. 후배는 압도적인 외상적 장면을 그녀에게 말해버린 뒤, 그때 남은 껌 하나를 쪼개서 그녀에게 주는 '상징적 제의'를 제안한다. "그녀는 혼란스러웠다. 모든 게 거짓말 같고 또 정말인 것 같았다. 그녀는 후배의 존재가 허구처럼 느껴졌다"(p. 63). 하지만 후배가 "한없이 투명한 표정으로," "지금도 입에 침이 고여요"라고 말했을 때, 그녀는 그 한마디 때문에 후배를 받아들인다. 타인의 깊은 외상적 기억을 공유한다는 것은 이중적이다. 그것은 타인과의 깊은 소통과 유대의 계기를 만드는 것이지만, 한편으로는 그 외상적 기억을 공유해야 한다는 책무감, 혹은 자신도 그 사람에게 그런 외상적 기억을 말해야 한다는 부채감이 작동할 것이다.

그녀는 후배의 언변과 살가움에 위로받고, "유통 기한이 정해진 안전한 우정이 그녀를 여유롭게 만들어"(p. 57) 준다고 잠깐 생각한다. 하지만 여자들의 '안정한 우정'은 없다. "그녀가 퇴근 후 현관에 서서 '지금 저 안에 후배가 없었으면 좋겠다'는 생각을" 하게 되면서, "그녀는 주인공의 죽음을 기다리는 독자처럼, 후배가 저지르는 작은 실수들을 숨죽여 기다리게 되었다"(p. 68). 후배는 그녀의 취향과 닮기 위해 노력했지만, 그것은 오히려 그녀를 당황하게 만든다. 타인의 외상적 기억을 공유하는 것 못지않게, 취향을 공유한다는 것도 불편한 어떤 것이니까.

그녀는 불편한 감정을 후배에게 털어놓고 후배가 이불에 생리혈을 묻힌 것을 타박한다. 그녀가 가장 여성적인 생리 현상인 생리혈을 핑계로 후배를 타박하게 되는 것은, '고독'에 대한 그녀의 욕망 때문이다. "그녀는 어서, 고독해지고 싶다. 푹신푹신한 고독감 속에 파묻혀 휴일이면 온종일 인터넷을 하거나 영화를 보고, 아무렇게나 입은 채, 아무 때나 일어나, 아무거나 먹어버리고 싶다"(p. 77). 고독의 욕망은 소통의 욕망처럼 강렬하다. 후배가 떠나고 다시 혼자가 된 그녀는 후배가 건네준 껌을 씹는다. 이 행위는 고독의 욕망이 소통의 욕망을 배제한 상황에서, 개인이 그 결핍을 보충하려는 상징적인 행위로 볼 수 있다. '침이 고인다'라는 생리 현상은 상실에서 오는 외상에 대한 신체적 반응이지만, 원초적 결핍으로 인해 '껌'과 '침'이 상징하는 '구강적 인성'이 고착화된 것으로도 설명될 수 있다.

문제적인 것은 '껌'이라는 사물이 상징하는 바의 충족되지 않는 구강기적 욕망이다. 마지막 장면을 주목하자. "입 안 가득 달콤 쌉싸름한 인삼껌의 맛이 침과 함께 괴었다 사라지고 사라졌다 괸다. 그녀는 웅크린 채 질경질경 껌을 씹으며, 단물이 빠질 때까지 드라마의 '전송 완료'를 기다린다. 어스름한 모니터 불빛 때문인지 쌉싸래한 인삼 맛 때문인지 껌 씹는 그녀의 표정은 울상인 듯 그렇지 않은 듯 퍽 기괴해 보인다" (p. 83). 껌은 결코 충족될 수 없는 기호품이다. 껌은 배를 부르게 하지도 않으며, 그 반복되는 행위는 "단물이 빠질 때까지"에 한정된 것이고, 다만 침을 나오게 할 뿐이다. 껌 씹는 행위의 이런 성격은, 다시 "푹신푹신한 고독" 속에 남겨진 그녀의 '기괴한' 표정과 동궤를 이룬다. 이 달콤하고도 공허한 행위. 고독의 욕망과 소통의 욕망의 교차는 영원히 채워지기 않는 껌 씹기와 같다. 그녀들의 동거가 실패한 것은 타인 속에서 자기 욕망을 재현하고 실현하는 것에 대한 실패이다. 여기서 여자들의 방은 여자들의 '연대'를 가능하게 하는 공간이 아니라, 타인의 외상과 고독을 공유하는 것에 대한 내적 장애를 발견하는 자리이다. 그러나 그 방의 시간들을 그녀들은 함께 살았다. 그리고 결핍은 사라지지 않는다. 그래서 그녀들은 '침이 고이거나' 혹은 '목이 마르다.'

4인용 독서실 공간에도 여자들이 살고 있다(「자오선을 지나갈 때」). '나'는 지금 학원 강사 자리를 알아보기 위해 서울을 돌아다니다 전철을 타고 집으로 돌아가는 중이다. 입사 시험에 서른번째 낙방을 하면서 '나'는 "정말 나는 괴물이 아닐까?"(p. 120)라고 생각했다. "여자는 얼굴이 인성"이고 '콘텐츠는 돈으로 만드는' 시대의 괴물. 열차가 노량진 역 근처에 왔을 때, '나'는 1999년의 노량진에서 보낸 시절로 돌아간다. '나'는 'IMF' 때문에 "갑자기 교대에 지원하는 학생이 많아" 대학에 떨어졌다. 재수를 하면서 입성한 '노량진'은 '약속의 땅'처럼 느껴졌고, 그곳에서 학원 근처 '여성 전용 독서실'을 계약한다. 임용 고사 재수생, 5급 공무원 시험 준비생인 언니들과 함께 쓰는 이 공간은 제도권에 진입하려고 안간힘을 다해 '준비'하는 여자들의 방이다. "4인실은 너무 좁아, 네 명 모두 책상 위에 의자를 올린 뒤 연필처럼 자야 했다"(p. 128). 제도 사회에 진입하지 못한 여자들이 자신의 몸을 연필처럼 눕혀야 하는 공간, 서로의 궁핍과 결핍을 짐작하고 있지만 아무것도 서로에게 해줄 게 없는 시간.

'노량진'이라는 지명과 '여성 전용 독서실'이라는 공간은 이 소설의 서사적 이미지의 핵심을 이룬다. "노량진에는 머무는 사람보다 지나가는 사람이 많았다. 혹은 오래 머물더라도 사람들은 그곳을 '잠시 지나가고 있는 중'이라 생각했다. 그것은 나도, 재수생 언니도, 민식이도, 총무 오빠도 마찬가지였다. 사람들은 알고 있었다. 그렇게 '지나가는' 곳의 생활, 관계가 어떤 것인지를"(p. 138). 노량진은 떠나기 위해 잠시 머무는 자들의 지명이며, 그곳에서 '생활'과 '관계'는 다만 '임시적'인 것이다. 남자 친구가 대학 가서도 연락하자고 말할 때, "나는 우리가 대학 가서 연락하지 않을 거라는 걸 알고 있었다. 왜냐하면 노량진은 모든 것이 '지나가는' 곳이기 때문이었다"(p. 144). 문제는 그곳을 떠나온 지금 2005년의 시점에도 여전히 '나'는 그곳을 '지나가는 중'이라는 사실이다. "1999년 내가 지나가는 곳이라고 믿었던 곳. 모든 사람이 지나가는 곳. 하지만 그곳이 '지나가기만' 하는 곳이었다면 얼마나 좋았을까. 7년이 지난 2005년 지금도 나는 왜 여전히 그곳을 '지나가고 있는 중'인 걸까"(p. 148). 여성 전용 4인용 독서실과 노량진은 생의 '지나가는 곳'이다. 그만큼 내일을 위해 불편과 궁핍을 감내해야 하는 불안정한 곳이었다. 그런데 그 이후에도 그곳의 시간이 지속된다는 것, 여전히 생은 막막하고 불안정하고, 노량진 독서실의 공간은 '현재'에 속한다는 것. 혹은 서울이라는 우주를 돌아다니는 지하철 칸들처럼 서울의 방들은 다만 '지나가는 곳'이라는 이 서늘한 감각.

신림동이라는 공간(「기도」)은 또 어떤가? 신림동 역시 노량진처럼 정규적인 사회 공간에 진입하지 못한 사람들의 '방'이 있는 곳이다. 막내와 작은 원룸에 살고 있는 '나'와 달리, 언니는 교육행정직 시험을 준비하기 위해 고시촌에 들어간다. '언니의 방'을 찾아가기 위한 '나'의 하루 여정은 서울이라는 공간에 대한 탐사의 시간이기도 하다. "거리는 지방 소도시 몇 개를 기워놓은 듯하다. 낡고 일관성 없고 잡지처럼 산만하다. 그리고 왠지 시간이 고여 있는 느낌이다. 신림뿐만 아니라 서울 대부분의 거리가 그랬다는 기억이 난다. 이것저것을 오려다 마구 붙여놓은 느낌, 〔……〕 어쩐지 이 도시가 하나의 거대한 풍문처럼 느껴진다"(p. 194~95). 그래서 "'수도(首都)가 이래도 되나?' 수도니까 그런 것도 같다"(p. 203)라는 이상한 생각을 하게 만든다. 노량진과 신림동은 '연령대'가 다른 사람들 때문에 '분위기'가 다르지만, 그러나 정주할 수 없는 곳이라는 측면에서는 동일하다. "언니의 방은 3층 복도 끝에 있다. 수십 개의 똑같은 문이 잔혹 동화처럼 펼쳐져 있다"(p. 200). 얼마 안 되는 보상을 바라고 노동부에서 실시하는 취업에 관한 설문 조사를 하는 '나' 역시 내일을 알 수 없는 이 '잔혹 동화' 속에 있다. 제도권 사회에 진입하지 못한 사회적 '미성년'들이 불확실한 '내일'을 살아내야 하는 서울의 방들은 그 잔혹 동화의 한가운데 있다.

3. 연인들의 방, 그리고 엄마의 방

연인들에게는 '방'이 필요하다. 제도 영역에 진입하지 못한 연인들의 가장 큰 현실적인 장애는 아마도 '방'이 없다는 것이다. 물론 돈이 있다면 방을 구할 수도 있지만, 그렇다고 해서 '완전한 방'의 강박으로부터 자유로울 수는 없다. 이를테면 성탄 전야의 연인들에게 '지상에 방 한 칸'은 얼마나 절실한 대상인가(「성탄특선」). 성탄절 새벽의 "서울은 고장 난 멜로디 카드처럼 조용하기만 하"고, "오늘 밤, 세계에는 많은 '사람의 아이들'이 생겨날 것이다." 그리고 "오늘 밤 지구의 연인들이 최선을 다해 소리 지르고 있을 것"이다. 궁금한 사정으로 여동생과 한방을 쓰고 있는 사내는 자신이 보냈던 무기력한 성탄절을 떠올리며, "나는 왜 이렇게 빤한가……"라고 중얼거리지만, 매년 똑같은 '성탄특선' 영화처럼 서울의 성탄절은 너무 빤하다.

사내는 '방'에 대한 상처를 가지고 있다. "사내는 모텔과 여관 창문을 올려다보며 '부러움'을 느꼈다. 그 많은 방 중 진짜 자기 방은 없다는 불안 때문이었다"(p. 85). 어떤 외부의 방에나 "누군가 올 것 같은 느낌, 나가야 될 것 같은 느낌" 없이 온전하게 사랑을 나눌 수 있는 연인의 방은 그에게 주어지지 않았다. 사내가 온전한 방 한 칸을 얻기 위해 '서울살이

10여 년' 동안 방을 옮기며 살아가는 동안, "방에 따라 달라졌던 포옹과 약속," "어느 곳이든 따라다녔던 초조에 대해서도" 연인은 알고 있었다. 그리고 어느 날 연인은 떠나갔고, 가파른 계단을 올라야 했던 조립식 건물에 살았던 그는 "그녀가 떠난 건 마음이 변했기 때문이 아니라고. 단지 조금 다리가 아팠던 것뿐일 거라고"(p. 88) 생각할 뿐이다.

사내의 여동생인 여자 역시 남자 친구와 네번째 크리스마스를 맞지만, 한 번도 연인들의 '정상적인' 성탄절을 보낸 적이 없다. 로맨틱한 데이트와 근사한 섹스 같은 크리스마스의 프로그램은 언제나 이 연인들의 것이 아니었다. '옷이 없어서' '돈이 없어서' '시시한 이별 때문에' 이들은 온전한 성탄절의 연인일 수 없었다. "둘만의 온전한 크리스마스"를 보낼 수 있는 조건이 생긴 지금은 어떨까? "이제 남자에겐 번듯한 직장이 있고 여자에게도 깔끔한 구두와 소박한 정장이 있다"(p. 95). 그러나 연인들의 '방'은 여전히 먼 곳에 있다. 값비싼 비용을 지불한 데이트 코스를 마친 뒤 정작 연인들의 방을 구하러 갔을 때, 성탄절의 서울은 이들에게 방을 허락하지 않는다. 마지막으로 들어간 지독하게 허름한 여인숙은 낯선 이주 노동자들이 주인의 눈을 피해 성탄절 파티를 여는 공간이다. 이제는 보통의 기준으로 성탄절 데이트를 즐길 수 있게 된 이 연인들에게도 서울은 연인들의 방을 내어주지 않는다. 성탄절은 방 없는 연인들을 더욱 가난하게 만들고, '근사한

데이트와 섹스'라는 성탄절 연인들의 매뉴얼은 이미 그들에게 강박과 상처가 되었다. '좀 사는 것처럼 살기 위해' 산다는 것은 얼마나 빤한가? 하지만 또 얼마나 어려운가? 성탄절 머리 위에 있던 선물이 티브이에서처럼 근사하게 포장되어 있지 않고 "항상 까만 봉다리 속에 들어 있"었던 것처럼, '역병'처럼 돌아온 크리스마스는 '방'을 둘러싼 생의 비루함을 더욱 날카롭게 만든다. 연인들의 방은 그곳에 없다.

「네모난 자리들」에 나오는 연인의 방은 이미 '부재'의 자리이다. 엄마가 '나'를 낳았던 그 방이 부재의 자리인 것처럼, 그리워했던 선배의 방 역시 부재로 남아 있다. 엄마와 함께 힘겹게 찾아갔던 유년의 '그 방.' "내가 그렇게 힘들게 찾아간 곳이, 애쓰며 보고자 했던 것이, 고작 어느 작은 방, 어두운 '빈방'이었다는 것을 깨달았다. 저기 꼭대기에 떠 있는 빈 곳. 사각의 텅 빔을 찾아 그렇게 길고 굽이진 길을 헤매 올라갔구나 하고. 나는 그 '네모난 부재'가 지금도 섬처럼 떠 있지 않을까 생각해보곤 한다"(p. 219~20). '네모난 부재'로서의 '그 방'은 "사라진 말과 사라진 기억, 끝끝내 알 수 없거나 애초에 가져본 적 없는 장면, 그러면서도 오래전부터 알고 있었던 것같이 느껴지는 풍경"(p. 220)이다. 언제나 불이 켜져 있는 '그 사람'의 방 역시 "그의 부재나 존재에 대해 아무것도 알려주지 않는" 공간이다. 엄마의 방이 부재의 방식으로 존재하는 것처럼, 불 켜진 선배의 방 역시 부재의 방식으로 남아 있다. 불 켜진 선배의 방에 몰래 들어갔다가 불을 끄고, 다시 불을 켜고 나오는 마지막 장면은, 그렇게 대상의 부재 앞에서 가짜로 실연되는 부재와 현존의 놀이를 연상시킨다.

이 소설에서 흥미로운 것은 '미로'의 이미지이다. 선배와 함께 골목길을 헤매일 때, "지구는 돌고, 지하철도 돌고 돌아 굽이쳐, 우리들 마음속에 살고 있는 골목 역시 그날 밤 몹시 어그러져 있었는지 모른다. 우리 앞에 펼쳐진 골목은 글자 사이로 의도를 잔뜩 숨긴 연애편지처럼 명백하면서도 모호했고, 시시한 듯 아름다웠다. 선배는 바지런히 이쪽으로 갔다 저쪽으로 갔다, 오르내렸다 나타났다 사라지길 반복하며 미로 같은 길을 더듬어 갔다. 〔……〕 선배의 뒷모습은 오래된 이야기 속으로 뚜벅뚜벅 걸어가는 사람의 실루엣처럼 황홀하고 위태로워 보였다"(p. 228~29). 서울이라는 공간의 뒷골목에서 '그 사람'과 함께 미로를 헤매는 장면이, '네모난 부재의 자리'를 둘러싼 지형을 탐사하는 장면으로 부각된다. 그 미로를 헤매는 일은 '위태롭고 황홀하다.'

미로를 헤매던 선배의 이미지와 선명하게 대비되는 것은 엄마의 이미지이다. "어머니의 플레어스커트가 분 냄새와 함께 펄럭거렸다. 치마 사이로 판탈롱 스타킹의 살색 밴드가 함부로 보였다. 나는 그 옆에 잠자코 앉아, 어머니의 어깨에 내 조그마한 머리통을 기댔다"(p. 218). 강인한 모성의 이미지

를 가진 엄마가 '내'게 길을 안내하는 장면은 선배의 그것과
는 사뭇 다르다. "나는 세상에서 가장 건강한 서른 몇 살의
촌부, 어머니를 따라 계단을 오르기 시작했다. 마을은 폐활량
을 늘리기 위한 허파꽈리처럼 구겨져 있었다. 〔……〕 어머니
는 10년 전에 오른 길을 하나도 까먹지 않았는지, 오른쪽으
로 갔다 왼쪽으로 갔다, 오르내렸다 나타났다 사라지길 반복
하며 미로 같은 길을 더듬어 갔다"(p. 216). 김애란 특유의
지질학적 상상이 돋보이는 이 문장들에서 모성은 그 '네모난
부재의 자리'로 거침없이 인도하는 '세상에서 가장 건강한'
힘이다. 엄마는 그 자체로 '네모난 부재의 방'이다.

또 하나의 강인한 모성은 한 손에 '칼'을 들고 있다 (「칼자
국」). "어머니의 칼끝에는 평생 누군가를 거둬 먹인 사람의
무심함이 서려 있다. 어머니는 내게 우는 여자도, 화장하는
여자도, 순종하는 여자도 아닌 칼을 쥔 여자였다"(p. 151).
'칼'이란 권위와 용기라는 남성적 상징과 관련되어 있지만,
상처를 내는 힘으로서 자유의 힘, 그리고 악한 것을 퇴치하는
마법적인 힘을 연상시킨다. 김애란은 이 마법적인 칼의 힘에
강인한 모성의 권능을 겹쳐놓는다. 엄마가 들고 있는 칼은 칼
국수를 자를 때 쓰는 칼이다. 억척스러운 모성은 "사소한 따
뜻함을 받아보지 못한 여자," "손안에 반지의 반짝임이 아닌
식칼의 번뜩임을 쥐고 살았"던 여자의 이미지로부터 나온다.
엄마의 칼은 기본적으로 무언가를 해 먹이는 칼이다. "썰

고, 가르고, 다지는 동안 칼은 종이처럼 얇아졌다. 씹고, 삼키고, 우물거리는 동안 내 창자와 내 간, 심장과 콩팥은 무럭무럭 자라났다. 나는 어머니가 해주는 음식과 함께 그 재료에 난 칼자국도 함께 삼켰다. 어두운 내 몸속에는 실로 무수한 칼자국이 새겨져 있다. 그것은 혈관을 타고 다니며 나를 건드린다. 내게 어미가 아픈 것은 그 때문이다"(pp. 151~52). 어머니의 칼은 '내' 육체를 만든 칼이고, 내 육체는 칼자국들로 구성되어 있다. 칼은 '내 몸'을 만든, '내 몸'에 깃들인 모성의 힘이자 상처이다.

그것은 또한 '사랑'이나 '희생' 따위의 차원과는 다른 원초적이고 야생적인 '어미'의 힘이다. "어머니의 칼에서 사랑이나 희생을 보려 한 건 아니었다. 나는 거기서 그냥 '어미'를 봤다. 그리고 그때 나는 자식이 아니라 새끼가 됐다"(p. 153). 어머니의 칼은 어린 시절 시커먼 개를 쫓아주던 칼이며, '난감한 사람'인 아버지의 일탈에도 여전히 '밥 짓는 일'을 지속하는 칼이다. 이를테면 김치를 담그는 어머니의 모습을 보고, "어머니는 '다라이'로 통하는 저 지하 세계에 빠져들지 않으려 버둥대는 것처럼 보였다"(p. 154)고 비유할 때, 어머니의 생은 죽음과 싸우는 원초적인 투쟁이다. 그래서 '나'는 중얼거리는 것이다. "어머니는 좋은 어미다. 어머니는 좋은 여자다. 어머니는 좋은 칼이다. 어머니는 좋은 말[言]이다"(p. 170).

음식 간을 보다가 뇌졸중으로 돌아가신 어머니의 장례 도중 다시 '엄마의 방'으로 들어온 '나'는 어머니의 칼을 보고 이상한 식욕을 느낀다. 그 칼로 사과를 깎을 때, "사과는 내 손에서 둥글게 자전하며 자신의 우주를 보여주고 있었다." 그리고 나는 "사과 조각은 우주 멀리 날아가는 운석처럼 뱅글뱅글 돌며 내 안의 어둠을 여행하게 될"(p. 180) 거라는 '예감'을 한다. '내 순수한 허기' '내 순수한 식욕'을 감당했던 어머니의 칼은, 이미 하나의 우주였던 것.

「플라이데이터리코더」라는 소설에서 그 모성은 블랙박스라는 금속성의 물질 속에 담겨 있다. 플라이데이터리코더라는 이름의 섬에 살고 있는 엄마 없는 소년은 섬에 추락한 비행기의 블랙박스를 우연히 발견하게 되는데, 소년의 삼촌은 그 블랙박스를 엄마라고 둘러댄다. 이 사태는 예기치 않은 문제를 야기한다. 비행기와 블랙박스는 할아버지와 삼촌만으로 구성된 남성적인 가족 공간에 틈입한, 내용을 알 수 없는 여성적인 에너지이다. 아이는 실제로 그것을 엄마라고 믿게 되며, 블랙박스를 찾기 위한 외부 정보원들이 섬에 진입한다. 드물게 설화적이고도 신화적인 공간을 설정한 이 소설에서 엄마의 부재라는 공간에 침입한 블랙박스는, 낯선 여성성의 이미지를 발산한다. 사라진 여성성의 재림은 이 섬의 전설적인 '고대 상형 문자'와 같은 해독할 수 없는 아름다움을 가진다. 그것은 "우주에서 고장 난 우주선 조각 같은 게 우주를 떠다니다가, 지구의 끌어당기는 힘에 잡혀서 그 주위를 영원히 돌게 되는 경우"(p. 276)처럼 우주적인 신비에 싸여 있다.

4. 다시 나만의 방, 혹은 우주적 자기의 발명

　열차는 눈먼 물고기처럼 인천을 빠져나와 북쪽으로 달려갔다. 나는 노선도를 올려다보며 역사(驛舍)의 수를 꼽아보았다. 인천에서 의정부까지 50여 개의 역이 있고, 영등포와 신길, 종로를 지나면 서울 북쪽 어딘가에 내 방이 있다. 〔……〕도시의 이름을 가진 점과 그 사이를 잇는 직선. 나는 그것이 카시오페이아나 페르세우스, 안드로메다라 불리는 이국 말로 된 성좌처럼 어렵고 낯설었다. 내가 모르는 도시의 별자리. 서울의 손금. 서울에 온 지 7년이 다 돼가는데, 그중에는 내가 아직 한 번도 가보지 못한 동네가 많다. 땅속에서 바람을 맞으며 안내 방송을 들을 때마다 나는 구파발에도, 수색에도 한번 가보고 싶었다. 하지만 그러지 못한 것은 서울의 크기가 컸던 탓이 아니라, 내 삶의 크기가 작았던 탓이리라. 하지만 모든 별자리에 깃든 이야기처럼, 그 이름처럼, 내 좁은 동선 안에도—나의 이야기가 있을 것이다. (pp. 117~18)

김애란적인 상상력의 움직임을 전형적으로 보여주는 이 문

장들처럼, 그의 소설은 '내 방'과 '나의 이야기'를 둘러싸고
구축된다. 중요한 것은 김애란이 90년대 여성 작가들이 그랬
던 것처럼, '내 방'을 사회적 유폐와 1인칭 내면성의 상징으
로 전경화하지 않는다는 점이다. 화자는 내 방의 도시적 지리
학을 탐색한다. 서울이라는 공간에서 '내 방'이 놓인 위치를
생각한다. 물론 상상은 여기서 멈추지 않는다. 서울 지하철
노선도는 은하계의 별자리 지도로 전환되며, 가보지 못한 지
명, 가보지 못한 별자리를 생각하게 한다. 그 우주적 상상은,
그러나 우주의 무한궤도 속에서 먼지처럼 사라지는 것이 아
니라, 다시 '나의 동선' '나의 이야기'로 되돌아온다. 이렇게
서울에서 우주로, 다시 '내 이야기'로 돌아오는 원환적인 상
상적 움직임이 김애란의 서사적 동선이다. 그래서 '내 방' 안
에 깃든 '내 이야기'는 '내 좁은 동선'의 이야기일 뿐만 아니
라, 상상적 동선이 뻗어간 무한 공간 속을 돌아 다시 '내 삶'
을 만들어낸다.

　김애란의 서사는 이와 같은 상상적 지도 속에 자기 자신을
'재배치'한다. 이런 '나만의 방'을 둘러싼 지도 그리기를 타
인과의 연대와 소통에 대한 열망, 혹은 자신의 사회 · 문화적
억압과 궁핍을 돌파할 의지의 소산이라고 단순화할 수는 없
다. 오히려 그 '우주적 지도 그리기'는 '나'라는 자아의 심미
적 재정립에 가깝다. 이 '심미적 개인'은 타인에게 함부로 손
을 내밀 수는 없지만, '내 고독'처럼 "우주 먼 곳 아직 이름

을 가져본 적 없는 항성 하나가 반짝"(p. 148) 한다는 것, 그 우주적 존재감을 만나는 자아이다. 그것을 비루한 도시 공간 속에 내던져진 개인의 자기 방어 기제라고 말할 수도 있으리라. 그러나 자립적인 개별성을 확보하기 힘든 이 도시의 연약한 개인들은 이런 방식으로 또 다른 역동적인 자기 운동의 공간을 만든다.

푸코의 후기 저작에서의 개념을 변형하여, 그것을 객체화된 주체로부터 스스로 '자기'를 형성하는 자율적 자아의 재형성, 혹은 '자기의 배려'로 읽을 수 있을까? 원망과 분노 혹은 현실적 의지를 상실한 듯 무심해 보이는 인물들, 세상과 타인에 대한 적대감, 혹은 소통의 욕구를 '절제'함으로써 자기의 개별성을 보존하려는 인물들, 상징 질서의 도덕률보다는 최소한의 자기 윤리를 형성하려는 인물들, 불행의 근원을 외부나 타자에게 돌리지 않음으로써 역설적인 자립성을 유지하려는 인물들의 저 투명한 체념의 미학은, 차라리 '자기의 테크놀로지'라는 존재 미학으로 읽을 수 있지 않을까? 계급조차 갖지 못한 왜소한 개인들이 '나'의 자존이 위치하는 우주적 이미지를 상상하는 것은, '새로운 미적 개인'의 가능성을 탐문하는 일이 아닐까? 이 '나—방의 우주 지리학'은 신빈곤 시대의 축소된 개인을 '우주적 자기'로 재탄생시키는 서사적 모험이다.

이것은 입사의 '성인식'을 끊임없이 유예당하는 이 시대의 청춘들에게 바치는 애틋한 송가이기도 하다. 김애란의 '우주적 자기의 발명' 혹은 '미학적 자존의 가능성'은 2000년대 문학의 단 하나의 결론은 아닐 것이다. 그러나 적어도 2000년대 문학에 대한 그 모든 무거운 풍문들, '소통'과 '탈현실'의 문제를 포함한 그 모든 풍문들을 다시 돌아보게 만든다. 동시대의 궁핍한 시간들을 우주적 공간 위에서 사유하고 상상하는 것은, 지금 이곳에서 다른 시간, 다른 삶을 경험하는 심미적 사건이다. 비속한 현실 공간에서 자기에 대한 존재 미학을 재발견함으로써, '나'는 그렇게 스스로 자전하고 '당신'의 주위를 공전하며 '자기 이야기'를 만들어낸다. 그 자전과 공전의 존재감 때문에 '나'는 '내 존재'의 개별성을 살 수 있다. 이것이 '김애란이라는 특선'을 다시 읽어야 하는 하나의 이유이다. 조금 남루하고 희극적이어서 아프고, 무심한 듯 투명하게 아름다운……

작가의 말

작가들이 '작가의 말'을 쓰는 밤에 대해 생각한다. 그들 몸을 타고 돌았을 말[言], 피, 그런 것들을 그려본다. 말이 트이는 힘은 그것을 막고자 하는 운동 안에서 나오는 게 아닐까 하며. 내가 모르는 밤, 아는 밤, 그런 밤을 그려본다. '소설 쓰는 밤'이 아닌 '작가의 말'을 쓰는 밤을 떠올리니, 그들 모두가 작아 보여 가깝다.

다시 '작가의 말'을 쓰게 된다면 꼭 고맙다는 말을 하고 싶었다. 그래서 이 지면이 시시하고 빤한 것이 되더라도. 항상 안다고 생각하면서 몰랐던 게 있는데, 감사의 말이 가지는 무게였다. 작가들의 그 많은 말이 닮은 것은, 그들 곁에 늘 누군가가 있어주었기 때문이리라 생각한다. 그 누군가 때문에 나는 늘 빚지고, 감동하며 살아간다.

어서 전했으면 좋았을 말을 이제 전한다. 아껴서— 부르지 못한 이름들에게 인사를. 그리고 내게 위안받았다고 말해준 독자, 이름 모를 당신. 책 뒤에 붙는 이 한 바닥을 빌려 말하니 나도, 진심으로 당신에게 위안받았다.

마침내 시시해지는 내 마음이 참 좋다.

2007년 가을, 김애란

수록 작품 발표지면

도도한 생활 『한국문학』 2007년 봄호

침이 고인다 『문학사상』 2006년 11월호

성탄특선 『문학과사회』 2006년 여름호

자오선을 지나갈 때 『창작과비평』 2005년 겨울호

칼자국 『세계의 문학』 2007년 여름호

기도 『아시아』 2007년 여름호

네모난 자리들 『문학동네』 2006년 가을호

플라이데이터리코더 『문학·판』 2006년 여름호